KB103423

바다와 마법사

바다와 마법사

파트리시아 가르시아로호 장편소설 · 한은경 옮김

창비

사랑하는 독자들에게

글을 쓰는 일이 제가 열정을 다해 하는 일이라는 걸 알게 되었을 때 제 꿈은 소설 한 권을 발표하는 것이었습니다. 첫 번째 책으로 그 꿈을 이루었을 때는 제가 한국의 독자들에게 서문을 쓰느라고 이렇게 컴퓨터 앞에 앉아 있으리라는 건 상상도 할 수 없는 일이었죠. 지금 저는 얼마나 설레고 들떠 있는지 모릅니다. 제가 독자 여러분에게 이 글을 쓰는 것은 상상 놀이를 하는 것과 흡사합니다. 그러니 저와 함께 이 놀이에 참여해 주세요. 저는 이 책을 손에 들고 집에, 공원에, 도서관에 있을 당신을 상상하고, 당신은 독자로서 당신의 이야기가 이 책의 일부를 이루기를 꿈꾸면서 아주 멀리 있는 저를 상상하겠지요.

저는 『바다와 마법사』를 어느 여름날 아침에 쓰기 시작했습니다. 저는 스페인 남쪽 지중해 연안의 마을에 살고 있답니다. 그날 남편과 함께 바다에서 수영을 하다가 해변에 있는 고층 건물들을 바라보며 모든 것이 물에 잠기는 장면을 상상하게 되었습니다. 그 순간 손에 작은 분홍 돌을 들고 있는 롭이 나타났고, 마치 마법에 걸린 것처럼 『바다와 마법사』의 인물들이 제 앞에 줄지어 등장했습니다. 저는 재빨리 남편에게 그 모든 것을 이야기하기 시작했고, 행복에 겨워 어쩔 줄 몰랐답니다.

저는 집에 도착하자마자 소설의 윤곽을 잡고 롭이 사는 옥상을 그렸습니다. 그리고 파도의 움직임에 따라 살아가는, 바다로 둘러싸인 그 마을까지 이끌려 가게 되었지요. 글을 쓰면서 그 순간들을 한껏 즐겼습니다. 미야자키 하야오(宮崎駿)의 영화들을 참고로 삼았고, 여름에 먹는 간식, 청소년기에 읽은 책들, 바다에서 즐기는 해수욕과 제 첫 키스의 경험 등이 엮여 롭의 이야기가 탄생했습니다. 당신이 지금 손에 들고 있는 이 이야기지요.

당신에게 제 비밀을 하나 털어놓을게요. 저는 『바다와 마법사』에 남편을 향한 제 사랑의 뿌리를 숨겨 두었습니다. 남편이 이 책을 읽는 동안 웃게 만들고 싶었거든요. 그이가 순간의 빛을 바라보는 것을 가르쳐 주었기에, 저는 남편에게 제가 작은 것, 일상적인 것, 단순한 것 안에 숨겨진 마법을 사랑한다는 것도 말해 주고 싶었습니다. 그 사람은 이 사실을 모를 겁니다. 한국어를 모르니까요. 하지만 혹시 이 글을 읽게 된다면 귀까지 빨개질 겁니다. 그러니 부디 비밀을 지켜 주세요.

2018년 2월
기쁨 가득한 포옹을 보내며
파트리시아

차례

바다와 마법사

0

나는 옥상에 살고 있어. 내겐 대부분이 스티로폼으로 만들어지다시피 한 배 한 척과 마법의 돌, 그리고 믿을 수 없을 만큼 멋진 여자 친구가 있단다.

늘 지금 같았던 건 아니야.

그래서 네게 이 이야기를 들려주는 거지.

1

바다가 모든 걸 삼켜 버렸던 그때, 난 겨우 일곱 살이었어. 학교에 가는 대신 텔레비전을 보며 집에 있고 싶은 마음이 간절했지 (학교가 싫어서가 아니라 텔레비전을 보는 게 훨씬 더 좋았기 때문이야).

기억이 지닌 이상한 힘 중의 하나는 내가 그날 아침으로 먹은 것 — 버터와 발 냄새 나는 복숭아 잼을 바른 토스트와 꿀을 탄 우유 한 컵 — 을 완벽하게 떠올릴 수 있고, 우리 집에 아침 햇살이 비쳐 드는 모습도 또렷이 기억할 수 있다는 거야. 심지어 나는 부모님이 미겔과 나를 얼른 차에 태워 수업에 데려다주려고 우리 책가방을 챙기면서 주방을 오가시던 모습도 기억해. 네게도 이렇게 기억 속에 영원히 새겨진 것들이 있겠지.

같은 기억을 끊임없이 곱씹는 사람이 나만은 아닐 거야. 또 나만 그날의 터무니없는 일들을 세세한 부분까지, 하나의 소리, 하나의 맛, 혹은 구체적이면서도 무의미한 하나의 이미지로 묘사할 수 있는 것도 아닐 거야. 모두가 그렇게 하잖아. 그건 각자가 간직하고서 아무도 없을 때 꺼내 보는 보물 같은 거지. 내 가장 소중한 보물은 그날의 아침 식사, 엄마가 다급하게 가방에서 물건을 꺼내고 넣던 모습, 아빠가 미겔의 턱받이를 벗기면서 녀석을 업기 위해 하던 몸짓, 그리고 텔레비전에서 춤추던 애니메이션이야.

나는 일곱 살이었고, 물은 조금씩 집 안으로 들어왔어.

기억하기로, 그걸 가장 먼저 알아차린 사람은 나였어.

분명히 내가 지금 기억하는 것처럼 그렇게 조금씩 들어오지는 않았지.

분명히 세차게 밀려들어 왔어. 모든 걸 다 앗아 갔으니까.

여기서 모든 것이란 부모님과 동생을 말하는 거야.

불가사의하게도 건물들은 그대로 서 있었거든.

이렇게 느닷없이 우리의 삶을 완전히 변화시키는 일들이 있지, 우리가 살아 있는 한.

그리고 난 살아남았어.

사실 이런 일 앞에서는 일곱 살이든 스무 살이든 아니면 백 살이든, 나이는 아무런 의미가 없어.

바다가 느닷없이, 때가 되었다고 작정하고 온 세상 해안의 저주받은 마을들을 하나씩 삼켜 버린다면, 네 삶은 완전히 달라지지.

2

11년이면 누구나 익숙해진단다.

가끔은 모든 게 늘 그래 왔다고 생각하는 네 자신을 발견할 거야. 언제나 건물들의 5층까지 물이 차 있었고, 멀리 산들이 새로운 해안선을 만들어 왔다고 생각하는 거지. 11년이면 사람들은 다시 피서를 하고 일광욕을 하는 데 익숙해진다는 걸 인정해야 해. 제일 끔찍한 기억은 시간이 지워 버리거든. 물론 처음에는 해변을 휴가지로 선택하는 사람들이 적었지만 지금은 새 호텔들에 화려한 관광객들이 가득하단다. 그들은 구릿빛 피부의 친절한 가이드와 함께 쌍동선을 타고 건물 옥상에 있는 마을들을 둘러볼 계획을 세우기도 해.

우리가 체험 상품인 셈이지.

라파는 '지구인들' — 우린 그들을 그렇게 불러. 사실 우리도 지구인이긴 하지만. 이해해 주렴. 우린 스스로를 정말로 물고기 같다고 느끼거든. — 을 굉장히 싫어해. 그들이 탱크톱을 입은 백인 모니터 요원들과 함께 배를 타고 와서 예전에 우리 집들이 어땠는지 설명해 주는 걸 말이야. 관광객들이야 엄청 좋아하지. 그 사람들은 보트를 타고 와서 우리를 마치 동물원의 동물처럼 바라봐. 어떤 사람들은 우리랑 사진을 찍고 싶어 하기도 해.

황당하지.

우리는 다른 생존자들처럼 내륙으로 떠나는 대신 여기 남길 원한 건데, 그걸 모든 이가 다 이해하는 건 아니야.

그런데 이런 일이 지구의 이쪽 편에서만 일어나는 게 아니라는 걸 난 알아.

조그맣고 우스꽝스러운 섬처럼 세상의 표면에 솟은 옥상들에는 나 같은 사람이 많이 살고 있다는 걸 알아. 그들은 육지로 다시 돌아간다고 생각하면 공포에 휩싸이지.

누구든 방 두 개짜리 안전한 자신의 아파트에 바다가 어떤 짓을 했는지 보고서 바다의 법칙에 따르기로 했다면, 나쁜 결정이 아니라고 생각해.

난, 예를 들면, 지붕 밑에서는 살 수 없거든.

3

나도 노력했어.

그래, 모두가 노력했지.

대형 재난으로 선포되기 전에 벌써 그들은 나를 물에서 구조해 종합 체육관으로 데려갔어.

일곱 살짜리 꼬마가 별로 중요하지도 않은 그런 말—대형 재난—을 배우고 무슨 주문처럼 머릿속에서 계속 그 말을 되풀이할 수 있다는 게 신기해.

대형 재난.

대형 재난.

잘 기억나진 않지만, 처음에 난 우리 부모님이 종합 체육관 문 앞에 나타나실 거라는 희망을 품고 있었던 것 같아. 기다리고 있던 아이들 중 몇은 삼촌이 오기도 했고, 어떤 경우엔 엄마가 와서 애를 부둥켜안고 울며 흥분한 목소리로 신에게 감사드리기도 했거든.

너무 어려서 자기 이름도 모르는 애들도 있었어.

난 알았지.

간호사가 이름을 묻자 난 대답했어.

"저는 로베르토 베가입니다."

그건 우리 부모님이 지어 주신 이름이야.

하지만 두 분 중 누구도 날 찾으러 오시지 않았어.

그분들은 나타나지 않았어.

그래서 이제 사람들은 날 롭이라고 부른단다. 줄여서 부르는 거지.

그래서 난 아무도 로베르토 베가를 찾아오지 않았다는 걸 기억하지 않아도 돼. 기억해서 기분 좋은 일도 아닌걸. 사실이 그렇잖아.

4

분명 그 모든 것은 너무나 안타까운 일이었어.

부모들은 영영 나타나지 않고, 우는 아이들과 악몽으로 가득한 그곳이 난 슬펐어. 그래서 그곳에서 도망쳐 나오는 게 최선이라고 생각한 것 같아.

거기 얼마나 있었는지는 모르겠는데, 어느 날 난 그곳이 내가 있을 곳이 아니라는 걸 깨달았어. 그런 건 금방 알게 되거든. 내가 결단력이 있는 사람이거나 아니면 그 순간엔 그랬거나 했겠지.

도망치거나, 아니면 날 버스에 태워 육지의 오지로 보내게 내버려 두거나. 바다에서 더 멀리 떨어진 곳으로. 형들이 우리를 겁주려고 한 이야기처럼 아무 보호소나 새 가족이 있는 위탁 가정으로.

그런 건 다 싫었어. 난 우리 가족을 만날 가능성을 포기하고 싶지 않았거든. 내 진짜 가족 말이야.

지붕 아래 갇혀 지내는 나를 상상하고 싶지도 않았어. 종합 체육관의 바로 그 천장이 날 숨 막히게 했어. 내 위로 떨어질 것 같았지. 난 낮 동안엔 밖에 있으려고 했어. 공놀이를 하라고 내보내 줬던, 울타리를 쳐 놓은 그 공간에. 밤엔 어쩔 수 없었어. 머리 위의 대들보를 뚫어지게 보고 있노라면 숨이 막히는 것 같았지.

나만 그런 일을 겪은 게 아니야.

몇 살이었는지 모르겠고 이름도 기억나지 않는 여자애가 있었는데, 그 애는 우리가 같은 문제를 겪고 있다는 걸 알았지. 그래서 소등을 하면 내 침낭에 와서 손을 잡고 다른 애들과 함께 테라스로 데려갔어. 테라스는 늘 열려 있었고 거기서는 멀리 파도 소리를 들을 수가 있었지. 이제 저기, 우리가 옛날에 해변에서 보던 산골 마을에까지 파도가 친다고 생각하면 참 기괴했어.

우린 몸을 포개고 잠을 잤단다.

하룻밤, 또 하룻밤.

날짜는 점점 흘러갔지.

테라스에 나 홀로 남을 때까지. 결국 그 여자애마저도 새 가족을 찾아서 버스를 타고 떠나 버렸나 봐. 다른 애들은, 할 수 있으면 달아나 버렸고.

난 정말 버스에 타고 싶지 않았어. 그래서 나도 도망치기로 결심했지.

어렵지 않았어.

그러니까 내 말은, 아무도 그 상황을 감당하지 못했다는 거야.

수없이 많은 사람이 사라졌고 세상은 달라졌지만, 그 이유는 알지 못했어. 어른들은 어쩔 줄 몰라 했어. 그리고 난 지쳐 있었지.

난 집에 돌아가고 싶었어.

해변에서 3분 거리에 있는 아파트 3층의 우리 집이 완전히 물에 잠겼지만, 그때까지만 해도 나는 그 사실을 심각하게 의식하지 못했던 것 같아.

내 어린 영혼은 바다가 조금씩 뒷걸음질 칠 거고, 부모님과 동생이 배를 타고 나를 찾고 있을 거라는 희망을 품고 있었단다. 어쩌면 우리 가족은 내가 살아남았다는 것도 몰랐을 텐데.

5

그 두 가지 일 중 아무것도 내겐 생기지 않았어.

11년 전 새 영토를 차지한 뒤로 바다는 지금 그지없이 조용해.

지구 곳곳에서 과학자들은 이 일에 관해 학회를 계속 개최하고 있어.

나는 익숙해졌어. 나는 옥상에 살고, 엉성하긴 하지만 나만의 배가 있어. 난 내 일을 하고, 약간의 보물을 채취한단다.

그럭저럭 살아가고 있지.

내 친구 라파는 관광객들에 대해 불평을 늘어놓지만, 난 그들에게 어떤 싸구려 물건을 팔아 남는 장사를 할까를 궁리하지. 관광객들은 깊은 바다에서 그걸 어떻게 건져 올렸는지 설명하면서 낭만적인 이야기를 들려주기만 하면 쓰레기 같은 물건들도 무조건 사가거든.

난 이야길 잘하지.

그런데 거래에는 젬병이야.

6

난 보물 사냥꾼이야.

사람들은 옥상으로 돌아온 우리가 모두 같은 일을 하는 걸 대단하다고 생각할지 모르지만, 사실 그렇진 않아. 그게 여기서 우리가 먹고살 수 있는 유일한 방법이거든.

애써 우리를 내쫓으려 하지도 않고.

우리가 하는 일은 단순해. 그물을 가지고 물속에 뛰어들어서 제일 밑에 가라앉은 집들에서 옮길 수 있는 물건은 무조건 다 찾는 거야. 그리고 찾아낸 건 뭐든 팔거나 교환하는 거지. 그런데 여기서는 돈으로 받기보다 물물 교환이 더 나아.

한번은 고액권 지폐를 받았는데 아무도 나에게 아무것도 팔려하질 않아서 석 달이나 그 돈을 갖고 있었어. 하지만 물에 잠긴 창고에 들어가서 콩 통조림이나 파인애플 통조림을 구하면 남는 장사를 할 가능성이 더 많아.

거짓말이 아니야. 세상을 진짜로 움직이는 건 보석이랑 돈 같은 것들이야. 보물이나 누군가가 모아 둔 돈, 혹은 물이 차지 않은 작은 금고를 발견한다면 근사한 휴가를 보낼 수 있지. 가끔 옛날에 이 마을에 살던 사람들이 나타나거든. 그 사람에게 지구에서 제일 못생긴 곰 인형을 찾아 주기만 해도 부자가 될 거야. 곰 인형이 그 사람의 딸을 떠올리게 해 주니까. 난 그렇게 운 좋은 사람은 못 돼.

11년이 지났지만 난 번듯한 가게 하나 차리지 못했어.

보물 사냥을 일찍 시작하긴 했지만 배울 게 많았거든. 그사이 다른 사람들은 수면 가까이에서 쉽게 손에 넣을 수 있는 보물들을 찾았지. 사실 지금은 접근하기 쉬운 아파트들은 다 털린 상태야. 보기엔 쉬운 일 같지.

"좀 더 깊이 내려가, 롭."

넌 그렇게 말하겠지.

하지만 생각해 봐.

우린 아가미가 없어.

당연히 잠수 장비가 필요하지. 그런데 그건 싸지 않아.

방금 식료품 통조림을 손에 넣으면 최고라고 말했잖아. 잠수 장비를 몇 시간 빌리려면 얼마나 많은 식료품 통조림을 손에 넣어야할지 생각해 보라고. 질 나쁜 장비라도 하나 빌리려면 말이야. 그런 것들은 잠수 도중에 널 물속에서 고꾸라뜨릴 수도 있어.

쓸 만한 걸 하나 손에 넣었으려면 난 일곱 살부터 아파트를 털었어야 해. 그런데 난 열 살에 시작했거든. 그동안 다른 사람들은 우리 공동체 안에서 자리를 잡아 가고 있었고.

분명히 말해 두는데, 옥상 마을에서 제대로 자리를 잡는 건 쉽지 않아.

7

그뿐 아니야. 내가 옥상에 나타나자 사람들은 날 내쫓으려 했어.

나는 혹시 있을지 모르는 생존자들을 찾기 위해 온종일 일한 구조대를 데리러 옥상으로 가는 군인들의 쌍동선에 살짝 끼어들었어. 조용히 갔지. 숨어 있던 데서 나와서도 난 그대로 조용히 하려고 애쓰며 살짝 주위를 둘러봤어.

상상해 봐.

시야를 가득 메운 건 별빛 아래 검은 바다뿐이란 걸. 뒤쪽으로는 산봉우리만큼 높은 곳에 있어서 피해를 입지 않은 마을들의 불빛을 볼 수 있어. 노랑, 빨강, 녹색의 점들. 그런데 주위로는 바다 소리만 들려. 그리고 잠수부들을 조명이 비추고 있지. 그들은 내다보는 사람들을 보호하던 예전의 6층 난간에 기대어 잠수복을 벗고 있어.

그 6층은 이제 아래층이 되었고, 바다는 테라스를 보호하는 방파벽에 부딪치며 철썩이고 있어.

나는 사람들이 나를 찾아내 육지로 돌려보낼까 봐 무서워서 머리부터 발끝까지 후들후들 떨면서 두 굴뚝 사이로 몸을 숨겼어.

군인들이 조명 시설을 다 싣고 떠나 버리자 모든 것이 칠흑 속에 남겨졌지.

난 겁에 질려 죽을 것 같았고, 그보다 너무 놀란 상태였어. 도망치는 동안 신경 발작 같은 게 일어났었나 봐. 그 옥상에서 무사하다고 느끼고서야 비로소 진정이 됐어.

　날이 채 밝기 전에 흰 턱수염이 뾰족하게 난, 약간 정신이 나간 것 같은 노인이 날 깨웠어. 대머리를 야구 모자로 감췄고 꽃무늬 셔츠에 밤색 반바지를 입고 있었어.

　"여기서 도망쳐라, 꼬마야." 날 깨우려고 맨발로 건드리면서 그가 말했어. "사람들이 널 다시 육지로 데려가길 원치 않는다면 말이다."

　나는 그에게 나만 삶을 다시 시작하려고 옥상으로 오는 건 아니라고 여러 번 말했어. 많은 사람이 침수 지역으로 돌아와 옥상에 정착하고 황폐해진 마을을 되살렸지. 군인들은 그걸 못마땅해했고, 그래서 그들을 추방하려 했어.

　대놓고 그러지는 못하는 것 같았지만.

　실제로 아직은 그렇게 하지 못했어. 관광 수입을 창출하는 우리에게 적용할 마땅한 법이 없으니까.

　어쨌든 그날은 군인들을 크게 걱정할 필요가 없었어.

　"5층으로 들어가서 누군가를 보낼 때까지 기다려라." 나를 일으켜 세우고 트레이닝셔츠를 잡아끌어 난간 쪽으로 밀면서 그 노인이 지시했어.

　구조선에서 내가 도망치는 걸 도우려는 거였지. 좋은 징조였어.

　살짝 보니 그때는 해수면이 내려가 5층이 반쯤 잠겼더라고.

　"물에 빠져 죽겠는걸." 난 걱정스러워 중얼거렸어.

"수영할 줄 아니?"

"네. 그런데 온통 물 천지잖아요."

"주방을 찾아 싱크대에 올라가 기다리렴."

"그렇지만……."

"아주 고집불통이구나, 이 녀석. 내가 널 도와준다니까."

노인은 난간에 묶인 줄을 가리켰어. 줄은 계단처럼 밟을 수 있게 매듭이 지어져 있었지.

내가 줄을 타는 데 아주 서툴다는 걸 금세 알 수 있었어. 매듭을 찾아 더듬거리면서 두 발이 난간 아래에 닿자 노인은 다시 내게 수영할 줄 아느냐고 물었어.

"네, 알아요." 난 오만할 정도로 자신 있게 대답한 것 같아.

그러자 그가 날 밀었어. 난 물에 빠졌지.

재난이 시작된 뒤로도 바다가 나를 둘러싸고 있다는 걸 실감하지 못했던 나는 놀라 죽을 뻔했어. 먼저 숨이 막혔어. 나중에야 괜찮다는 걸 알았고, 그래서 건물 벽에 닿으려고 헤엄쳤지. 머리 위로 노인의 웃음소리가 들렸어. 침이라도 뱉어 주고 싶었지. 울고 싶었어. 갑자기 쌍동선의 엔진 소리가 들리지 않았더라면 난 분명히 울고 말았을 거야.

"주방으로 가!" 내 등을 떠밀고 사라지기 전에 노인이 속삭였어.

물속에서 문을 열기는 쉽지 않았어. 다행히 발코니 유리창들이 깨져 있었고, 내 몸집이 작고 말라서 주방까지 갈 수 있었지. 둥둥 떠다니는 가구들에 기대어 앞으로 나갔어.

죽은 사람을 만나지 않게 해 달라고 기도했던 것 같아. 홍수가 난 뒤 떠다니는 시체들을 봤는데 기분이 좋지 않았어.

운이 좋았지. 주방에서 하루를 보내고 찬장에서 포테이토칩 한 봉지를 발견했거든. 싱크대에 앉아서 배가 고프면 그걸 먹었어. 주스도 있더라고. 포장의 겉은 전부 젖었지만 안에는 물이 들어가지 않았어. 지금 생각해 보니 그때가 내가 처음으로 침수된 아파트를 턴 건가 봐.

구조대가 옥상을 오르내리는 소리가 들렸어. 도착하는 쌍동선과 떠나는 쌍동선 소리도. 그 소음들이 날 불안하게 만들었어. 그들이 날 찾아낼 것 같았거든.

더 안심하려면 더 잘 숨어야 했어. 찬장에 몸을 숨기기로 했지. 상당히 넓었거든. 천장이 점점 더 머리 위로 내려앉을 것처럼 날 압박해 왔지만 찬장은 안전하게 느껴졌어. 아주 짧은 동안이었지만.

해수면이 다시 상승하기 시작하자 난 공포에 휩싸였어. 해는 점점 기울었고 아무도 날 찾으러 오지 않았어. 난 나를 깨우러 왔던 노인을 의심하기 시작했어. 그가 왜 나를 도왔는지 몰랐으니까. 그날 하루를 지내며 그는 결국엔 날 잊었을 수도 있지.

다행스럽게도, 해수면이 더 높아지거나 밖에서 수영하다가 내가 질식하기 전에 구명조끼를 입은 누군가가 나타났어.

나는 그가 군 구조대 중 한 사람이라고, 그래서 돌아가는 길에 날 수용소에 데려갈 거라고 생각해서 바로 도망쳐 나가려 했어. 그런데 내가 틀렸어. 그는 호인 가브리엘이었지.

가브리엘은 오랜 세월 동안 우리 공동체의 심장이었어. 자기주장이 강했지만 성품이 훌륭하고 다정다감한 사람이었지. 그는 그럴 가치가 있는 사람은 누구든 도왔어. 하지만 그를 실망시키는 이들에게는 엄격했지. 그는 작년에 세상을 떠났어. 슬픈 일이지. 산소통 하나가 부서져서 그는 바닷속에 남겨졌어. 우리 모두가 애정을 가지고 그를 기억하고 있단다.

비록 그날은 내게 다정하지 않았지만 말이야.

나중에는 날 아꼈어. 그것도 그가 말을 해서 알았지.

그런데 그날은 그렇지 않았다니까. 나를 무사하고 안전하게 옥상에 사는 생존자 그룹에 데려다주긴 했지만, 그는 날 전혀 반기지 않았어. 사실 그는 나 같은 별 쓸모없는 어린애들은 집으로 돌려보내야 한다고 주장하는 무리의 우두머리였단다.

그게 날 마음 아프게 했어. 옥상에 있던 어린애가 나만은 아니었으니까. 사실 여러 명이었어.

시간이 흘러 점점 늘어나긴 했지만, 그날 밤의 우린 전부 해서 마흔 명 남짓이었을 거야. 오전에 날 구해 준 노인은 어디에도 없었어. 하지만 그건 내게 중요하지 않았고, 그렇게 만난 뒤 그가 어디로 사라졌는지도 궁금하지 않았어.

다른 아이들이 있다는 사실만이 마음 아팠던 건 아니야. 부모와 함께인 아이들이 있다는 게 더 마음을 아프게 했어. 두 딸을 안고서 날 가늠하기라도 하듯이 바라보던 건장하고 가슴 큰 여자가 특히 그랬지. 위선자 같았어. 그녀가, 그리고 모두가.

나도 생존자였어.

나도 거기 있을 자격이 있었다고.

일곱 살 남짓 먹은 아이가 그걸 설명할 수는 없었을지라도.

절망만 느꼈을지라도.

가브리엘과 다른 사람들이 누가 날 구조대에 넘길 것인가를 두고 제비뽑기를 하고 있었어. 내겐 아무 기회도 주어지지 않는다고 생각하던 그때, 한 청년이 내 편을 들어 줬단다.

내 이름도 몰랐지만 그는 내 편을 들어 줬어.

그가 구체적으로 뭐라고 했는지는 기억나지 않지만, 나도 다른 이들과 똑같은 권리를 가졌고 기회를 줘야 한다는, 그 비슷한 말을 했던 것 같아. 어른들의 아픈 곳을 건드리는 그런 말을. 날 넘겨줄 권리에 대한 논쟁을 그만둔 걸 보면 그가 한 말이 먹혔던 모양이야.

내 편을 들어 준 그는 결국 자기가 한 말을 후회했을 것 같아. 날 책임져야 했으니까.

그가 마르코스였어.

마르코스와 그의 친구 일당이 아니었다면 난 지금 알고 있는 것들을 하나도 몰랐을 거야. 그리고 더 중요한 건, 내가 보물 사냥꾼이 될 수 없었을 거라는 거지.

8

지구인들에게는 우리의 생활 방식이 괴상해 보일 수도 있어.

우리는 비교적 침수가 덜 된 아파트에서 찾아낸 매트리스에서 잠을 청하지. 가끔은 해초가 잔뜩 달라붙기도 한 매트리스를 햇볕에 말려서 말이야. 우린 상당히 독립적으로 살아. 각자 자신의 옥상 혹은 옥상의 한쪽 구석을 차지하고 있어. 거주 가능한 집들이 남아 있지만 천장 밑에서 잠을 자러 돌아간 사람은 거의 없어. 발코니와 테라스가 우리의 피난처야.

바다 밑으로 사라진 도시를 유심히 바라보면 예전에 해변이던 곳을 따라 펼쳐진 옥상들의 라인 정도는 구별할 수 있을 거야. 높은 곳에서 파도를 내려다보던 굉장한 건물들, 괴물 같은 건물들의 옥상을 이제는 파도가 핥고 있어. 도심의 오래된 집들, 어부들의 옛집들은 사라져 버렸어. 가끔 수면 위로 우뚝 솟은 거대한 건물들 뒤로 새롭게 고개를 내미는 건물들도 있지. 언덕에 있던 아파트나 까치발을 하면 코가 보일 정도로 잠겨 있던 작은 아파트 한 동이 주거 공간으로 쓸 수도 있는 새로운 공간을 만들어 내면서 수면 위로 솟아오르기도 해.

우리가 사는 곳은 마치 섬 같아. 섬 같은 옥상과 테라스들. 대양 여기저기에 아무렇게나 흩뿌려진 섬들. 작은 목제 임시 다리나 가느다란 줄로 연결된 섬들. 조수의 변화로 오후에만 모습을 드러내는 옥상들도 있어. 수영을 하다가 거기서 휴식을 취하거나 마지막 햇살을 받고 있는 고양이처럼 늘어져 있을 수도 있지. 몇 시간이면 물이 삼켜 버릴 안테나들로 가득한 그 테라스들이 나는 참 마음에 들어. 왜 그런지 잘은 모르겠지만. 아마도 그곳들 중 어딘가에서 보물 사냥꾼으로서 나의 여정을 시작했기 때문이겠지. 내가 마르코스의 친구들 무리에 끼어 있던 그때 말이야.

처음에 우린 밤에만 모습을 드러내는 L 자 형태의 옥상에서 살았어. 아무도 권리를 주장하지 않는 아파트에 많지 않은 우리의 소유물을 보관해 두고 바삐 뛰어다니면서, 사냥을 하면서 하루하루를 보냈단다. 우리는 군인들을 피해 숨어 다녔어. 미성년자였으니 우릴 육지로 데려가려고 군이 납치할 수도 있었거든. 지금 되돌아 보니 사실 그들은 우리에게 그다지 관심도 없었는데. 가끔 불시에 우리가 군인들에게 붙잡히기라도 하면 어떤 어른들은 우리 아빠인 척해 줬어. 그런 일이 자주 있었던 건 아니지만.

마르코스는 우리 테라스의 빨랫줄을 이용해서 추워지면 우리가 몰려들던 테라스에 텐트를 쳤어. 우리는 발견한 건 무엇이든 먹었고, 옥상 한쪽에 불을 지펴 요리도 했단다. 사냥하러 나갈 때는 난간에 낚싯줄을 묶어 두었고, 밤엔 사냥해 온 것들을 은은한 나무 향에 취해 굽곤 했어.

그게 나의 첫 번째 일이었어. 물고기를 한데 모으는 것.

내가 도착한 날, 우린 여섯 명이었어. 마르코스와 그의 여동생 나탈리아, 라파, 프란, 클라우디아, 그리고 나. 우린 열여덟 살, 열다섯 살, 열네 살, 열 살, 열 살, 일곱 살이었어. 마르코스와 나탈리아는 우리 일당의 두목이었어. 그들은 우리가 어디서 사냥할지 결정하고, 목표물을 정하고, 필요할 땐 제일 어린 아이들을 위해 음식을 얻어 오기도 했어. 프란과 클라우디아는 제일 어렸지만 금세 아주 쓸모 있다는 걸 보여 줬고, 그래서 곧 중요한 일들을 맡게 됐어. 새로 온 이들을 가르치거나 우리가 사냥한 보물들을 보관하기 위해 어른들과 협상하는 일 등을. 난 별 쓸모가 없었어.

내가 그 모임에 더 이상 나가지 않기로 했을 때 아이들은 훨씬 더 많았어. 프란과 클라우디아가 리더였지. 나머지 애들은 새 삶을 꾸리기 위해 떠났고. 어쩌면 팀으로 일하는 게 지겨웠기 때문일지도 몰라. 나처럼 말이야.

그래서 난 지금 다른 옥상에서 살아. 별로 넓지 않고, 조수가 바뀔 때면 공간은 대부분 침수되지. 난 낭만적인 사람인 것 같아. 사람들에게 도움을 청해 가며 하루 종일 걸려서 더블베드용 매트리스를 들어 올렸거든. 그래서 아직도 그 은혜를 갚고 있지. 난 나뭇조각, 책장의 일부, 합성 섬유, 그리고 슬레이트 조각을 가지고 추위가 덮치면 바람을 피할 수 있는 구조물도 하나 만들었어. 이 지역에서는 그런 일이 드물고 대개 우리의 겨울은 가뿐하지만. 또 모터와 전자레인지를 가지고 있단다. 낡은 냉장고는 바다가 집요하게 괴롭힐 때 떠내려가지 않도록 난간에 묶어 뒀어. 가끔은 찬장으로, 또 가끔은 냉장고로 쓰기도 했지, 이젠 작동하지 않지만. 주거지를 바꾸기로 결심했을 때 마르코스가 준 선물이야. 여기까지 실어 오느라고 그의 낡은 바지선을 침몰시킬 뻔했지.

책도 몇 권 모았고, 그림도 두 점 있어. 흠뻑 젖어서 돌아왔을 때 빨랫줄로도 쓰는 텔레비전 안테나에 걸어 두었지. 그 그림들이 난 맘에 들어. 하나는 오래된 나무 문 그림이고, 다른 건 옛 항구에서 배들과 함께 쉬고 있는 여자 선원 그림이야. 오리지널은 아니지. 플라스틱 복제품들이야. 그래서 보존될 수 있었던 건데, 난 그것들을 물물 교환에 내놓지 않았어. 그렇게 값나가는 건 아니지만 내겐 소중하니까.

내 가장 소중한 보물은 우리 엄마의 사진 통이야. 내가 그걸 손에 넣은 건 열세 살 때였어. 난 그때 라스 메두사스에서 일하고 있었어. 옛날 우리 집까지 가서 스냅 사진들이 가득한 그 통을 찾아오는 데 필요한 산소통값을 벌려고. 침수되었거나 불필요한 나머지 것들은 내버려 둬야만 했지. 무덤 속 부장품들처럼 말이야. 바다가 그렇게 많은 걸 다 앗아 가지는 않았으리라는 걸 난 알아. 언젠가 시간이 있고 산소통을 몇 개 빌릴 형편이 될 때 다시 돌아가려고 몇 가지 추억을 숨겨 뒀단다. 그런데 결국은 항상 더 좋은 할 일들이 있더라고. 돌아가길 원치 않아서가 아니야. 힘이 들어서지. 게다가 난 감상에 젖어 사는 스타일이 아닌걸. 더 급한 일들이 있어.

먹고살 길을 찾는 일 같은 것 말이야.

9

우리의 작은 공동체에는 견습생 학교를 만들어 우리가 완전히 독립할 수 있도록 돕는 엔지니어 몇 사람이 있어.

지구인들처럼 대학교 학위나 갖가지 언어 능력 증명서를 지닌 그런 엔지니어들이 아니야. 우리 엔지니어들은 옥상의 친구들을 동원해서 운하를 건설하고, 케이블로 연결할 수 없는 전기 시설을 해내고, 다리를 건설하고, 배가 뜨게 만들기도 해. 잠수 장비 가게들이 없었다면 그들이 옥상에서 단연 최고였을 거라고 난 믿어. 하지만 결국 우리 모두는 그들에게 감사 인사도 제대로 전하지 못하고 사냥에 필요한 산소를 가진 이들 앞에 병신처럼 무릎을 꿇었지.

마실 물이 있다는 것처럼 지금은 너무나 당연하게 여겨지는 것들이 그 순간의 우리에겐 엔지니어들이 만들어 낸 기적처럼 보였어. 그때는 파티를 열어 그들에게 고마움을 전하기도 했지. 하지만 지금 우리는 잠수 장비를 빌려주는 이들에게 박수를 보낸단다. 엔지니어들은 더 이상 가장 필요한 존재가 아니야. 그래서 그들은 이제 누군가 파이프라인을 고쳐 달라고 하면 구시렁대면서 상당히 비싼 값을 부르지.

난 운이 좋아. 내 친구 라파가 엔지니어 견습생이 되었거든. 그에게 난 잃어버린 동생 같은 존재야. 그래서 난 그에게 많이 매달리지 않아도 되고, 내 옥상에 물이 더 이상 밀려들지 않으면 지불도 대충 얼버무리고 말지.

처음엔 음료수 병들을 발견하는 게 금반지 하나 찾는 것보다 나았어. 그러다 호인 가브리엘이 우리 생활을 개선할 해결책을 찾아냈지.

그 덕에 가브리엘은 오랫동안 최고 대접을 받았어.

그는 3층에서부터 물을 퍼 올리는 데 성공했어. 우리는 모두 그의 집에 가서 물병을 채웠는데, 그는 한 푼도 받지 않았지.

그래서 우린 애정을 가지고 가브리엘을 추억하지. 우린 그를 바이킹식으로 장례를 치러 주었고, 아무도 그의 배에 대해 권리를 주장하지 않았어. 마르코스와 나탈리아에게 그 배를 맡기는 것에 불만을 제기하지도 않았어. 라나는 '가브리엘의 샘'이라고 쓰인 기념 팻말을 만들어 수도꼭지 위에 걸었어. 이젠 거의 아무도 물병을 채우러 그곳에 가지 않지만.

가브리엘은 엔지니어 견습생 학교를 만들어 조금씩 옥상들에 물을 대는 데 성공했어. 엔지니어들은 빗물을 받기 시작했어. 그리고 물놀이용 에어 풀장을 이용해 물을 보관했지. 하지만 신세 진 건 그것만이 아니야. 그들은 우리를 이어 주는 임시 다리를 만들고, 발전 시설로 전기를 만들어 내고, 쓰레기를 재활용해 배를 만들었어.

나의 배처럼 생긴 배들을.

10

마르코스는 형편없이 만들어진 낚싯배 한 척을 얻어 손봐서 그 배에 우리 패거리를 태웠어.

그 배를 빼앗아 가려 하자 그는 다 큰 어른처럼 싸웠지.

"고집을 부려서 그가 이겼지." 가브리엘이 살던 호텔 위 넓은 옥상에서 밤을 지새울 때, 우리 중 누군가가 그 이야기를 해 달라고 청하면 가브리엘은 늘 이렇게 말하곤 했어.

마르코스처럼 젊은 사람은 그런 특권을 누릴 자격이 없다고 생각하는 사람들이 많았어. 하지만 마르코스는 본인이 그 배를 발견하고 수리했기 때문에 그 누구보다 자신이 그것을 가질 권리가 있다고 주장했지. 가브리엘은 우리에게 그 얘기를 해 주는 걸 굉장히 좋아했어. 토마토처럼 벌건 얼굴로 마르코스가 어떻게 스스로를 변호했는지 말이야.

그 배는 우리를 인적이 닿지 않는 구역으로 데려갔고, 그 누구도 장담하지 못했을 때 우리는 살아남을 수 있었어. 옥상에 모인 사람들은 대부분 우리가 언젠가는 육지로 돌아갈 거라고 생각했지.

보물 사냥꾼이라는 직업은 바다가 모든 것을 삼켜 버렸던 그때, 그와 거의 동시에 생겨났어. 수색 작업을 미처 시작하지도 않았는데 잽싸게도 벌써 새로 만들어진 해안에서 재물을 자기 걸로 만드는 사람들이 있었던 거야. 쓰레기 사이에 섞여 파도에 휩쓸려 온 재물들을. 그래서 군인들의 쌍동선이 사라지기 전에 바닷물이 빠져나간 수면 위 아파트들에는 이미 사냥꾼 경비병들이 있었고, 그들은 주인들에게 소유물을 돌려주는 대가로 돈을 받았어.

마르코스의 배 덕분에 우리는 어른들이 자주 가는 구역보다 좀 더 멀리 갈 수 있었어. 그 배에서 난 첫 입수를 시작했지. 라파가 내 여덟 번째 생일 선물로 얻어 준 물안경을 쓰고서 말이야. 난 여덟 살에 잠수를 시작했는데 열 살까지는 제대로 된 사냥을 하지 못했어.

그때 사람들은 우리에게 좀 감탄했지. 알려진 구역보다 우리가 멀리 갔거든. 우리만의 보물을 얻기 위해서.

그 배에서 난 거래하고 흥정하는 법을 배웠어.

그런데 마르코스는 세일라를 꾀어서 그녀가 임신하자 배를 가져가 버렸어.

새 옥상으로. 보드를 잡고 수영하라고 우릴 남겨 두고서.

11

그때가 우리 어린이 일당이 해체되기 시작한 순간이야.

가브리엘은 빈 플라스틱 병과 로프, 판자를 이용해 배 만드는 법을 가르쳐 주면서 라파를 꾀었어. 그는 조금씩 엔지니어들이 하는 일을 따라 하기 시작했고, 라파는 그와 함께 그런 일을 하면서 강하게 호기심을 느꼈어. 그러다 우리가 차지하고 있던 옥상을 버리고 다른 엔지니어들과 살기 위해 떠나 버렸지.

물론 나도 내 배를 만들고 독립했어. 그럴 필요성을 점점 더 크게 느꼈거든.

우습게 들릴지 모르지만 그 배를 난 '아리엘'이라고 불렀어. 「인어 공주」가 엄마랑 함께 본 마지막 영화였거든. 그때부터 난 빨간 머리를 좋아했어.

아리엘은 문이 하나 있고, 스티로폼 판, 대걸레 막대 두 개, 그물 하나, 그리고 시트 한 장으로 만들어졌어. 우아함과는 거리가 멀지. 하지만 원하는 곳으로 날 데려가 줘.

한번은 어떤 관광객이 가진 미끄럼틀 달린 페달보트랑 내가 물속에서 찾은 미니어처 조각을 바꿀 뻔했어. 틀림없이 그 미니어처는 배 한 척과 바꾸자고 제안할 만큼 중요한 것이었겠지.

하마터면 그럴 뻔했어.

페달보트가 내 배보다 더 안전했거든. 그리고 미끄럼틀은 매력적이었어. 하지만 아리엘을 바라보니 내가 뭔가 배신하고 있다는 느낌이 들었어.

페달보트 대신 난 토니와 앙헬리나 바의 석 달 치 음식 쿠폰을 요구했어.

결코 후회하지 않아.

12

토니와 앙헬리나는 옥상에서 알게 된 사이야.

모든 걸 삼켜 버렸을 때 바다는 우리가 사랑하는 사람들도 데려가 버렸어. 그 터무니없는 일은 틀림없이, 다시는 아무도 사랑하지 말라고 가르쳐 준 것일 거야. 그런데 정반대로 가르쳐 준 게 분명해.

일곱 살 이후로 난 정말 전혀 알지도 못했던 이들끼리 한 가족이 되는 걸 봐 왔어. 다른 사람과 이야기 나누기를 두려워하던 사람들, 하얀 매듭이 있는 테라스 난간에 매달린 채 돌처럼 굳어 있던 사람들이 낯선 사람의 어깨에 기대어 울음을 터뜨리는 걸 보았지. 분명히 말하는데, 옥상 공동체에는 정말 재수 없는 사람도 많지만 따뜻한 사람들도 있어.

토니와 앙헬리나가 그렇지.

그들은 우리가 가진 유일한 가게의 주인들이기도 해. 가게와 바. 우리 인간들에겐 테이블에 앉아 차가운 음료를 주문하는 것도 필요하거든.

토니는 엄청 부자야.

억만장자라고.

그는 해변마다 집을 갖고 있어서 바하마 제도, 코스타 아술(스페인 남부의 관광지 그라나다의 한 지역), 호놀룰루 등등 자기 마음에 드는 곳에서 여름을 나는 외국인 부자 중의 한 사람이야.

참사가 일어난 날 그는 올림픽 경기장만큼 커다란 수영장에 있었어. 딸만큼이나 어린 금발의 아가씨와 함께 브라질 출신 집사가 만들어 준 칵테일을 마시고 있었지. ― 이건 내가 지어낸 게 아니라 맥주를 두어 병 마시거나 우울해질 때마다 그가 해 준 이야기야.

그 사람은 살아남았어.

그 사람만.

그는 살아남은 우리가 겪게 된, 흔들리지 않는 육지에 사는 걸 두려워하는 증후군이 있어.

나는 그에게 옥상을 떠나라고 설득하면서 시가를 피우던, 흠잡을 데 없는 정장 재킷을 입은 뚱뚱한 남자도 흐릿하게 기억해. 틀림없이 회계사나 회사 동업자였겠지. 그는 토니를 설득하지 못했어. 삼촌이나 조부모 또는 형제들을 데려가려고 온 다른 많은 사람들처럼 그도 실패했어.

게다가 토니는 앙헬리나를 알게 되어, 그의 재산으로 가게를 차리고 그녀를 행복하게 하는 데 투자하기로 결심했지.

이제 그들에겐 가족이 생긴 거야.

매일 아침 그의 사업에 물건을 공급해 줄 배 한 척이랑.

그들은 여름날 우리의 밤샘 파티를 신나게 해 줄 정도의 연료와 전구, 그리고 충분한 돈을 가지고 있단다.

단 하나 토니에게 부족한 것은 계산 능력이야. 그는 우리 모두를 믿고 있고, 그래서 앙헬리나만 아니라면 우리에게 엄청 후할 거야. 하지만 그녀가 정신을 차리게 해 주지.

엔지니어와 잠수 장비 소유주를 빼면 보물 사냥을 하지 않고 생계를 유지하는 사람들은 극소수야.

우리 공동체의 세 축을 이루는 사람들이지.

그들이 '23번 옥상 시장'을 열지 않았더라면 정말 실망스러웠을 거야.

13

옥상 위 우리 마을에는 잠수 가게가 세 군데 있어. 라스 메두사스, 로스 로케, 그리고 오션스 웨이.

셋 중에 어느 곳이 제일 나중에 개업했는지는 쉽게 알 수 있을 거야. 오션스 웨이는 작년에 사업을 시작했고, 하루에 장비 두 개를 임대하면 만족하지. 그들은 옥상에 가게를 가지고 있지도 않아. 배를 타고 순식간에 도착해 자리를 하나 만들어. 이런 상황을 이용하는 프랜차이즈야. 보아하니 이 나라 북쪽에서 시작해 이제는 반쯤 침수된 지역에 조성된 새로운 마을까지 사람들 대부분을 그들이 배에 실어 나르고 있는 것 같아. 그들이 그렇게 바빠 움직이는 건 거기서 잘나가고 있어서겠지.

여기선 그렇지 않아.

여기서 우리는, 애걸복걸해야 한다고 해도 내내 다니던 가게에 가서 산소 펌프를 부탁하는 게 좋아. 우리는 오션스 웨이가 정말 위협적이라고는 여기지 않아. 그래서 그 배 옆을 지날 때면 애원하는 눈빛으로 우리를 뚫어지게 바라보는 그들에게 동정 어린 인사를 건네지.

값이 비싸서가 아니야.

문제는 돈을 내야 한다는 거지. 그런데 여기서 돈은 아무런 가치가 없거든.

그들은 그걸 이해하지 못해. 그들은 오전 일찍 와서 오후 5시면 사라져. 그들은 육지에서, 지붕 밑에서 살아. 그들은 슈퍼마켓에서 돈을 내고 물건을 사고, 전화를 사용하고, 육지와 소통하지.

안타까워.

밤에 우린 그들이 여기서 얼마나 버틸지를 두고 내기를 해.

라스 메두사스는 그들이 2년을 못 채울 거라고 주장하지.

로스 로케는 2년 3개월을 확신하고.

나는 3년을 걸었어, 순전히 동정심에서.

그들은 다른 가게와 물물 교환을 할 만큼 가치 있는 물건도 갖고 있지 않아.

라스 메두사스는 가족이 운영하는 가게인데, 내가 거의 쫓겨날 뻔한 날 딸들을 안고 있던 그 여자가 경영하는 곳이야. 이름이 리타라고 하는 것 같은데 확신할 수 없는 게, 이곳에서는 '마마 메두사'로 알려져 있거든. 두 딸은 중요한 도우미들이야. 마마 메두사는 어느 선장하고 결혼했었는데, 바다가 그를 삼켜 버렸대. 그들은 이곳이 바닷물에 잠기기 전에 잠수 장비 가게를 하나 소유하고 있었고 지금도 갖고 있어.

그들은 고층 호텔 옥상에서 사는데, 아래 세 개 층을 사용하지. 물에 잠기지 않은 곳들을 창고로 쓰는 거야. 각각의 발코니가 하나의 매장이란다. 낚시와 잠수 장비, 네오프렌 의류, 해양 스포츠 장비, 선박 예비 부품 등등. 엔지니어들은 고객들이 접근할 수 있도록 계단과 플랫폼을 만들었는데, 그들의 배를 댈 곳도 있었어. 라스 메두사스는 자기 힘으로 만든 가장 존경받는 가게를 소유하고 있어. 그래서 가장 비싸지.

난 그들과 거래할 물건이 거의 없어.

그들은 식료품 통조림이나 싸구려 물건 따위는 원치 않으니까.

그래도 난 될 수 있으면 자주 그곳에 가.

아리엘과 건물의 북쪽 부분을 지나면서 라나가 엄마랑 다투거나 동생 후디트가 가게를 닫는 걸 도와주는 걸 지켜보지.

다른 직원들한테는 관심 없어.

라스 메두사스는 매일 도착하는 관광객들을 상대로 장사를 해. 그들은 네가 사냥해 온 것을 어떻게 해야 할지 모를 때 가장 좋은 중개인이 되어 줄 거야.

하지만 그들을 배반할 생각은 절대 하지 마.

라스 메두사스보다 더 영악한 척도 하지 마.

그들이 네 봄베(bombe, 압축 가스통)를 산소로 가득 채울 테니까.

로스 로케 사람들은 달라. 그들은 테라스에 허름한 가판대를 하나 가지고 있는데, 거기엔 천년은 된 산소통들이 있지. 보잘것없는 것이라도 무어든 하나만 주면 바다 한가운데서 낚시할 수 있게 배로 데려가 준다. 한번은 끔찍하게 생긴 크리스털 스탠드를 주고 하룻밤 동안 낚시를 할 수 있었어.

로스 로케는 아버지와 아들이 해. 우리는 아버지 로케와 아들 로케로 구분해 부르지. 그 둘을 묶어서 부를 땐 로케라고만 해. 둘은 시간이 지날수록 아주 똑같아지는 그런 사람들이야. 아버지 로케가 죽고서 그 아들의 굼뜬 걸음걸이, 툭 튀어나온 배와 희끗희끗한 콧수염을 본다면 우린 유령 앞에 있다고 생각할 게 틀림없어. 날이 갈수록 둘은 똑같아져. 두 사람이 함께 있을 때 두 눈을 번갈아 감고 보면 마술처럼 보일 거야.

라스 메두사스와 로스 로케는 대조적인 잠수 장비 가게이지만 똑같이 우리 공동체에서 목소리 큰 산소 공급자들이야. 마마 메두사에게는 화내지 말고, 로케들에게는 욕하지 마라.

그게 일할 때 지킬 두 가지 기본 규칙이란다.

14

너도 봐서 알겠지만 우리 마을에서 난 성공한 인물이 아니야.

난 엔지니어도 아니고, 라스 메두사스에서 일하지도 않고, 로케의 한결같은 호의를 얻지도 못해. 어쩌다 값나가는 것을 사냥하는데 성공하기도 하지만 음식을 사느라 거의 늘 토니네 가게에 빚을 지고 있지. 내가 여기서 도대체 어떻게 생존하는지, 혹은 왜 더 나은 행운이 있는지 알아보러 다른 곳으로 가지 않는지 넌 묻겠지.

그런 건 흔들리지 않는 육지에 사는 사람들이 하는 질문이야.

네가 바다 가운데 있는 옥상에서 사는 사람이라면 그런 걸 묻지 않을 텐데.

네가 세상을 바라보는 방식을 무시하려는 게 아니라, 나랑 다르다는 거야.

미르코스는 날 보물 사냥꾼으로 만들었고, 그게 나야. 그럭저럭 살아가지. 육지에서 뭔가 가치 있는 걸 얻기 위해서는 수없이 많은 술책을 써야 해. 여기서는 직장에서 승진하고, 월급이 오르고, 또 온 가족과 꿈꾸던 휴가를 받는 게 별 가치가 없어. 여기서 우선순위에 있는 것들은 달라.

난 행복해. 바다에선 이게 하루의 마지막에 유일하게 중요한 거야. 평온한 영혼으로 별들 아래 누울 수 있는 것. 배에서 꼬르륵 소리가 좀 나더라도 말이야.

어쨌든 옥상의 마을들에서 우린 서로 돕지. 우린 굶주려 죽은 보물 사냥꾼을 알지 못해.

우리는 소박한 공동체야. 날마다 우리의 숫자는 더 많아져. 가끔 우스꽝스럽게 생긴 배에 탄 낯선 얼굴과 부딪히고, 가브리엘의 옥상이나 토니의 가게에서 열리는 밤샘 파티에 끼지 않고 고독을 즐기기를 원하는 이들도 있지만, 결국 우린 서로를 알게 되지. 한 가족과 비슷한 뭔가가 되는 거야.

그래서 난 지폐 한 장을 바꾸려고 헛되이 애쓰고, 익은 감자와 고기 한 접시를 입에 넣으려고 기를 쓰면서 지옥 같은 한 주를 보낼 수가 있는 거야.

15

내 이름이 로베르토 베가라고 이미 말했지만, 날 롭이라 불러도 돼.

사실 모든 이가 날 롭으로 불러.

내가 어떻게 생겼는지 많이 상상하지는 마. 난 그냥 평범한 아이야. 덥수룩한 갈색 머리털에 —미용실을 마지막으로 본 게 언제였는지 기억도 나지 않아. 미용 가위를 좋은 방수 외투와 바꾼 생각은 나지만.— 햇볕 덕분에 피부는 가무잡잡해. 정말 흔한 얼굴이야. 밤색 눈과 모든 다른 입처럼 생긴 입, 다른 코들처럼 생긴 코, 턱 주변으로 난 몇 가닥의 수염. —어쩔 수 없을 땐 많이 녹슬지 않은 면도칼로 깎기도 해. 그리고 라파의 것과는 달리 그렇게 눈에 띄지 않는 작은 두 귀. ——라파는 언젠가 자기도 모르는 사이에 날게 될 거야. 난 말랐지만 튼튼해.

옥상에서는 뚱뚱한 사람을 거의 볼 수 없어. 잠수 장비 가게들과 토니와 앙헬리나 바의 몇 사람뿐이지. 그런데 이 얘긴 앙헬리나에게 하지 마.

많이 움직이지 않으면 난 물 밑에서 3분을 버텨. 언젠가는 움직이면서 2분을 넘기기도 했어. 그렇게 되기까지 많은 훈련이 필요했어. 이 분야의 최고는 나탈리아야. 마르코스의 여동생인 나탈리아는 아무렇지도 않은 것처럼 물속에서 5분이나 머물고, 머리카락도 헝클어지지 않은 채 산소도 없이 20미터까지 내려간단다. 난 그녀가 바닷속을 걷는 걸 봤어, 물건들과 뒤집힌 자동차들 사이를. 이제 익숙해지긴 했지만 그런 건 약간 무섭기도 해. 흐릿한 유리를 통해 과거를 바라보는 것 같거든.

대개 난 혼자 보물을 사냥해. 예전에는 마르코스 무리와 함께 사냥했어. 그러다 거기서 빠져나온 이후로는 가끔씩 협업만 할 뿐이야. 그러니까 누군가 소파나 무거운 물건을 필요로 하면 우린 일주일 치 식량을 대가로 일을 해 주지. 가끔 라파가 나랑 함께 일하기도 해. 사람들이 정보를 줘서 내가 도와 달라고 간청할 때, 그럴 때만.

이제 그 통통한 물고기들은 우리가 관심을 가질 만한 투망에서 시간을 낭비하지 않아. 그들은 주문을 받아서 사냥해. 그들은 조사를 했고, 그래서 자신들이 성공할 만한 뭔가가 있다는 걸 알거든. 자기 집의 특정한 물건을 되찾으러 오는 사람들, 또는 사망한 이웃의 침수된 집에 있던 금고를 기억해 내는 친구들의 친구들이 있지. 그건 남는 장사야.

아란차는 토니의 바에서 정보를 털어놓곤 하지. 루케가 보지 않을 때 말이야.

"서쪽 어디 3층에 연장들이 있어, 롭."

혹은

"파란색 타워 2층에 찬장이 통째로 남아 있어, 롭."

아란차는 내가 맘에 든 모양이야. 내가 친절해 보였나 봐. 나도 그녀가 맘에 들어. 그녀가 검정색 네오프렌 잠수복 가슴팍에 상어 로고를 달고서 전문적인 보물 사냥꾼 무리와 함께 다니긴 하지만. 그런데 그때 난 일곱 살이었어. 아란차가 나보다 두 살만 많았다면 그녀를 꼬셔 봤을 텐데.

"넌 너무 어려, 롭."

낮고 깊은 목소리로 내 데이트 신청을 뿌리치고 내 머리칼을 휘젓는 그녀를 보는 것만으로도 좋아. 그녀는 로스 티부로네스 중 유일하게 예의가 바른 사람이야. 루케와 라얀은 너무 잘난 척해. 늘 거들먹거리며 날 대하지.

아란차는 그렇지 않아. 아란차는 나를 훌륭한 사냥꾼으로 대해 주지.

그래서 그녀가 내게 정보를 주는 거야. 그녀 덕분에 사냥에 성공한 게 한두 번이 아니야.

16

세 그룹의 전문 사냥꾼들이 있어.

하지만 난 크게 두 그룹으로 나누지. 밀물 때 물이 드는 해안에는 품위 있는 사냥꾼들과 마피아 같은 이들이 있어. 로스 티부로네스는 품위 있는 이들로, 라스 메두사스에 물건을 공급하고 고객들과 진정성 있는 계약을 하지. 그리고 마피아 같은 이들이 있는데, 포마르 형제와 히노네 팀이야.

이 둘도 굳이 나눠야 한다면 포마르 형제가 히노의 아이들보다는 조금 더 깨끗하다고 말할 수 있어. 그들은 자료 조사를 하고, 육지에 연고를 두고 있고, 대부분은 라스 메두사스와 거래하지. 그리고 대개는 다른 사람들 문제에 개입하지 않아. 하지만 가끔은 엉망이야. 예컨대, 나중에 보면 그저 싸구려에 지나지 않는 목걸이와 물물 교환을 할 거라고 자랑하는 바보짓을 해서 고객을 잃는 걸 봤거든. 그들은 좀 치밀해질 필요가 있어.

반면에 히노네는……

히노와 그 밑에서 일하는 아이들은 완전히 달라.

그들은 라스 메두사스에 빚이 있어. 그걸로 짐작해 볼 수 있겠지. 그들이 하는 말 중엔 거짓말이 더 많고, 네가 무언가를 자랑하면 그걸 훔쳐 가. 그들은 영역 표시를 지키지 않아. 잠수해서 보석을 하나 발견했는데 산소가 떨어지면 너는 반짝이는 막대로 그 방에 표시를 해 두고, 올라와서 호흡을 가다듬고 다시 내려가지. 그들은 네가 다시 잠수하기까지 그사이에 네가 작업하던 그 집에 슬며시 숨어든단다. 가장 나쁜 건, 그들은 그걸 자랑스러워한다는 거야.

히노의 아이들을 좋아하는 사람은 거의 없어. 그들은 일을 처음 시작하는 이들을 몹시 괴롭히고, 이익만 된다면 엔지니어들의 건축물도 부숴 버리거든. 그리고 술을 너무 마셔서 종종 제정신이 아니야.

마마 메두사만 히노에게 연민을 느끼는 것 같아.

나머지 우리에겐 그냥 인상이 더러운 패거리일 뿐이야.

17

마르코스와 나탈리아는 전문 보물 사냥꾼 그룹에 끼려고 단단히 마음을 먹었어.

프란과 클라우디아 손에 패거리를 놓아두고 자기들끼리만 독자적인 길을 간 이유 중의 하나도 그거야. 쉬운 길이 아니지. 경쟁이 아주 치열하니까. 하지만 난 그들이 해내리라고 믿어. 우선 나탈리아는 내가 아는 제일 뛰어난 잠수사 중의 한 사람인 데다, 가브리엘이 그의 쌍동선을 그들에게 유산으로 남겼기 때문이야.

가브리엘의 쌍동선은 커다란 행운을 가져다주지.

내가 미신을 믿어서가 아니라 사실이 그래.

그 쌍동선을 타고 가브리엘은 옛 도심의 외곽에 있는 주거 지역을 찾아냈고, 보물이 그득한 금고를 스무 개 이상이나 손에 넣었거든. 그리고 그 배로 호인 그레그가 일하다 은퇴한 동네 보석상을 발견할 수 있게 도왔어.

그래서 난 전문 사냥꾼이 되려는 마르코스의 계획을 신뢰하지.

하지만 그들의 프로젝트에 날 끌어들이려 했을 때 난 거절했어.

한 구역을 지키려고 다른 전문 사냥꾼들과 싸우면서 사는 데 나는 그다지 관심이 없고, 부자가 되기 위해 필요한 물물 교환을 생각하며 땅바닥만 내려다보면서 살고 싶지도 않아. 가끔 금반지나 하나씩 발견하면 좋겠지. 그건 부정하지 않아.

고미술상들은 찻잔 세트를 더 선호하긴 하지만.

어떤 날 밤에는 그런 생각을 해. 내가 늙으면 고미술상처럼, 그레그처럼 되고 싶다는 생각을. 햇볕에 타서 주근깨 가득한 피부에, 농구공처럼 대머리가 된 나를 상상해 봐. 건져 낸 안락의자를 흔들거리며 저마다 사연을 담고 있는 잡동사니 수집품들을 간직한 채, 다른 세상에서 온 외계인인 것처럼 관광객들을 바라보는 나를.

어쩌면 넌 그런 게 대단한 소원은 아니라고 생각할 수도 있어.

마르코스도 그렇게 생각하지. 그래서 내 얘기를 들을 때면 고개를 저어.

"우린 역사를 만들 거야, 롭." 그는 내가 나사가 하나 빠졌다는 듯이 말하지. "그것 때문에 내가 널 훈련시킨 거야, 안 그래? 내가 아는 걸 전부 너에게 가르쳐 준 건 다 이유가 있어서라고."

그는 내가 그를 배신하고 있다고 생각할 거야.

나탈리아는 그렇지 않아. 나탈리아는 내 결정을 존중하고, 마르코스가 내게 설교를 늘어놓을 때면 지겹다는 표정을 짓지.

마르코스의 아내 세일라 역시 아무 말도 하지 않아. 하기야 물속에 머리도 넣지 못하는데 그녀가 뭐라고 하겠어?

그녀는 최악의 경우에 속해.

물속에서도 물 밖에서도 있을 수가 없거든.

그녀는 중간에 있는 사람이야. 평지에서도 살 수 없고, 잠깐도 잠수할 수가 없어. 운명은 마르코스에게 결코 심연까지 함께 잠수할 수 없는 누군가와 사랑에 빠지도록 해서 어떤 가르침을 준 것 같아.

난 세일라가 가엾지는 않아. 옥상에서 그녀는 내가 아는 최고의 엄마야. 너무 착해서 아이들을 돌보고 있는 그녀를 바라볼 때면 난 그녀가 우리 엄마에게서 배운 거라고 생각하곤 해.

18

세일라는 내게 읽기와 쓰기를 가르쳐 줬어.

그때 제대로 배우지 못한 나와 거의 모두에게.

바다가 모든 것을 삼켜 버린 그때.

그녀는 마르코스보다 한 살이 많고, 전에는 라스 메두사스와 같이 살았어. 그들은 이웃이었어. 마마 메두사는 군인들의 배에서 겁에 질린 것처럼 보이는 그녀를 봤을 때 책임감을 느꼈대.

군인들은 시신 몇 구를 식별하기 위해 세일라를 데려왔는데 그녀는 거기 남기로 결정했던 거야. 홍수가 나던 날 아침 그녀는 바닷가 근처에 있지 않았어. 텔레비전 뉴스를 보고 알았대. 그녀는 똑똑한 학생이라서 어디선지는 모르지만 장학금을 받았다나 봐. 하지만 그녀는 날짜나 수치, 데이터를 잘 안다고 잘난 체하는 그런 사람이 아니야. 전혀 아니지. 세일라는 내가 돌보다 더 멍청할지라도 스스로를 영리하다고 느끼게 해 주는 그런 사람이야.

그녀는 처음에 잠수복 빌려주는 일을 했어. 나중에는 계산대를 맡았고, 더 나중에는 라나와 후디트에게 읽기와 그 모든 걸 가르쳤어.

그것이 교육자로서 그녀의 첫걸음이었지. 이제 그녀는 옥상에서 학교 비슷한 걸 꾸리고 있어.

나탈리아와 마르코스가 이사한 옥상에서.

내가 몇몇 작가를 알게 되고, 물 밖에서는 처음으로 『삼총사』한 권을 훔친 그 옥상에서.

이상하단 말이야. 왜냐하면 세일라가 그걸 알고 있다는 걸 —
그러니까 책 말이야. — 나도 알거든. 그리고 그녀가 알고 있다는
사실을 나 또한 안다는 걸 그녀도 알아. 그런데도 그녀는 내게 절
대로 아무 말도 하지 않고, 책을 돌려 달라고 하지도 않아. 아마 우
리가 책 읽는 걸 좋아하는 데 만족해서 아무 말도 하지 않는 것 같
아. 그래서 난 상태가 괜찮은 책을 손에 넣을 때마다 그걸 말려서
그녀에게 가져다주나 봐. 그녀는 이 근방에서 가장 훌륭한 도서관
을 가지고 있거든.

그녀가 아니었다면 난 항해도나 이 지역의 지도 읽는 법도 배우
지 못했을 거야. 관광객들은 각 층이 한 가지 색으로 칠해지고 침
수된 건물들의 모든 층이 나와 있는 총천연색 팸플릿들을 가져오
거든. 오렌지색은 머리를 내밀고 있는 층들이고 노란색은 조수가
바뀔 때만 모습을 드러내는 층들이야. 그리고 녹색 층들은 봄베 없
이 쉽게 접근할 수 있어. 그런 건 모험을 즐기러 오는 피서객들에
게나 흥미롭지. 파란색은 중간층들이고 자색은 오래된 단층집이
나 2층집들인데, 가끔 해수면이 이동할 때 보면 모래에 반쯤 파묻
혀 있어.

짐작하겠지만 그 지도는 상당히 도움이 돼. 하지만 그 지도는 그
다지 구체적이지도, 주변 지역을 다 포함하고 있지도 않고, 구 도
심 근처와 지금 우리가 살고 있는, 예전에 해안선이었던 곳만을 담
고 있어.

그래서 난 가끔 마르코스와 세일라를 찾아가지. 우리의 사냥 구역을 넓히기 위해 관광 지도를 확장하기로 했거든. 그건 나탈리아의 생각이었는데, 그녀는 거의 언제나 우리의 영역 개척에서 선구자니까. 그녀는 인적이 닿지 않은 사냥 구역을 조사하자고 제안했고, 그래서 우리는 주변부에 집중했지. 지금 우리는 더 멀리 떨어진 구역들을 예비 조사하고, 봄베 없이 내려가는 데 걸리는 시간에 따라 건물들이 발견되는 곳의 수심을 기록해 두려고 해. 우리가 모든 데이터를 갖게 되면 그때 실행에 옮길 거야.

이건 비밀 프로젝트란다.

이제 너도 쌍동선에 합류해 봐.

마르코스와 나탈리아의 미래는 네가 보기에도 꽤 괜찮아 보일 거라고 난 확신해.

더구나 그들은 지구인 협력자도 한 사람 구했거든.

19

몇 주 전, 늘 그렇듯 관광객들이 방문하던 중에 나탈리아는 니콜라스 가리도라는 사람을 사로잡았어.

일요일이었고 우린 가브리엘의 옥상에 점심을 먹으러 모여들었지. 비록 그는 이제 없지만 그건 우리가 간직하고 있는 전통 같은 거야. 우린 배를 타고 가. 각자가 내놓을 수 있는 최고의 것을 가져가서 거기 온 모든 사람과 음식을 나눠 먹지. 난 환상적인 초절임 멸치를 준비해 가서 칭찬을 많이 받았어. 난 뛰어난 요리사는 아니지만 잘하는 요리가 있고, 앙헬리나가 자신의 새로운 요리에 대해 으스대면 잘 받아 주기도 하지.

분명한 건 그날이 그냥 그런 여느 일요일은 아니었다는 거야. 옛 패거리 중에서는 클라우디아만 왔어. 프란과 다른 사람들은 혹시나 괜찮은 물물 교환 거리라도 찾을 수 있을까 해서 관광객들이 점심 먹는 구역 근처를 한 바퀴 돌아보러 갔거든. 마르코스와 나탈리아는 전통을 지켰지. 세일라와 아이들도 당연히 거기 있었고. 약속에 따라 엔지니어들 몇이 가족들과 왔는데 그 가운데에는 라파도 있었어. 햇볕 때문에 귀는 벌겋게 달아올랐고, 검은 기름때가 잔뜩 묻은 셔츠를 입고서 말이야. 그날 아침에 일하고 있었다는 걸 보여 주는 거지. 하지만 평소에 오던 이들 중 많은 사람이 빠졌어. 라스 메두사스는 그들의 호텔에 광고판을 놓고 싶어 하는 후원자인지 뭔지와 회의가 있다고 했고, 미술품 복원 기술자 그레그는 그가 우아하게 되살려 놓은 최근의 그림을 구매할 고객을 확보했다고 했어. 그리고 아란차는 토니의 집에서 그녀의 팀과 식사를 한다고 했어. 그녀는 가끔 우리와 함께하는데 이번엔 가련한 인간들, 루케와 라얀을 설득하지 못한 거지.

그렇다고 메뉴가 최고로 훌륭했던 것도 아니야. 마마 메두사 특유의 감자 토르티야랑 그레그의 향신료를 가미한 환상적인 고기

요리가 빠졌어. 하지만 햄과 소시지, 오일과 소금을 넣은 토마토 샐러드, 푸아그라를 넣은 작은 보카디요(바게트로 만드는 스페인식 샌드위치) ── 가장 먼저 바닥이 났는데, 우리가 가진 몇 안 되는 오븐으로 만든 빵은 귀한 먹을거리였으니까. ── 와 후추를 넣어 삶은 당근, 수육, 대구, 새끼 정어리, 치즈 소스를 넣어 익힌 감자와 내가 만든 멸치가 있었어. 후식으로는 세일라가 가져온 푸딩과 젤리를 먹었지. 그 맛있는 것들을 서로 먹겠다고 벌인 쟁탈전은 너도 상상할 수 있겠지.

식사를 마치고 우리는 웃고 떠들며 즐겼어. 햇볕에 타지 않으려고 파라솔 아래 빼곡하게 모여 앉아서 농담을 주고받고 일주일을 어떻게 보냈는지 이야기했지. 가장 나이 든 엔지니어 중 한 사람인 마테오는 히노네 사람들이 또 못된 짓을 했다고, 자기들 배만 지나가게 하려고 두 옥상을 잇는 계단을 뜯어 버렸다고 얘기해 줬어.

"우리는 규범이 거의 없어서 지킬 수도 없어." 자기 아이의 머리를 쓰다듬으며 그가 불평하더군. 나는 그에게 테라스를 돌아서 가는 게 그렇게 힘든 일이었냐고 묻고 싶었어. 모두가 그렇게 다니는데 말이야.

"피해가 컸나요?" 자기가 가져온 젤리를 아직 음미하고 있던 클라우디아가 물었어.

"이 사람아, 피해를 봐서라기보다는 낯 두꺼운 짓이니까 그러지." 마테오가 강하게 반박했어. "계단은 다시 제자리에 복구해 놨어. 하지만 그게……."

"결국 엔지니어들의 일이란 게 지나는 길에 망가진 것들을 고치는 거니까요." 라파가 맞장구를 쳤는데, 걔는 폼 잡으며 이런 대화에 끼는 걸 엄청 좋아하거든. 자기가 마테오랑 동년배라도 되는 양, 옥상에서 자기가 제일 현명한 것처럼 말이야.

사실 라파는 봐줘야 해. 걔는 클라우디아가 앞에 있을 때면 자신의 의견이 우리 공동체를 위해 중요하다는 걸 일깨워 주고 싶어 하거든. 라파는 아무도 자기 감정을 모른다고 생각하지. 하지만 분명히 말하는데, 마을 사람 절반이 걔가 클라우디아를 미치도록 사랑한다는 걸 알아. 그 둘을 보고 있으면 아주 재밌어. 난 두 사람이 서로 좋아한다고 생각하는데, 두 사람은 서로 상대방이 정반대로 느끼고 있다고 믿고 있거든. 그래서 상처받지 않으려고 한 발짝도 앞으로 내딛지 못하는 거야.

감정에 관한 한 네가 나를 전문가라고 믿지야 않겠지만, 라나가 그 옥상에 있었더라면 나도 내가 최고가 되려고 애썼을 거야.

내가 지금 무슨 소릴 하고 있담?

분명히, 그녀가 있으면 난 입도 벙긋하지 않아.

난 감정적인 면에서는 겁쟁이야.

라파처럼.

우리가 그렇게 기분을 내면서 되는대로 지껄이고 있는데, 소형 모터보트 한 대가 테라스로 다가왔어. 비키니 위에 속이 훤히 비치는 원피스를 입은 구릿빛 피부의 여자가 보트를 몰고 있었지. 처음에 난 어쩌나 그녀에게 정신이 팔렸는지 누군가가 나탈리아에 대해 묻는 것도 몰랐어.

그는 그냥 여느 관광객들 같아 보였어. 파란 줄무늬 수영복에 반팔 피케 셔츠를 입었더라고. 그리고 거기 어울리는 모자를 쓰고 빼놓을 수 없는 듯 선글라스를 끼고 있었지. 그는 자신을 니콜라스 가리도라고 소개하고, 땅을 임차하고 싶다며 허락을 구했어.

"여기서는 땅을 임대하지 않아요!" 조롱꾼 라파가 웃었어. 관광객을 무시할 수 있는 기회를 놓칠 애가 아니지.

그럼에도 불구하고 나탈리아는 그에게 올라오라고 했고, 그래서 우리 모두가 무슨 일이 벌어지는지 보게 되었어.

가끔 지구인들은 자기들 생활 방식에 따르면 본질적인 것이라 여기는 권리들을 옥상에서도 누리길 원하지. 잘은 모르지만, 친밀함과 사생활 같은 것 말이야. 그런데 우린 그들에게 그걸 허용하기가 어려워. 그들을 불편하게 만들려 해서가 아니라, 우리는 아주 사소한 것까지도 공유하는 데 익숙해져 있거든. 그래서 우리는 그들의 움직임에 신경 쓰며 조용히 그곳에 있었고, 나탈리아는 그들을 한쪽으로 데려가지 않고 오히려 드러내기 위해 가장 많은 사람이 둘러싼 선베드에 그들을 앉힌 거지.

꾸며서 말하진 않을게.

그 사람은 별로 불편해 보이지 않았어. 오히려 주인공이 된 걸 즐기는 것 같았어.

"저는 텔레비전 방송국에서 일합니다." 그가 선글라스를 벗고 너무도 맑고 파란 눈에 결국은 불안감을 드러내면서 말했어. "우리는 옥상 주민들이 어떻게 물 아래에서 좀 더 오랜 시간을 버틸 수 있는 새로운 능력을 개발해 왔는가에 관한 자료를 모아서 다큐멘터리를 만들려고 계획 중이죠."

다큐멘터리.

텔레비전.

우린 곧바로 흥미를 잃었어. 영화나 드라마, 혹은 다큐멘터리를 찍자고 제안하며 접근하는 프로듀서들보다 더 넌더리 나는 건 없어.

니콜라스 가리도는 귀 기울이는 사람이 없다는 걸 알아차렸을 거야. 사람들이 다시 자기들끼리 이야기하기 시작하자 그의 얼굴이 약간 상기됐거든.

"로케라는 사람이 당신이 산소통 없이도 수중에서 5분을 버틴다고 말해 주던데요. 아주 놀라워요." 니콜라스가 나탈리아의 특기를 들먹이며 아첨을 떨었어.

나탈리아는 잠수사로서 매혹적이고 우리 중에서 최고라고 이미 내가 말했지. 그런데 지구인들이 그걸 기억할 필요는 없어. 그 사람은 프로그램이 어떤 것인지, 그가 무엇을 협력할 것인지, 계약서에 서명할 준비가 되어 있는지, 수락한다면 언제 촬영할 것인지 등에 대해 설명하기 시작했어.

마르코스, 클라우디아, 라파와 나는 서로 의미심장한 눈빛을 주고받았어. 비웃는 것 같은 몸짓으로 대화를 다시 전달해서 그 관광객 앞에서 나탈리아를 웃게 만들었지.

그건 나쁜 짓이 아니야.

네가 비극적인 일을 겪었다고 상상해 보렴.

그 비극을 극복했다고 상상해 봐.

세상의 모든 텔레비전이 지구인들을 위해 네가 그 비극을 다시 겪기를 원한다고 상상해 보라고.

옥상 도시에서 프로듀서를 받아들인다는 건 바로 그런 의미야.

여기는 텔레비전도 없고, 우리에겐 관용도 중요하지 않아.

우리가 그들의 양심을 달래 줄 자선 사업의 대상이라도 되는 듯이 비정부 기구(NGO)가 우리에게 쌀과 버터를 공급해 주러 오기를 바라지 않아.

우린 바닷사람이 되기로 결정했기 때문에 바다에 사는 거야.

"멋진데요." 니콜라스 가리도가 푸른 눈을 더욱 크게 뜨면서 말했어. 나탈리아가 로케네 사람들이 했던 말이 모두 사실이라고, 그런데 자신만이 유일하게 산소통 없이 1분 이상 잠수할 수 있는 사람은 아니라고 마지못해서 설명했거든.

니콜라스가 나쁜 사람 같지 않았다는 건 분명해. 그는 자기가 가진 모든 수단을 동원해서 나쁘게 보이지 않으려고 애썼어. 물론 연민이란 카드를 쓰고 싶은 욕망을 억누르진 못했지.

"그게 말입니다." 나탈리아가 힘을 실어 주길 바라면서 그가 말을 이었어. "저는 방송국에서 이제 막 일하기 시작했고, 상사들은 절 무척이나 신임하고 있습니다. 그런데 제가 해양 동물에 관한 프로그램을 하나 만들었는데 완전히 엉망이었어요. 그래서 일을 계속하려면 도움이 될 만한 좋은 아이디어가 필요합니다. 당신은 원하는 조건으로 요구 사항을 제시할 수 있어요. 5분 동안 잠수하는 당신을 제대로 촬영하도록 허락해 준다면 흥미로운 몇 장면만 찍고 당신을 놓아 드리지요."

마르코스가 참지 못하고 끼어들었어.

"원하는 조건이라고요?" 그가 앞으로 몸을 내밀며 관심을 보였어.

니콜라스는 몸을 뒤로 약간 뺐지.

"당신도 물속에서 그렇게 오래 버티나요?"

"아니오. 난 이 애 오빠요."

마르코스가 흥정을 시작할 때가 난 너무 좋아. 나도 그에게서 물물 교환을 배웠는데, 그 덕에 영 꽝은 아니야. 그런 건 타고나야 한다고 생각하긴 하지만.

마르코스는 흥정의 왕이야. 우릴 모두 침묵하게 만든다니까.

결국 내 말은, 나머지 대화는 금세 시들해졌고 모두가 니콜라스 가리도의 불편한 얼굴을 쳐다보게 됐다는 거야.

"원하는 조건이라고요?" 나탈리아가 니콜라스를 진정시키려고 온화한 미소를 지으며 질문을 되풀이했어.

"물론이죠. 원하실 때 촬영하고, 조금도 귀찮지 않게 해 드릴 겁니다."

"그런데 그 대가로 나탈리아는 뭘 얻게 되죠?"

마르코스가 반격했고, 라파는 피식 웃었어.

"글쎄요, 방송국 예산이 많지가 않아서. 하지만 우리가 액수를 합의할 수 있다면……."

"아닙니다, 액수는 무슨. 우린 돈에는 관심 없어요." 다시 가엾은 니콜라스의 주의를 끌면서 나탈리아가 설명했어.

"돈이 아니라면 방송국이 무엇을 제공할 수 있을지……." 그가 다시 시도했어.

"당신만 괜찮다면 우리 배에서 그걸 논의해 보기로 하지요."

이런 순간에 난 마르코스에게 박수를 보내고 싶어. 그 별 볼 일 없는 다큐멘터리 제작자를 열다섯 살 소년처럼 만들어 버렸잖아.

라파는 계약에 대해 알고 싶어서 안달했어. 다른 사람들도 약간 실망한 표정이었지. 조만간 구체적인 합의 사항을 알 수 있을 게 확실하긴 했지만.

니콜라스는 모터보트에 탄 여자에게 신호를 보냈어.

모터보트 여자가 어깨를 들썩이자 그녀의 가슴도 훤히 비치는 원피스 아래서 우아하게 들썩이더군.

마르코스는 내 팔을 쿡쿡 찌르며 정신 차리고 쌍동선을 따라가라고 지시했어. 난 특혜를 받은 사람 중 하나였지.

그 모든 일이 어떻게 돌아가고 있는 건지 잘은 몰랐지만.

20

니콜라스 가리도는 마르코스의 배에 앉아 있는 게 아주 편해 보이지는 않았어.

대화를 이어 갈 만한 말을 찾지 못해서 말들이 나탈리아의 머리칼을 날리는 미풍에 실려 그의 주위에 나타나 주길 바라는 것 같았어. 그 상황에서 니콜라스가 만족할 만한 도움을 줄 사람은 아무도 없었지.

분명한 것은, 마르코스 남매가 그들의 배에서 이어 가기로 한 비밀 대화에서 무얼 기대하고 있었는지는 나도 몰랐단 거야. 그들이 관심을 가질 만한 게 무언지는. 그러니까 니콜라스가 무엇을 가지고 있는지, 그에 따라 내가 관심을 가질 만한 게 있는지도 난 몰랐지.

그때 마르코스의 일곱 살짜리 장남 호세가 가브리엘의 옥상 난간으로 고개를 내밀더니 우리에게 손짓을 했어. 아무도 우리 얘기를 듣고 있지 않다고. 그러자 나탈리아가 그의 생각을 읽을 수 있다는 듯이 함박웃음을 지으며 오빠를 향해 몸을 돌렸어.

난 다큐멘터리 제작자에게 내 모습이 분명 뭔가와 닮아 보일 것인가 하고 자문해 보았지.

"계약은 간단해요." 마르코스가 자신의 무릎을 살짝 치면서 설명했어. "당신이 우리에게 해변 지역의 상세한 시가 지도, 침수된 일부 외곽 지역의 공중 촬영 자료와 시내 상점 안내 책자를 제공해 준다면 나탈리아는 다큐멘터리에 참여할 겁니다."

니콜라스는 그들이 농담을 하고 있다고 생각하는 듯 잠깐 너털웃음을 웃었어. 그런데 상대방의 얼굴에서 진지한 표정을 발견하고는 나를 바라보며 답을 구했지.

분명히 나도 그와 똑같이 놀란 표정을 짓고 있었을 거야. 하지만 난 내 친구들이 요구한 걸 머릿속으로 다시 생각해 보면서 재빨리 놀라지 않은 척했어. 그들이 요구한 것은 니콜라스에게는 아무런 가치도 없는 것들이었어. 하지만 우리에게는 그게 남는 거래가 될 수도 있었지. 우리가 만들고 있는 비밀 지도를 끝내는 데 그가 도움을 줄 수도 있을 테니까. 마르코스와 나탈리아에게는 커다란 이득을 안겨 줄 테고, 그래서 전문 보물 사냥꾼 대열에 합류하게 될 수도 있겠지.

"그게 당신들이 진정으로 원하는 거란 말이죠?" 니콜라스는 확실히 해 두고 싶어 했어.

"그런데 이 얘기는 비밀로 해 줘요." 나탈리아가 기뻐 웃으며 말했어. "당신에겐 아무 문제가 되지 않을 거라 생각해요. 당신들은 컴퓨터와 기록 보관소, 그 밖에 모든 걸 갖고 있을 테니까요."

"자료 파일과 도서관도 있죠." 마르코스는 어떤 아이디어든 다큐멘터리 제작자의 관심을 불러일으키는 데 도움이 될까 해서 덧붙였지만 그는 어리둥절해했어.

나는 그의 머리가 정보를 받아들여서 낯선 두 사람이 그에게 요구하는 게 거의 없다는 사실을 깨닫고서 그의 태도가 어떻게 변하는지 유심히 관찰했어. 니콜라스 가리도는 자기가 이 불쌍한 무지렁이들에게서 큰 이득을 취하고 있다고 생각하는 것 같았어. 그의 가슴은 만족감에 부풀었고, 어깨는 당당하게 펴졌고, 손은 더 이상 허리춤의 수영복 끈을 만지작거리지 않았지.

"상세한 시가 지도, 일부 외곽 지역의 공중 촬영 자료와 상점 안내 책자……. 침수된 곳들이죠." 그가 마르코스와 나탈리아만큼 환하게는 웃지 않으려고 애쓰면서 되풀이했어.

"그리고 비밀을 지킬 것."

"그리고 비밀을 지킬 것." 신중한 척 니콜라스가 마르코스의 말을 따라 했어.

그의 생각이 뻔히 들여다보이는 것 같았지.

황금 알을 낳는 암탉을 움켜쥔 니콜라스는 자신을 성공적이고 최고로 영리한 사람이라고 느끼는 것 같았어. 이런 물물 교환은 우스워 보였겠지. 다큐멘터리가 가져다줄 보상에 비하면 그가 기울일 노력은 극히 작은 것일 테니까.

"사람들이 말하는 것처럼 참 좋은 분이네요, 그렇죠?" 그는 나탈리아를 가늠해 보면서 조금 주저하며 말했어. 그녀가 자신만만하게 웃고 있었거든.

"그보다 더 좋은 사람이죠." 마르코스가 망설임 없이 못을 박았어.

니콜라스 가리도는 다시 내게로 눈길을 돌렸어. 마치 내 말이 반박할 수 없는 증거라도 되는 것처럼.

"얼마나 좋은 사람인지 상상도 못 하실 겁니다." 결국 나는 그렇게 말했고, 그게 내가 한 일의 전부란다.

난 마르코스가 나도 함께 갔으면 한다는 걸 알고 있었어. 내가 그들이 해상 지도 만드는 걸 돕고 있어서만이 아니라, 전문 사냥꾼의 미래가 어떤지 보고 싶어 한다는 걸 마르코스도 알고 있었으니까. 아드레날린에 이끌린 그의 꿈에 나도 참여하고 가세하고 있다고 느끼게 해 주고 싶어 했으니까.

난 마르코스를 실망시킬 거였기 때문에 약간의 미안함을 느꼈어.

내가 관심이 없다는 걸 그는 곧바로 알아차렸어야 해.

난 순전히 호기심에서, 또 한편으론 그들에게 빚을 졌기 때문에 그들을 도운 거였어. 하지만 난 나의 미래를 그 누구와도 연결시킬 생각이 없었어. 전문 사냥꾼으로 변모하고 싶은 건 더더욱 아니었고. 그건 내 계획과는 완전히 거리가 멀었어.

너는 나를 바다의 늑대라고 상상해도 돼.

고독을 사랑하는 사람이라고.

소박한 삶을 사랑하는 사람이라고.

에스프론세다(José de Espronceda, 19세기 스페인의 낭만주의 시인)의
『해적의 노래』에 장단을 맞춰 줘도 돼.

그게 내가 니콜라스와 나탈리아가 계약을 맺는 동안 머릿속으
로 상상했던 거야.

마르코스는 만족감에 부풀어 나를 보더군. 갑자기 몸집이 2킬로
그램은 불어난 것처럼 보였어.

그날 오후에는 토니에게 맥주 한 병을 주문해서 ─ 마르코스의
물물 교환 대신 ─ 그 일을 축하하고, 세일라와 옥상 가족들의 아
이들과 우리의 성공을 함께 나눴어. 라파는 자세한 걸 알고 싶어
죽으려고 했지만 나탈리아와 마르코스가 감추는 바람에 화를 내
고는 클라우디아와 함께 옥상에 남았지.

분명히 말하는데, 우리가 웃으며 환상의 나래를 펴는 동안, 허공
에 성을 쌓고 옛 시절을 추억하는 동안, 나는 그 복덩어리 지도 덕
분에 엄청난 곤경에 빠지게 될 거라곤 상상도 못 했어.

그걸 알았더라면, 조금이라도 알았더라면, 너에게 이 이야길 하
고 있진 않겠지.

21

일이 그렇게 갑작스럽게 벌어졌기 때문에 그다음 날 아침에 내

인생이 혼란 그 자체가 된 거라고 생각하지는 마.

전혀 그렇지 않아.

그다음 날 아침의 첫 햇살이 나의 환상적인 큰 매트리스에 비쳐 들어 날 깨울 때까지, 무슨 일이 있었는지 난 거의 잊고 있었어.

그 생각을 너무 오래 끌지는 마.

잠깐 멈춰.

멈춰서 생각해 봐.

난 이불을 뒤집어쓰고, 나무 가판대 아래 머리를 넣고 발은 달아나는 밤의 애도를 받으며 잠들었어. 그리고 태양이 바다 위로 천천히 고개를 내밀었지. 너무 천천히 내밀어서 눈을 뜨고 있었다면 태양이 움직이는 걸 볼 수 있을 정도였어. 처음 나타난 갈매기들이 자기들이 아침의 주인이라는 걸 선언하듯이 노래를 불렀어. 난 그곳에 있었어. 새벽의 추위가 까치발로 들어와 얼굴을 쓰다듬는 빛과 함께 사라지는 걸 느끼며, 그곳에.

난 옥상에서 자면서 이 세상과 사랑에 빠진 인간이야.

그리고 난 라나를 생각하지, 나와 함께 잠을 깨는 그녀를 볼 수 있다는 생각을.

바로 그때 환상이 깨지지.

내 위장이 배고프다며 울부짖는 통에 스스로를 바보 같다고 느끼게 되니까.

잠에서 깨어나는 날 보러 온 걸 환영해.

보다시피 너무도 평범한 모습이지.

나는 아침에 잠을 깨기 위해 잠깐 수영하는 걸 좋아해. 그래서 파자마가 걸리적거릴까 봐 알몸으로 자. 옥상에 사는 주민들이 금세 배우게 되는 게 하나 있는데, 간단한 옷차림은 간단한 빨랫감을 의미하고, 간단한 빨랫감은 담수를 적게 사용하는 걸 의미한다는 거지. 바보 같다고 생각지는 마.

오전의 바다는 그렇게 차지 않아. 수면 안팎의 온도 차가 크지 않거든. 파도의 리듬은 머리를 맑게 해 주지. 그래서 난 무슨 의식처럼 세 거리 정도 떨어진 아파트 건물까지 헤엄쳐 가곤 해.

그러는 동안에 그레그와 마주치기도 해. 미술품 복원 기술자 말이야. 그 사람도 아침마다 알몸으로 수영을 하거든. 우리는 입을 빠끔거리는 두 마리 물고기처럼 서로 인사를 나누지. 주름과 힘줄이 많이 드러난 그의 늙은 몸을 보면 미래의 내 모습이 어떨지 상상이 가. 내가 깜짝 놀랄 거라고 생각지 마. 전혀 그렇지 않아. 그 사람 같은 내 모습을 상상하는 건 두려움과는 정반대의 감정을 불러일으키거든. 완전하고 절대적인 평온을.

잠에서 깨어난 다음에는 아침을 준비하며 햇볕에 몸을 말려. 난 설탕을 넣은 밀크 커피를 좋아해. 거의 빼먹지 않고 마시지. 가끔은 혼자 마시고, 아니면 토니네 바에 가서 졸라. 김이 모락모락 나는 커피 한 잔 달라고.

그날은 소파에 커피를 들고 앉아 멀리 옥상의 이웃들이 하루를 시작하는 모습을 바라보고 있는데 니콜라스 가리도와 그의 다큐멘터리가 생각났어. 마르코스가 했던 건배사와 만족스러워하던 모습도.

난 미안함을 느꼈어.

사실 미안함이 너무 커서 그 한 주는 나만의 사냥을 포기하고 마르코스의 탐사 작업을 도왔지.

내가 그에게 뭘 어쩔 수 있었겠어? 난 다른 사람들이 흡족해하는 걸 보면 마음이 약해지거든. 그래, 마르코스에게 날 전문 사냥꾼으로 만들 생각은 하지 말라고 다시 한번 말할 걸 그랬나 봐. 그의 사업을 일으킬 때까지만 도와주고 나중에 슬며시 빠질 수도 있을 텐데. 그런데, 내가 뭔가 보탬이 되긴 할까?

22

"넌 그에게 헛된 희망만 주는 거야." 마르코스가 한 차례 잠수한 중간에 나탈리아가 날 비난했어.

우리는 우리가 사는 옥상들에서 꽤 멀리 와 있었어. 새 해안선과 옛 해안선 사이의 중간 지대였지. 평소 배와 함정을 타고 다니던 길에서 상당히 떨어져 있어서 남의 눈에 띄거나 방해받지 않았어.

전날 오후에 나탈리아는 지도의 한 부분을 차지하며 가장 넓은 주거 지역을 이루고 있던 연립 주택들을 발견했어.

전문 보물 사냥꾼들은 토니가 소유했던 것 같은 호화 저택이 많은 해안가의 가장 부유한 지역을 약탈하는 데 몰두했어. 새로운 해안선에는 그다지 가까이 가지 않았어. 그쪽에서 침수된 곳은 주로 가축 사육장과 허름한 시골집들이었으니까.

　그래서 나탈리아의 발견이 중요했지. 어쩌면 아직 침수된 귀중품이 남아 있을지도 모르거든. 하지만 우리가 장비를 완전히 갖춰 보물을 찾으러 내려갈 수 있을 때까지는 경쟁자 중 누구도 우리를 추적하지 못하도록 그 사실을 감춰야 했어.

　지금 당장은 확인만 해 보고 재빨리 빠져나와야 했어. 우리 지도에 대강의 수심과 함께 보물이 있는 위치를 표시하고, 괜히 시간만 낭비한 척 위장하는 거야.

　내가 마르코스에게 한 짓과 비슷하게 말이야.

　"난 그에게 헛된 희망을 주고 있는 게 아니야." 쌍동선에 다리를 걸친 채 난 변명했어.

　"넌 그러고 있어." 당황한 나탈리아가 우겼어. "오빠는 널 설득할 수 있을 거라고 생각한다고! 그가 우리 가게 이름을 뭘로 생각하고 있는지 알아? 엘 풀포 데 트레스 파타스('다리 셋 달린 문어'라는 뜻)!"

　"난 이름 짓는 덴 재주가 없어." 나는 화제를 바꾸려고 했어.

　"내가 무슨 말을 하는 건지 알잖아! 너까지 포함해서 셋이라고 한 거야."

"난 관심 없다고 이미 마르코스에게 말했다고!"

"그래. 그런데 넌 매일 계속해서 우리와 탐색하러 오잖아!" 나탈리아가 불평했어. "네 말은 모순투성이야."

"오지 말라는 말이야?"

나탈리아는 고개를 저어 부인하면서 웃기 시작했어.

"구제 불능이구나. 내 말이 무슨 뜻인지 알잖아. 마르코스는 널많이 사랑하고, 그래서 전문 사냥꾼 팀에 널 두고 싶어 하는 거야."

난 나탈리아가 돌려 말하지 않는 게 맘에 들어. 무얼 물으면 그녀는 상대방이 상처를 받더라도 진실을 말해 주지. 예전에 난 그녀를 미칠 듯이 사랑했었어. 열네 살에 미치도록 사랑하는 게 가능하다면 말이지만. 그때 그녀는 날 보고 웃지 않았어. 날 사랑하는 내또래 여자애들에게 관심을 가지라고 말해 주었지, 누나처럼. 절망스럽게도 그 모든 얘길 어찌나 자연스럽게 하던지, 그녀의 거절에자존심 상할 새도 없었어.

난 답을 구하려 바다를 바라봤어. 그녀의 말은 일리가 있었고 내가 더 이상 할 말도 없다는 걸 알았지만.

"지도 프로젝트는 맘에 들어." 내가 고백했어.

"문어의 세 번째 다리가 될 수 없다는 것 때문에 넌 죄책감도 느끼지." 그녀가 다 안다는 듯이 덧붙였어.

우린 말없이 있었어.

마르코스가 생각해 낸 그 이름이 정말 우스꽝스럽다는 생각을 떨칠 수가 없었어. '다리 셋 달린 문어'라니, 내가 살면서 들어 본 가장 비전문적인 이름이었어.

"나탈리아도 이젠 나 대신 문어의 세 번째 다리가 될 남자 친구를 찾을 수 있겠지." 마르코스가 올라온다는 걸 알려 주며 수면 위로 솟아오르는 물방울들을 보면서, 난 웃으면서 그녀에게 한 방 먹였어.

나탈리아가 너무 세게 꼬집어서 깜짝 놀랐지.

그리고 그녀는 웃기 시작했어. 나도 웃었어. 날 한 번만 꼬집은 데 감사하며 웃었던 것 같아.

고개를 내민 마르코스는 그런 우리를 보고서 낄낄거렸어.

난 스스로에게 말했지. 그들 문어의 세 번째 다리는 되지 않을 거라고, 그날은 그걸 그녀에게 분명하게 말해 둘 최상의 상태가 아니었다고 말이야.

내가 그녀에게 뭘 어쩌겠어!

23

니콜라스 가리도는 2주 후에 다시 우리 인생에 등장했어.

다시 쌍동선을 타고서.

속이 훤히 비치는 원피스를 입은 눈부신 그 여자와 함께, 다시 쌍동선을 몰고서.

오후의 태양 아래서 다가오는 그들을 보면서 나는 세상에는 운 좋은 사람들이 있다는 생각을 했어.

그리고 곧바로 그보다 내가 더 운이 좋다고 생각을 고쳐먹었어. 난 내가 일할 내용을 정하고, 그의 기대나 대중의 기대를 만족시키지 못하면 내쫓아 버리겠다고 위협하는 사장에게 손익 계산서를 제출하지 않아도 되니까. 난 가여운 니콜라스 가리도가 쌍동선에서 내려 마르코스 가족의 테라스에 모습을 드러낼 때까지 그를 동정했어.

내가 거기 갔던 건 우연이야. 『검은 해적』을 다 읽은 터라 세일라에게 책 한 권을 빌리러 갔던 거지. 나탈리아는 내가 나타나자 곤란해하면서 눈썹을 약간 찡그리고 바라봤어. 그래서 나는 나를 자기들 배의 선장처럼 맞이하는 마르코스의 아이들이 노는 곳으로 숨었지.

그 꼬맹이들은 날 너무 좋아해.

그 애들은 내 팔에 매달려 물속으로 뛰어들어서는 잠수해서 얼마나 오래 버티는지 보여 주려고 해. 그 애들을 보면 내가 잠수하는 법을 배우던 시절이 생각나. 별안간 마르코스가 그 애들 중에서 문어의 세 번째 다리를 찾을 수도 있겠다는 생각이 떠올랐지. 만일 아이들이 모두 참여하고 싶어 하면 늘어난 다리 수만큼으로 가게 이름을 바꿔야겠네.

그런 생각이 내 마음을 진정시켰어.

그 기특한 생각을 전해 주고 싶어서 나는 나탈리아 쪽을 봤어.

그런데 아무 소용이 없었어. 그녀는 계속 입을 꾹 다물고 있었어.

아까 말했듯이 다행히도 니콜라스 가리도가 쌍동선을 타고 나타났어.

그는 짙은 색 수영복에 빨간 피케 셔츠를 입고 있었어. 모자는 두고 온 것 같았는데, 그가 첫 방문 때 보여 준 바보 같은 분위기가 사라졌으니 판단 잘한 거지.

그는 비닐봉지 한 장과 승리의 미소를 가지고 왔더군.

"임무 완수." 나탈리아와 마르코스가 인사하러 다가가자 그가 말했어.

세일라는 의자를 몇 개 내놓고, 호세의 도움을 받아 테이블을 정리했어. 호세는 부모님이 자랑스러워하도록 부모님을 돕고 싶어 하거든. 일을 다 하고는 웃으며 뭐라고 핑계를 대면서 아이들을 데리고 다른 쪽으로 가 버렸어.

우리 넷은 비닐봉지 앞에 앉았지. 니콜라스 가리도는 성스러운 물건이라도 되는 것처럼 서류들을 꺼내기 시작했어.

상세히 묘사된 약간 낡은 컬러 시가 지도.

인명 전화번호부 몇 권과 업종별 전화번호부에 딸린 오래된 안내 책자 한 권.

해안에서 가장 가까운 침수 지역을 공중 촬영한 사진집.

필요하면 쓰려고 사 둔 것처럼 보이는 투명한 비닐 파일 안에 보관된 사진들.

그리고 계약서.

나탈리아를 위한.

24

"그럼 우린 합의한 거죠?" 니콜라스가 빨간 피케 셔츠 주머니에서 파란색 볼펜을 꺼내면서 물었어.

우리는 서류를 훑어보았고, 지도와 사진들이 우리가 기대했던 것보다 더 낫다고 대답했어. 언젠가 아란차가 로스 티부로네스 사람들이 가지고 일하는 시가 지도를 내게 보여 준 적이 있어. 그런데 지금 우리 앞에 있는 것도 그것과 아주 똑같은 거였어. 인명 전화번호부와 업종별 전화번호부는 그 지역에서 흥미로운 가게들을 알아보는 데 도움이 될 거야. 다른 전문 사냥꾼들이 보석상이랑 가장 흥미로운 지역들을 이미 사냥했겠지만, 우리가 한발 늦었더라도 그들이 뭔가 잊은 게 있는지 한 바퀴 돌아보고 확인할 수 있겠지.

큰 차이라면 낯선 지역을 공중에서 찍은 부분이었어. 그건 우리에게 도움이 됐어.

"우린 합의한 겁니다." 만족한 나탈리아가 볼펜을 잡으며 미소 지었어.

토니가 있었더라면 분명 샴페인을 꺼냈을 거야.

그런데 그가 없어서 우린 아무것도 마시지 못했지.

니콜라스 가리도는 몇 년이나 지났기 때문에 그 정보들을 찾는 게 힘들었다고 말했어. 서류에 나오는 대부분을 바다가 파괴해 버렸고, 오션스 웨이 같은 회사가 독자적으로 개발하기 위해 남은 것들을 싹쓸이해 버렸으니까.

새로운 잠수 관련 기업이 수심에 관심을 보인다는 것은 전혀 놀랍지 않았어. 그들의 잠수복을 빌릴 고객을 잡을 수 없다면 다른 것에라도 관심을 가져야 했을 테니까.

니콜라스 가리도가 그 소식 앞에서 우리가 놀랄 걸 기대했다면 그건 오산이었어. 난 더러운 장난엔 익숙하거든. 히노네 애들이 일하는 걸 보고 자랐으니까.

히노 자신도 지금 우리가 구한 정보를 얻는 조건이라면 무슨 짓이든 할 거라는 걸 난 알았지.

"전에 말했던 것처럼 그동안 모든 걸 비밀에 부쳤겠죠, 그렇죠?" 니콜라스의 선글라스에 시선을 고정한 채 난 확인하려 했어.

"물론이죠. 우리 사장한테도 얘기하지 않았어요." 그는 새하얀 이를 살짝 드러내며 웃어 보였어.

마르코스와 난 동시에 고개를 끄덕였고, 나탈리아는 우아한 필체로 서명한 계약서를 그에게 돌려줬어.

"이제 계약은 마쳤습니다." 마르코스는 신이 나서 서류들을 챙겨 나탈리아에게 건넸어. "녹화는 언제 시작하죠?"

"2, 3주 후에. 괜찮아요?"

니콜라스는 팀을 소집해야 한다고 설명했어. 먼저 눈에 띌 만한 장소를 찾아서 비디오로 몇 가지 테스트를 해 봐야 한대. 또 별도로 그들과 동행할 잠수부들과도 계약해야 하고. 난 그가 길게 늘어놓는 말을 듣는 게 지루했어.

그는 장광설로 우리를 지치게 하고 싶진 않은 것 같았어.

자신들의 삶이 얼마나 복잡한지 늘어놓는 걸 중요하게 여기는 사람들이 있지.

복잡한 인생이 가치 있는 삶이라도 되는 것처럼.

미안하지만, 난 복잡한 인생이 지닌 가치를 이해 못 하겠어.

내겐 소박하고 행복한 삶이 훨씬 더 풍요롭거든.

내가 마음속으로 니콜라스 가리도의 삶과 옥상에 있는 우리 마을 고미술상들의 평온한 삶을 비교해 보는 동안 그들의 대화가 다시 나의 관심을 끌었어.

"뭔가 마법적인 게 있다는, 그런 말씀이에요?" 나탈리아가 다큐멘터리 제작자를 흥미롭게 바라보며 물었어.

"마법적인 거요? 아니, 뭐……." 니콜라스는 자신의 말이 별것 아니라는 듯이 웃었어. "그러니까 뭔가 평범하지 않고 어딘가 묘한…… 그런 것 말이에요."

갑자기 화제가 달라져서 난 놀랐어. 초자연적 경험을 이야기하자고 다시 계약서라도 주고받은 건가?

"가끔은 죽은 자들의 영혼이 보인답니다." 마르코스가 진지하게 대답했어. "말씀하시는 게 그런 거라면 말입니다."

마르코스가 그를 놀라게 하려고 그런 말을 한 게 아니야. 보물 사냥꾼 중 많은 이가 잠수하는 동안 그런 환영을 보는 경험을 하거든. 그 이야기를 처음 들었을 때는 어려서 들었던 이야기들보다 더 무서웠어. 옥상에서 모임을 갖곤 했을 때지. 그 뒤로는 너무도 일상적인 일이라 아무도 관심을 갖지 않게 되었지만.

난 잠수하면서 한 번도 영혼을 본 적이 없어. 그런데 나탈리아와 마르코스는 봤대. 라파도 그렇고. 가브리엘은 물에 잠긴 그 영혼들에 대해 한없는 애정을 가지고 이야기했지. 뭔가 아름다운 것처럼, 사냥하는 동안 주목하기만 하면 우리도 그 기적의 일부가 될 수 있는 것처럼.

무섭지는 않았어.

바다가 모든 것을 삼켜 버렸을 때 나는 예전에는 받아들일 수 없을 것처럼 보이던 것들도 결국엔 받아들였으니까. 이성으로 완벽하게 가늠할 수 있었던 이 세상이 갑자기, 영혼을 신비한 것들에게 열어 줄 때만 이해할 수 있는 끝없는 비밀 뒤로 숨어 버리기라도 한 것처럼 말이야.

그래서 난 마르코스의 대답이 놀랍지 않았어. 니콜라스의 질문이 놀라웠지.

"그런 신비로운 이야기들은 육지에서 떠도는 건가요?" 내가 흥미로워하며 물었어.

우리에게 아주 자연스러워 보이는 일들 때문에 지구인들이 놀란다면 그거야말로 흥미진진하잖아.

"그게 말이지, 육지에선 많은 이야기들을 하지요." 니콜라스는 동의하는 미소를 지어 보이는 걸로 얼버무렸어. "영혼들, 당신 말처럼요, 마르코스. 그런데 말이죠, 불 켜진 집들, 또는 물속에서 갑자기 켜지기 시작하는 텔레비전, 인어와 이상하고 환상적인 생명체들 이야기도 있어요."

"난 그런 이야기들이 맘에 들어." 나탈리아가 웃었어. 그건 회심의 미소가 아니라 순전히 기쁨의 미소였어.

"바다의 세계는 육지의 세계와는 달라요." 마르코스가 동의했어. "당신들은 계속 그런 얘기로 아이들을 놀라게 하세요. 우린 우리의 기적을 이루게 내버려 두시고."

"다큐멘터리에서도 그 이야기를 다루려는 거예요?" 내가 따져 물었어. 대화가 어떤 방향으로 진행되는지도 모르면서 니콜라스 가리도가 그 얘기를 계속했거든.

니콜라스 가리도는 고갯짓과 손사래로 부정하며 웃기 시작했어.

"그럼 날 파면할 겁니다." 그가 작별하기 위해 일어서면서 말했어. "다큐멘터리에서 유령 이야기를 할 수는 없죠. 단순한 호기심이었어요. 내가 들은 전설들이 어떤 근거가 있는지 확인해 보려 했던 거죠, 당신들도 알다시피."

"다큐멘터리를 찍는 동안 잠수하면서 유심히 살펴보세요. 그리고 나중에 우리에게 얘기해 줘요." 마르코스가 배가 대기 중인 테라스 측면으로 안내하면서 니콜라스의 등을 두드리며 말했어.

니콜라스의 불안해하는 표정을 관찰하는 게 재미있었어. 곧 물속에서 놀라 뒤로 넘어갈 한 영혼을 볼 수 있을 것 같아서.

25

난 아직 내가 그의 문어의 세 번째 다리가 아니라고 마르코스를 설득할 방법을 찾지 못했어.

니콜라스 가리도는 우리에게 소중한 정보를 남겨 두고 떠났지. 나탈리아는 날이 갈수록 날 퉁명스럽게 대했어. 내가 아침마다 모습을 드러내고는 그들과 함께 쌍동선에 타려고 아리엘을 그녀의 테라스까지 가져가 나루터에 묶어 두었거든.

그녀의 말에도 일리가 있다는 걸 알아.

하지만 난 그들이 전성기를 맞을 때까지 도우려 했던 거야. 난 그들에게 쓸모 있는 사람이고 싶었고, 그들을 밀어주고 싶었거든.

게다가 새로운 사냥 구역을 찾아보려는 생각에는 나도 관심이 있었어. 나는 지도를 연구하고 최신 해저 지도를 제작하는 게 좋았어. 관련 내용 중에 가장 실질적인 부분도 계속 눈여겨보고 있었고. 보석을 찾게 되면 우리가 그걸 공유할 것인지에 대해서는 아직까지 얘기하지 않았어. 난 골치 아프지 않게, 크게 신세 지지 않고 그저 먹고살기를 바랄 뿐이야. 그런데 예를 들어, 정말 귀한 걸 발견하면 그건 라스 메두사스에서 장비를 빌리는 데 쓸 거야. 진짜 장비, 내가 죽음을 두려워하지 않게 해 주는 그런 장비 말이야. 그러니까 난 고백해야만 해. 앞으로 괜찮은 수입에는 관심이 있다고.

우린 지도와 니콜라스 가리도의 사진들을 연구했어. 세일라는 벌써 그 지역에서 사용했던 해상 지도들에 대해 설명해 주며 우릴 도왔고, 덕분에 우리는 우리가 개발할 구역에 대해 상당히 명확하게 구상할 수 있었지. 우리 계산이 정확하다면 우린 전문 사냥꾼들의 루트에서 멀리 벗어나 아무것도 없는 것으로 알려진 구역을 차지할 거였어. 마르코스와 그의 아내는 흥미로운 루트를 몇 개 그렸고, 우리는 일을 분담하기로 결정했지.

쌍동선으로 가자니 더뎠어. 배를 지키려면 누군가 반드시 물 밖에 남아 있어야 했거든. 나탈리아는 우리 셋 중에서 최고의 탐험가여서 우리의 보호를 필요로 하지 않았어. 그리고 마르코스의 장남 호세가 히노네 사람들 누구도 작업에 끼어들지 못하도록 수면 위에서 지키며 아빠를 도왔지.

우리가 헤어질 때 난 바다와 아리엘과 함께 감미로운 고독을 누릴 수 있었어.

나탈리아의 비난하는 시선에서 벗어나서.

난 단층집, 2층집이 머리를 드러낸 침수된 옛 언덕에서 첫 잠수를 했어. 작업은 간단했어. 잠수해서 건물이 계속 잘 버티고 있는지 확인하고, 그 건물이 사진에 있는 것과 동일한 것인지를 살핀 후에 마르코스와 그의 누이와 정보를 공유하는 게 전부였어.

물속의 세계가 어떨지 잠깐 상상해 봐. 해저의 광경은 이해할 수 없는 꿈속에 갇힌 것처럼 느껴져.

잠수할 때 내가 가장 먼저 관찰하는 것은 빛이야. 내 등 뒤로 남겨 놓은, 나의 길을 열어 주는, 물결의 움직임에 따라 가물거리는 빛. 침수된 건물들에 빛이 들어오는 걸 네가 봐야 해. 따스하게 들어오는 푸른빛, 연자줏빛, 혹은 검은빛을.

검은빛까지.

넌 빛이 검을 수 없다고 생각하겠지.

하지만 심연에는 위에서 내리비추며 주변을 밝히는 한 줄기 빛이 정말 있단다.

집들은 서서히 제 빛깔을 잃어 가고, 물고기와 해초는 예전에 인간의 소유물이던 것들을 그들 것으로 만들어 버리지. 너는 쓸려 온 자동차들이 홍합 양식장이나 산호로 완전히 뒤덮인 벽으로 변해 버린 걸 볼 수 있을 거야. 감성돔 떼가 예전에 창문이던 곳을 통해 유영하거나 버려진 광장의 아치 사이로 질서 정연하게 오가는 것도.

선 채로 남겨진 가로등, 살아 있는 것처럼 움직이는 나무들, 혹은 나무들을 뽑아 버릴 것 같은 바람, 옛 전깃줄 사이를 느릿느릿 타고 오르는 반짝이는 분홍색 해파리들, 벽에 붙은 채 남아 있는 광고자들, 한때 푸르렀을 잔디, 그 모든 것들. 각각의 물건은 새로운 장소를 찾았고, 거기에는 하모니가 있다고 난 장담할 수 있어. 지구인들은 견딜 수 없을 하모니지만 옥상 주민인 우리에게는 가장 아름다운 음악 같아.

난 잠수할 때면 빛을 쫓아가. 바다가 약하게 저항하는 동안 나의 폐가 1초라도 더 버티려고 애쓰는 것을 느끼지. 팔다리가 몸을 위쪽으로 띄워 올리려고 애쓰는 동안 난 좀 더 위대한, 나보다 훨씬 더 위대한 무언가를, 우리 모두를 느껴.

바다는 늘 거기 있어 왔지.

난 영원 속에서 헤엄치는 하나의 미립자 같아.

26

그날 난 몸 위로 아리엘의 그림자를 느끼면서 약간 복잡한 구역을 향해 헤엄쳐 갔어.

우리는 니콜라스 가리도의 사진들에서 작은 숲이었거나 아니면 그 일부였을 어두운 곳에 숨겨진 지붕을 본 것 같았어. 마르코스는 지도의 그 부분에 너무 집착할 필요는 없다고 했어. 결국 외떨어진 집 한 채일 거라고. 그 집이 우릴 가난에서 벗어나게 해 주지도 않을 거고, 가축 사육장이나 시골집이 분명할 거라고.

자신의 루트를 완수한 나탈리아는 내가 그 구역을 한번 둘러보러 갈 때 함께 가 준다고까지 했지만 난 혼자 확인해 보고 싶었어. 침수된 숲의 나무들 사이에서 잠수할 생각에 기분이 좋았거든.

난 그 구역 주변에서 잠수하고 있었어. 돌아가기 전에 마지막으로 가 본 거였지.

내게 바다 밑 숲의 광경은 늘 충격적이었어. 숲 사이로는 햇빛이 거의 비집고 들어올 수 없어. 게다가 이번에는 숲이 작은 산의 그늘진 곳에 있었지. 모든 주요 도로에서 멀리 떨어진 곳에서 잠수하면서 난 관찰하기 시작했지. 산소통 없이는 깊이 들어가지 못하겠지만 적어도 우리가 장비를 빌려서 두 번째 잠수를 시도할 만큼은 옥상이 충분히 넓은지 확인하고 싶었어.

거기서 붙임성 있는 정어리 떼를 만났어. 정어리들이 운집해 있는 곳을 가로지르려 하자 내 주변으로 떼를 지어 몰려왔지. 폐가 헐떡이기 시작해서 나는 크게 한 번 팔을 내저어 바닥으로 다가갔어.

아주 집중해야 했어. 쓸데없이 애를 쓰다가, 혹은 산소 없이 남겨질 거라는 두려움 때문에 위험에 빠질 수도 있으니까.

나무 꼭대기들 사이에서 지붕을 찾지 못해 돌아서려던 참이었어.

지금부터 넌 내가 미쳤다고 생각할 거야.

그러니까 마음의 준비를 하라고.

연기였어.

그것도 분홍색 연기.

거짓말이 아니야.

굴뚝에서 나오는 게 틀림없는 분홍색 연기였다고.

난 지붕을 바라보았어.

그때, 난 평정심을 유지하려고 애쓰면서 동시에 머릿속으로는 여러 정보를 처리했어. 첫째, 집이 실제로 거기 있다는 것. 그러니까 니콜라스 가리도의 희미한 사진 속 소나무들 사이에 있던 지붕의 오렌지색 얼룩은 잘못 본 게 아니었어. 둘째, 그 오렌지색 얼룩에서 분홍색 연기가 난다는 것. 내가 있는 곳 몇 미터 아래에서 뿌옇게 보이지만 연기가 난다는 건 부정할 수 없는 사실이었어. 그리고 셋째, 난 질식하기 직전이었어.

27

물론 나는 물을 너무 먹기 전에 수면 위로 올라올 수 있었어.

그러지 않았다면 네게 이 모든 얘길 하고 있을 수 없겠지.

가슴이 너무 아파서 두 번째 잠수를 계획하는 건 불가능했어.

난 아리엘을 부여잡고 정오의 빛나는 태양 아래 반듯이 누울 수 있는 곳까지 기어 올라갔어.

내 폐는 공기를 한껏 들이마시려 급박하게 움직였고 나는 그 움직임 때문에 생기는 찌르는 듯한 통증과 필사적으로 싸우고 있었어. 모든 노력을 다하느라 경련이 일면서 팔다리가 마구 떨리는 게 느껴졌어.

분홍색 연기의 이미지는 머릿속에 각인되어 있었어.

난 엄청난 감동을 받았어.

그 감동이 끊임없이 두 사람을 생각나게 했지. 라나와 가브리엘. 두 사람에게 그걸 얘기해 주고 싶었어. 그게 다야.

물에 발을 담그고 뱃사람들의 파이프를 물고서 테라스에 앉아 있는, 스스로 만든 규칙들에 충실한 가브리엘을 상상했어. 그의 주름지고 가무잡잡한 피부와 대조적인 흰 머리칼을, 그와 함께 앉아 있는 나를 생각해 봤지. 바다와 안전하게 묶인 그의 쌍동선을 바라보며 난 그에게 말하지. "해저에 있는 어떤 집에서 분홍색 연기가 나오는 걸 봤어요."

"넌 운이 좋구나, 롭." 그가 말하겠지. 난 확신해. 바다에서 눈을 떼지 않은 채 그는 내게 말할 거야, 내가 운이 좋다고. 그러고는 또 뭔가를 얘기해 주겠지. 쇼윈도에 자기가 뚱뚱한지 아닌지 엉덩이를 비춰 보는 인어를 분명히 보았다는, 그가 늘 이야기해 주는 경험담 같은 것을. 아니면 다른 것을. 아, 그건 내가 제일 좋아하는 얘기야! 그 이야기에는 회색 물고기가 몇 마리 나오는데, 그들은 갑자기 표피가 다채로운 색으로 바뀌고 나중에는 군무를 춘대. 가브리엘이 자신들을 보고 있다는 걸 알기 전까지 말이야. 그러고는 다시 소박한 회색 물고기로 변해서 그들이 운집해 있던 곳으로 돌아갔다나.

난 여러 이유로 가브리엘을 그리워하는데 그 순간엔 특히 그랬어. 분홍색 연기 이야기를 누구에게 들려줘야 할지 몰랐거든. 적어도 그걸 다시 확인하기 전까지는.

라나에게 해선 안 된다는 건 분명했어.

라나 앞에서는 날씨 얘기만 하려 해도 바보처럼 더듬게 되거나 머릿속이 하얘지거든.

물론 나탈리아와 마르코스는 나를 걱정하겠지. 아니, 더 나쁜 경우엔 내게 일어난 기적을 함께 누리길 바라겠지. 나를 자신들의 배에 태워 함께 가려 할 거야. 그건 안 돼.

그래서 현재로서는 분홍색 연기는 나만의 비밀로 간직하기로 결정했어.

아무튼 바다 밑에서는 환상적인 일들이 일어나고, 우리가 그걸 모두 이야기하지 않는다는 건 분명하니까.

입 다물고 있는 게 나아.

봄베를 하나 구해서 숲까지 내려갈 거야. 그게 내가 생각한 최고의 계획이었단다.

28

난 두 달 동안 그 은접시를 간직하고 있었어.

언젠가 잠수했을 때 찾은 건데 위급 상황에 대비해 갖고 있었지.

덕분에 이제 라스 메두사스에 가서 흥정해서 잠수 장비를 대여할 수 있었어. 로케 사람들이 더 유리한 조건을 제시할 게 확실했지만, 바다 밑 굴뚝에서 대체 어떻게 해서 분홍색 연기가 나오는 것인지 알아보러 내려가는 동안에 제대로 채우지 않은 산소통이나 조각조각 떨어져 나가는 네오프렌 때문에 위험을 감수하고 싶진 않았어.

난 마마 메두사가 접시의 가치를 알아보고 나의 중요한 임무에 어울리는 걸로 대여해 주리라고 믿었어.

사실 그럴 거라고 믿을 만한 근거가 하나도 없었기 때문에 믿었다고 말하는 거야.

사실 나는 메두사네 딸들이 점심 먹는 도중에 들어섰기 때문에 부탁하기엔 때가 좋지 않다는 걸 알았어.

"지금이 영업시간 아니라는 거 알 텐데." 손에 나의 보물을 들고 들어서자마자 내가 마마 메두사로부터 들은 말이야.

가족들 공간인 위층 테라스의 약간 구석진 곳에 라나와 후디트는 엄마와 함께 테이블에 앉아 있었어. 가게를 책임지고 있는 이들 중 한 사람인 토비아스도 있었는데, 마마 메두사는 그를 아주 높이 평가했지.

토비아스는 거의 2년 전에 로스 티부로네스를 버리고 메두사네에 일하러 찾아왔어. 예전의 그는 자기 에너지를 다 쏟아붓는 탐욕스러운 사냥꾼이었지만 이젠 좀 더 소박한 삶에서 행복을 찾고 있지. 하지만 그 일에 대해 말할 때 우리 모두는 그게 그가 꾸며 낸 이야기라는 걸 알았어. 전부 다 사실은 아니었으니까. 소문은 달랐거든.

내가 여기저기 소문을 퍼뜨리고 다니는 걸 좋아해서가 아니야.

하지만 토비아스를 이해하려면 이걸 알아야 한다고 생각해.

사람들 말로는 그가 아란차를 열렬히 사랑했고, 그녀도 그랬다고 해. 로스 티부로네스가 활동을 시작했을 무렵에 두 사람은 열여덟 살이었어. 난 가브리엘의 옥상에서 두 사람이 손을 잡고 앉아 있는 것을 본 기억이 나.

얘기는 서정적으로 흘러갔어, 루케가 아란차를 길에서 만나 예기치 못하게 그녀를 꼬드기기 전까지는. 토비아스는 도둑맞은 연인이 자신을 떠난 걸 견디지 못해서 티부로네스 사람들을 버렸어. 난 이해해. 아란차 같은 여자를 잃는 건 분명 힘든 일일 거야.

마마 메두사가 자기 가게에 그를 받아들였지. 토비아스가 좋은 직원이라는 걸 보여 주기 전까지는 그에게 낚싯바늘 파는 일을 맡겼어. 그는 책임감 있는 사람이란 걸 보여 줬지.

그래서 승진했어.

지금은 딸들을 빼면 그가 마마 메두사의 오른팔이야.

그래서 그들 넷이 거기 있었어. 정원의 멋들어진 녹색 가구에 앉아서, 푸른색과 흰색 줄무늬의 완벽한 파라솔 아래 상쾌한 모습을 뽐내는 화분들에 둘러싸여서. 그건 그 가족의 부유함을 보여 주는 거라고 할 수 있지. 그들은 그늘에서 점심을 즐기고 있었어.

마마 메두사가 방해받는 걸 좋아하지 않는다는 걸 알지만 난 해가 지기 전에 나무들 사이에 있는 그 집에 다시 갈 수 있는 기회를 놓치고 싶지 않았어. 어쩌면 굴뚝에서 피어오르는 분홍색 연기가 멈췄을 수도 있어. 어쩌면 산소 부족으로 인한 내 상상력의 산물이었을 수도 있고, 아니면 잠수하는 동안 누구나 한 번쯤은 경험하게 되는 신비한 일화들 중 하나일지도 모르지.

어쨌든 난 돌아가서 그걸 확인해야 했어.

굉장히 다급하게 느껴졌어.

"거기 우두커니 서서 뭐 하는 거야?" 대답도, 인사도, 아무 말도 없는 날 보고 마마 메두사가 물었어.

분명한 것은, 그런 말에다가 라나의 모습까지 더해져서 내가 무장 해제되어 버렸단 거야. 냅킨으로 입을 닦으며 커다란 녹색 눈으로 나를 마치 지구 상의 유일한 남자라도 되는 것처럼 뚫어지게 바라보던 라나.

나는 내가 하는 짓이 끔찍하게 우스꽝스럽다는 것도 의식하지 못한 채 은접시를 들어 올렸어. "물물 교환을 하고 싶어요." 난 설명하려 했어. 마마 메두사가 실망한 걸 알아차리고선 라나의 시선을 피했지. 그리고 계속했어. "적당한 때가 아니라는 걸 알지만 기다릴 수가 없어요."

"그런데 이 바닷게 역시 기다릴 수가 없구나." 그 여자 가장이 심드렁하지만 단호하게 대꾸했어. "그러니 내가 무얼 먼저 할지 선택해야겠군. 지금 당장 내가 먼저 해야 할 일은 장사가 아니라 내 배를 채우는 거야."

난 마마 메두사의 놀라운 배를 생각했어. 그 불룩한 배를 유지하려면 먹는 게 중요하다고 동의할 참이었지.

하지만 그만뒀어.

난 말했어.

"당신이 원하는 대로 할게요, 마마 메두사. 제발⋯⋯."

토비아스와 후디트, 라나는 계속 날 바라보고 있었어. 처음에는 내가 얼마나 어리석은지 가늠하는 것 같았고, 다음에는 바닷게 다리 하나를 발라 먹으면서 그 상황이 즐거워 웃는 것 같았지. 그리고 그다음엔⋯⋯. 그래, 라나는 그저 거기 있었을 뿐인데 난 머릿속이 하얘질까 봐 그녀를 다시 바라볼 수가 없었어. 곁눈질로 그 모습을 짐작만 할 뿐.

조금만 더.

"내가 원하는 건, 네가 뒤로 돌아 배로 가서 3시 반에 가게를 다시 열 때까지 기다리는 거야." 마마 메두사가 아주 차분하게 말했어. 그 말이 아주 분명하게 전달되길 원하는 것처럼 내가 해야 할 행동을 낱낱이 열거하면서.

"하지만⋯⋯."

"하지만이고 뭐고 없어."

"마마 메두사······."

"내 가게는 원칙이 있고, 그래서 굴러가는 거야. 그렇지 않으면 우리가 점심 먹을 시간이나 있을 것 같니?"

"알아요. 그런데 사정이 좀 있어요. 급하다고요."

"바다의 긴급 상황은 이미 11년 전에 끝났어."

그 여자는 그 정도로 단호해질 수 있는 사람이었어.

내 어깨가 얼마나 축 처졌는지 느낄 수 있었지. 힘들고 까다로운 라스 메두사스와 싸운 게 처음은 아니었어.

전문 보물 사냥꾼이라면 그들 가게에서 열렬하게 환영을 받지. 하지만 나처럼 가련한 초짜라면 그들이 말을 건네는 것만으로도 고마워해야 해.

"그럼 맛있게 드세요." 날 그런 식으로 대했어도 마마 메두사와 불편하게 지내고 싶지는 않다는 생각을 하며 난 작별을 고했어.

어쨌든, 내겐 아직 로스 로케가 남아 있었어.

최고 선택지는 아닐지라도 어쩌면 그럴듯한 거래를 할 수도 있겠지.

돌아서기 전에 난 스스로에게 라나를 바라보는 호사를 허락했단다.

이마의 옅은 주름 때문에 그녀는 고집쟁이처럼 보였어. 그래도 예뻤지.

넌 라나가 언제 봐도 예쁜 그런 여자들 중 한 명이란 걸 알아야 해.

적어도 내겐 그렇게 보여.

29

라나는 나와 동갑내기야.

그녀는 10월에, 난 11월에 태어났어.

그 외엔 우리 사이에 공통점이 없어. 그러니까 내 말은, 그녀는 가족과 함께 살고, 잘나가는 가겟집 딸이란 거야. 가끔 수면 위 3층, 그녀의 집이 있는 건물의 테라스에서 그녀를 보는 상상을 해. 더욱 닿을 수 없지.

언젠가 중세의 책들을 읽어 봤는데, 귀부인을 향한 사랑의 상념, 비밀스러운 사랑, 그리고 도저히 물리칠 수 없는 바보 같은 이야기들로 내 머리가 약간 이상해졌을 거라는 건 짐작하겠지.

내 친구 라파는 할 일이 없을 때면 여자들에 대한 농담을 하곤 하지만 자기 감정 같은 건 얘기하지 않아. 그러니까 우리가 여자들에 대해 뭉뚱그려서 불평할 때 그렇다는 거야. 난 라나를, 그리고 그는 드러내진 않지만 클라우디아를 생각할 때 우린 이런 식으로 얘기를 해.

"여자들은 너무 복잡해."

혹은

"혼자인 게 훨씬 좋아."

혹은

"여자 친구는 인생을 꼬이게만 할 뿐이야."

사실 우리 둘은 복잡한 건 우리라는 것, 혼자서는 심심해 죽을 거라는 것, 그리고 우린 인생을 좀 꼬이게 하는 걸 너무 좋아한다는 걸 알고 있지.

단지 라나에게 그걸 말할 수가 없을 뿐이야. 그래서 라파는 나를 비난하지, 비겁하다고.

저 역시 최고로 용감한 사람은 아니면서도.

언젠가 나는 라나가 내 분에 넘친다고 그를 설득하려 했어.

"네가 그녀에게 분에 넘친다."

라파가 말했어.

잘난 척하려고 하는 말이 아니야.

그런 말은 그 사람이 널 소중하게 여기기 때문에 해 주는 말이야. 그리고 그 순간 다시 한번 라파가 날 소중하게 생각한다는 걸 알았지. 그게 한동안 내게 위로가 되긴 했어. 하지만 물론 라파는 라나가 아니니까.

더 얘기하자면, 라나는 여자애야. 빨간 머리 여자애. 난 빨간 머리 여자애들을 보면 넋이 나가기 때문에 그건 그냥 우연한 사항이 아니야. 빨간 머리 여자애가 웃으면 나는 열네 살 때부터 심장 박동이 빨라졌어. 과장이 아니야.

난 죽기 전에 이룰 목표를 하나 세웠어.

라나가 내 매트리스에 누워 있는 동안 그녀의 주근깨를 세는 거야. 나의 옥상에서, 상상이 아니라 진정으로 내가 지구 상의 유일한 남자라고 느끼면서.

내가 바다의 유일한 남자라고.

30

"롭!"

라스 메두사스의 나루터로 내려가는 동안 마음껏 라나를 상상하고 있었기 때문에 처음에는 그 목소리가 내 머릿속에서 들리는 거라고 생각했어. 여러 몽상 가운데 하나가 시작되는 거라고. 라나가 갑자기 나의 존재를 의식하고, 열 살부터 날 사랑해 왔다고 고백하고, 그래서 우리가 서로 이끌려 품에 안고 사랑을 나누는 그런 몽상들 말이야.

"롭!"

목소린 반복됐어.

"기다려, 제발!"

아리엘까지 가는 밧줄 계단 가운데서 돌처럼 굳어 버린 바보 같은 내 얼굴에 대한 묘사는 생략할게.

난 위쪽을 보았고, 방금 지나쳐 온 발코니 중 한 곳에서 라나가 고개를 내밀며 나타났다는 것만 말할게. 그녀의 반짝이는 머리칼이 나를 향해 폭포수처럼 떨어졌고 그늘 속 그녀의 얼굴은 하늘 높이 빛나는 태양 아래서 윤곽이 더 또렷해 보였어. 난 작고 흰 도트 무늬의 파란색 끈 원피스와 햇빛 아래 빛나는 그녀의 맨 어깨를 열심히 쳐다봤어.

난 은접시를 바지에 넣어 가져갔는데, 그 우스꽝스러운 모습을 가릴 게 아무것도 없었어.

말도 할 수가 없었어.

스스로가 자랑스럽게 느껴졌다거나 그런 건 전혀 아니야.

라나에 관한 이 모든 이야기가 난 상당히 부끄러워.

"올라와. 내가 접시를 교환해 줄게." 약간 초조해하면서, 뒤쪽을 보며 그녀가 말했어.

"그런데 우리 엄마한테는 아무 말도 하지 마."

"뭐라고?" 그녀가 무슨 말을 하는 건지 몰라서가 아니라, 다른 말이 나오질 않았어.

"너 물물 교환하고 싶댔잖아. 아니야?"

"맞아."

"그럼 올라오라고, 참 나!"

혹시 누가 오는지 망을 보느라 그녀가 등을 돌리고 있는 사이에 난 가능한 만큼 기어 올라갔어. 좁은 발코니까지 오르자 여태껏 한 번도 라나와 그렇게 가까이 있어 본 적이 없다는 걸 깨달았지. 가브리엘의 옥상에서 수없이 일요일을 함께 보냈는데도 말이야. 그녀에게선 소금 냄새가 났고 키가 나보다 몇 센티미터 작았어. 내 옆에 있는 그녀의 몸집은 작아 보였고, 그게 내게 약간의 자신감을 주었지.

"엄마한테는 너한테 세일라에게 책 한 권을 전해 달라고 부탁할 거라고 했어." 자기를 따라오라고 손짓하면서 그녀가 말했어. "네가 책 읽는 거 좋아해서 그 옥상에서 시간을 많이 보내잖아."

무엇이 더 놀라운 건지 모르겠더군.

그녀가 건물 안쪽 아래층으로 가는 계단으로 날 데려간 건지, 아니면 내 취미가 무엇이고 내가 어디서 시간을 보내는지 알고 있다는 건지.

"그러니까 넌 교환하고 싶은 것 말고도 책을 가져가야 해." 계속해서 그녀가 말했어.

"난 한 번 잠수할 만한 산소통 하나가 필요해." 내 말을 이해하는지 살피면서 드디어 내가 털어놨어.

라나가 멈칫해서 하마터면 부딪힐 뻔했어.

"그건 좀 복잡한데……." 우리가 마주한 복도 벽에 시선을 고정하고서 그녀가 말했어. "좋아. 그럼 날이 저물기 전에 가져와야 해."

활기를 되찾은 그녀가 나를 잠수 장비 보관실 안쪽으로 데려가면서 말을 맺었어.

"문제없어." 난 그녀와 비밀스러운 계획을 공유한다는 생각에 너무 좋아서 서둘러 대답했어. "오늘 밤 장비를 가져올게. 약속해."

라나는 내게 웃어 보였는데, 확실하진 않지만 애정을 담아 웃은 거라고 감히 말하겠어.

그녀는 내가 12리터짜리 통을 원하는지 아니면 15리터짜리 통을 원하는지 물었어.

"이거랑 바꿀 만한 걸로 줘." 접시를 내밀면서 내가 대답했어.

"접시는 잊어버려. 그냥 너 가져. 우리 엄마는 모를 거야."

"그렇다면 15리터짜리로."

"잘 생각했어."

그녀는 내가 장비를 챙기는 걸 도왔고, 빈 아파트를 통과해 내 배와 가장 가까운 발코니까지 안내해 줬어.

내가 머릿속으로 수천 마디 대화를 준비하고 연습하는 동안 우린 침묵 속에서 움직였지. 멋진 문장이 떠올랐을 땐 이미 모든 게 아리엘에 실려 있었어.

"그러니까 너도 책 읽는 걸 좋아하는구나……."

"책!" 라나가 눈을 크게 뜨면서 기억해 냈어. "그건 오늘 밤에 줘야겠다. 그러지 않으면 엄마가 시간이 많이 걸린다고 이상하게 생각하실 거야."

"그럼 네가 원할 때 줘. 그러니까 내 말은, 어차피 내가 오늘 밤에 올 거니까, 그렇지? 난 지금이든 나중이든 혹은 내일이든 상관없어. 맞아, 오늘 밤에 장비를 가져다줘야 하니까 내일은 아니구나! 바보 같으니라고! 그럼 오늘 밤이 되겠네."

라나는 고개를 갸우뚱하고, 웃음을 참느라 짓궂은 표정을 하고서 날 바라봤어.

"급한 일, 잘되길 바랄게!" 그녀가 말했어. 그러고는 뒤돌아서 한달음에 멀어졌어.

나의 급한 일이 잘되길 바란다고.

갑자기 분홍색 연기는 아주 오래된 일 같았어.

라나 메두사와 내가 이야기를 나눴어.

그녀가 엄마 몰래 나와 공모를 했다고.

내가 머릿속으로 그 대화를 다 외워서 익힐 것처럼 수없이 반복했다는 걸 알아 두길 바라.

인간은 이렇게 우스운 거야.

그리고 난 더더욱.

31

분홍색 연기만이 내 유일한 목표야. 틀림없어.

라나는 나 때문에 엄마에게 거짓말하는 위험을 감수했지만 난 머릿속에서 그녀를 지워야 했어. 그러지 않으면 제일 좋은 잠수 장비를 가지고도 이 일을 하지 못할 테니까.

그녀 생각을 하면서 넋 놓고 있을 수는 없었어. 밤새도록 그럴 것 같았거든.

더구나 시간도 많지 않았어.

해가 길기는 했지만 빛이 그 힘을 잃어 가면 물 밑에 있는 건 피해야 해. 그건 바보 같은 짓이니까. 내겐 그 구역을 살펴볼 수 있는 강력한 랜턴이 없었어. 나는 바보 같은 짓을 하고 있는 게 아닌지, 내가 봤다고 믿는 그 망할 놈의 분홍색 연기 때문에 하루를 헛되이 보내고 있는 건 아닌지 자문해 봤어. 이 황당한 이야기를 들려준다면 의심스럽게 날 바라볼 마르코스의 가무잡잡한 얼굴을 생각했어. 나탈리아는 분명히 라나의 꽁무니를 따라다니느라, 그녀에게 접근하기 위해 내가 지어낸 얘기라고 할 거야.

결론적으로, 내가 정말로 본 것일까?

이제 돌이킬 수도 없었어.

오전에 사용했던 항해 지도를 따라 잠수했던 지점 근처로 갔어.

마르코스와 나탈리아 생각은 되도록 피했어. 하루 일과의 마지막에 내가 테라스에 나타나지 않으면 그들은 이상하게 여기겠지. 그런데 크게 걱정하지는 않을 거라고 믿었어.

거의 도착할 무렵 내가 정해 놓은 곳으로 향하고 있다는 걸 확신시켜 줄 만한 일이 생겼어. 분명히 뭔가 마법 같은 일이 일어나고 있었어.

너무나 순식간에 벌어진 일이라 내 눈을 믿을 수가 없었어. 투명한 구체였던 것 같아. 물에서 솟아올라 햇살 아래서 반짝이는, 공기 막처럼 생긴 놀랄 만한 크기의 투명한 구체.

한순간이었어.

그 커다란 공기 막은 갑자기 터져 버렸는지, 사라져 버렸어.

아무튼 그 일은 내가 정확하게 찾아왔다는 걸 알려 줬어. 굴뚝의 분홍색 연기는 분명 거기에 있을 것이고, 곧 나도 해저의 신비에 관해 나만의 기적적인 이야기를 갖게 될 거였어.

가브리엘이 자랑스러워할 만한 한 편의 이야기를.

잠수복을 입는 게 힘들어서 다 입기까지 난 아리엘 위에서 상당히 비트적거렸어. 오전처럼 그렇게 가볍게 갈 순 없을 거야. 무게 때문에 하강은 더 빨라지겠지만.

햇빛을 관찰하고 손목시계를 조였어.

잠수로 인해 분비된 아드레날린과 뭔가 엄청난 일을 마주하고 있다는 확신이 온몸의 감각을 완벽하게 깨우고 있었어.

평정심을 되찾기 위해 몇 차례 심호흡을 하고, 난 잠수했어.

32

니콜라스 가리도의 사진에 있던 그 숲이 무성한 구역에 도착하는 데는 그리 오래 걸리지 않았어.

어떤 굴뚝에서도 분홍색 연기가 나지 않는 걸 보고는 약간 실

망했는데, 유심히 살펴보자 뭔가 강한 의심이 솟았어. 그 집의 옥
상에서 시선을 떼지 않은 채 나는 계속해서 하강했어.

그렇게 빨리 포기하고 싶지 않았어.

위에서 소나무 높이와 비교해 볼 때는 그다지 높지 않은 단층
건물처럼 보였어. 나무들 가까이로는 게으른 해파리들이 있었고,
바닷게 한 마리가 작고 리드미컬한 보폭으로 내 뒤 나뭇가지들 주
변을 돌아다니고 있었어. 들리는 거라곤 청각을 마비시키듯 깊고
절제된 내 숨소리뿐이었지.

내려가기 쉽도록 나뭇가지 하나를 잡았는데, 그랬더니 성공할
것 같은 기운이 사지를 타고 퍼지더군.

이제 굴뚝에 분홍색 연기는 없었어.

하지만 창문 하나에서 가물거리는 오렌지색 빛이 흘러나왔어.

인어의 집으로 다가가고 있는 게 분명했지.

인어의 동굴로.

바닷속 환상적인 생명체들이 살고 있는 새로운 왕국으로.

니콜라스 가리도의 말처럼 어쩌면 경이롭게도 이 엄청난 양의
물 밑에 텔레비전이 켜져 있을지도 모르지.

나는 헤엄쳤어. 창문을 향해 더 느리게, 평온하게 그 집 옆을 지
나던 두 마리 은색 물고기를 놀라게 하면서.

나의 존재를 알아채게 하고 싶지 않았어. 그 집에 있었으면 하는
것이 위험한 것이라면 도망치려고 조심스럽게 바라보기만 했어.

그러다 금세 상황을 감안했을 때 이해할 수 없는 일들이 벌어지고 있다는 걸 깨달았지. 그러니까 해저라는 상황 말이야.

먼저 분홍색 연기와 빛이 충격적이었다면, 창유리들이 있어야 할 자리에 섬세한 얇은 막이 있는 걸 본 건 그보다 더했어. 집 안이 커다란 공기 막에 싸며 있는 것 같았지.

지구 상의 모든 존재의 법칙을 뒤흔드는, 놀라울 정도로 신선한 충격이었어.

나를 이해해 줘.

환상적이고 예외적이고 이상한 사건이 발생할 수 있다고 짐작하는 것과 그 모든 것이 동시에, 한 장소에서 발생하는 건 아주 다른 일이잖아.

이젠 수다스러운 물고기 위원회 앞에서 경쟁하는 인어들의 미인 대회를 맞닥뜨리는 일만 남은 것 같았어.

빛이 새어 나오는 창을 통해 쭈뼛거리며 안을 들여다봤어.

방 안은 건조한 상태였어.

안에는 물 한 방울 없었어.

실은, 오렌지색 불꽃이 작은 굴뚝에서 타오르고 있었지.

그 옆으로 파란색 벨벳 소파 두 개가 살짝 뒤돌아 있었어.

벽의 책장에는 책이 많이 꽂혀 있고 형광색 전구처럼 반짝이는 여러 색깔 액체가 가득한 이상야릇한 병들이 들어 있었어.

여러 개의 촛불이 켜진 샹들리에 하나가 평온하게 걸려 있었지.

난 그 광경을 보고 가브리엘이 낙원을 만든 거라고 생각했어.

33

거실에 아무도 없기에 신이 나서 다음 창으로 향했어.

혹시나 했지만 역시나 공기 막으로 둘러싸여 있었어.

어두운색 가구들이 있는 좁고 어지러운 주방이었어. 그곳 역시 건조했고.

좀 더 헤엄쳐 갔어. 집을 둘러보고 싶었거든.

출입문은 굳게 닫혀 있었어. 나무 문이었고, 하늘색 같았어. 소금과 바다의 습기 때문에 문이 망가지지나 않았을까 걱정스러웠지.

창문 두 곳을 더 들여다보았어. 침실 창은 앞서 본 것과 비슷한 크기였는데, 안에는 거울이 달린 단단해 보이는 옷장과 황금색 철제 헤드의 큰 침대가 있었어. 그보다 더 작은 다른 창은 약간 낡아 보이는 욕실에 난 창이었고.

집 안은 전체적으로 좀 어수선했어. 불빛이 잘 비치는 건 굴뚝이 있는 방뿐이어서 다른 데는 아주 세세한 것까지 알 순 없었지. 한 가지 분명한 건, 바다의 강렬한 자극과는 상관없이 환상적인 무언가가 그 집 내부를 지배하고 있었다는 거야.

난 출발 지점으로 되돌아왔어.

테이블 너머의 불과 물건들을 바라봤지.

내가 환영을 보고 있고, 언제든 그 모든 것에 의미를 부여할 유령이 나타날 거라고 생각했어. 그 공간을 보호하고 있는 공기 막을 향해 손을 뻗었어. 그걸 만진다면 폭발할까? 그 집에 물이 들어가 이 멋진 광경을 끝장내고 불을 꺼 버릴까?

현실이라고는 믿을 수가 없었어.

도저히 믿을 수 없다고 생각하면서 난 창에 있는 공기 막을 만졌어.

그러자 집 안에서부터 엄청나게 강한 힘이 날 잡아당겼던 것 같아. 장착한 장비에 체중까지 전부 실은 무게로 난 넘어졌어.

넘어질 때 받은 충격만큼이나 그 요란한 소리에 깜짝 놀랐어. 심장이 완전히 자제력을 잃고 미친 듯이 뛰었어. 공포에 사로잡힌 나는 겨우 호흡을 조절하며 넘어진 그 장소에 침착하게 가만히 있었지.

아무 일도 일어나지 않았어.

아무도 나타나지 않았고, 바다도 집을 덮쳐서 나와 함께하고 싶지는 않은 것 같았어.

귀가 몸 안쪽에서 나는 소리들에 조금씩 익숙해지고, 굴뚝에서 불이 타며 내는 탁탁거리는 따스한 소리도 담았지.

그때 일어난 일을 이해한다는 건 그 일 자체만큼이나 황당무계하다는 걸 깨닫고 주변을 둘러봤어.

비칠비칠 힘들게 일어나 보니 천장이 그렇게 높지 않다는 걸 알았어. 팔을 들어 올리자 손가락 끝이 닿았거든.

가구들은 집에 억지로 끼워 맞춰진 것 같았어. 아니, 어쩌면 책장과 소파와 테이블이 이미 그곳에 있는 상태에서 집을 지은 것처럼 보였다는 말이 더 정확할지도 모르겠다.

테이블.

난 호기심에 이끌려 테이블로 다가갔어.

네오프렌 속에서 몸을 움직이는 게 거북했고 등에 진 산소통은 무거웠어.

테이블 위에는 책들이 펼쳐져 있고 종이들이 흩어져 있었어.

내 호기심은 그날 오후 첫 번째 난관을 만났지. 거기 쓰인 문장들을 이해할 수가 없었거든. 문단 사이사이 삽화가 있었는데도 나는 코앞에 있는 것의 의미가 혼란스러워 제대로 이해할 수 없었어.

바로 얼마 전까지 사용하다 둔 것 같은 잉크병과 펜이 하나씩 놓여 있었어. 책에 걸쳐 둔 펜은 방울방울 청색 잉크를 떨어뜨리며 테이블에 작은 흔적을 남기고 있었고.

저 물건들은 얼마나 할까? 진짜일까? 저것들 중 몇 가지를 골라서 가지고 가면 물 밖으로 나가자마자 사라져 버릴까?

가브리엘이 그런 이야기를 했었고, 미술품 복원 기술자인 그레그도 다른 일화들로 그 얘기를 확인해 준 적이 있어. 그 나의 오랜 친구는 침수된 집들에서 가끔 반짝이는 보석들이 발견되는데, 놀랍게도 물에서 나오자마자 사라져 버린다고 분명히 말했어. 그레그는 눈앞에서 증발해 버린 보석 반지에 대해, 그러니까 잠수 초창기에 딱 한 번 그를 이끌었던 눈부시게 반짝이던 반지에 대해 얘기했지.

그 책들, 잉크병과 종이들을 물속에서 꺼낸다면 그것들은 사라져 버릴까?

잠시 현실로 돌아온 나는 산소가 계속 소모되고 있다는 걸 깨닫고 놀라서 노즐을 빼 버렸지. 입이 약간 아팠고 입천장은 말라 있었어.

얼마나 많은 시간을 그곳에 있었는지 가늠해 보려고 시계를 보고는 욕을 내뱉었어.

그럴 순 없었어.

그렇게 오랜 시간 잠수할 수는 없었어.

틀림없이 그 집의 마법 때문이었어.

한시라도 빨리 그곳에서 나가야 했어. 그러지 않으면 제시간에 수면 위에 도달하지 못할 거야. 상승하는 게 더 어렵거든. 게다가 난 정확하게 수심 5미터 깊이에 있지도 않았고.

정신을 차리려고 애쓰면서 머리를 움직였어.

불을 바라보고, 창을 봤지.

도망쳐야 했어.

나는 잠수 장비에 흠집이 없는지 확인했어. 그리고 다시 노즐을 물었지.

테이블에서 물러나기 직전에 뭔가가 내 주의를 끌었어.

그렇게 많은 종이와 책 가운데 뭔가 이해할 수 없는 게 있는 것 같았어.

전체적으로 뭔가 이상한 게 있었다고.

그건 널려 있는 두 장의 양피지 아래서 가늘게 나선형으로 피어오르는 분홍색 연기였어.

참을 수가 없었어. 그 양피지들을 치우자 불투명하고 크기가 제각각인 분홍색 돌멩이들이 가득 담긴 나무 대접 하나가 드러났어. 희미한 연기는 거기서 피어올랐던 거야.

그걸 향해 손을 뻗었어.

참을 수가 없었거든.

돌멩이 하나를 만져 봤어. 따뜻했고, 희미하게 나선형 연기를 내고 있었지.

돌멩이가 내 손안에 쏙 들어갈 거라는 걸 알았어.

난 그걸 집어 들었어. 그런데 내가 그의 친구들과 떼어 놓은 순간, 그 돌은 연기 내는 걸 멈춰 버렸어.

34

스스로에게 권하지 않아도 때로 그게 네가 할 일이라는 걸 아는 경우가 있지.

그러니까 내 말은, 난 그 집에 들어가라고 스스로에게 절대 권하지 않았을 거라는 거야.

그 분홍 돌을 가져가라고 절대 권하지 않았을 거야.

꺼질 때까지 연기를 뿜던 그 분홍 돌을 가져가라고 스스로에게 절대 권하지 않았을 거라고.

하지만 스스로에게 충고할 그런 순간이 아니었어.

게다가 그걸 본 순간 난 한 개 가져가야 한다는 걸 알았어.

마음속 한구석에선 물속에서 꺼내는 순간 그건 사라져 버릴 것이고, 그러면 아무 문제 없을 거라고 믿고 있었어.

꼭 그렇게 되진 않았지.

수면 위로 올라와 보니 해는 멀리 산들 뒤로 숨어 버린 후였어.

돌은 내 손안에 계속 간직되어 있었지.

그걸 바라봤어.

울퉁불퉁하고.

분홍색이었지.

그리고 단단했어.

니콜라스 가리도가 가브리엘의 옛 옥상에 나타나자 모든 일이 꼬이기 시작했다고 말했었지.

그래, 그걸 확인하고 싶었어.

난 생각을 바꿨어.

모든 게 꼬이기 시작한 순간이 있다면 바로 그 순간이었어.

35

난 생각을 정리해 보려 했어.

먼저 라나에게 장비를 돌려줘야 했지.

내게 산소통을 공짜로 내줬다는 걸 마마 메두사가 알게 되면 분명 문제가 생길 테니까.

수영복 주머니에 분홍 돌을 넣었어. 몇 년 전에 지퍼를 달아 뒀거든. 그리고 정신을 차리려고 노력했어. 바로 조금 전에 바다 밑에서 본 것은 단순히 이성만으로 이해할 수 있는 그런 게 아니었어. 사실상 내가 발견한 건 오히려 모든 논리적 이해를 넘어선 것처럼 보였어.

나는 문제를 효과적으로 해결하는 사람이고 싶고, 그런 사람이 되려고 해.

그래서 그 순간 가장 효과적으로 보이는 방식으로 그 문제를 해결하려 했어. 내가 바다에서 일어난 기적의 증인이라는 걸 받아들이고 라스 메두사스의 집으로 배를 몰면서.

가는 동안 나는 바다 밑, 산소가 가득 차 있던 그 집의 자질구레한 것들을 하나하나 다시 떠올려 보았고, 그건 아무하고나 공유할 수 있는 발견은 아니라고 혼잣말을 했지. 나는 돌아가야 했어. 내눈으로 본 것을 확인하기 위해 되돌아가야 했어. 내 손으로 만졌던 것은 진짜였으니까.

그래, 그 돌은 내 주머니에 계속 있었어.

그런데 이게 어떤 초자연적인 사건을 알리는 전조에 불과하다면?

그레그는 인어의 자개 빗을 가지고 있다며 자랑스러워했어. 난 가서 그와 이야기를 나눠야 했어. 가브리엘과는 이야기할 수 없으니까 그 늙은 미술품 복원 기술자로 만족해야 했지.

물 위로 솟은 우리 옥상 구역이 눈에 들어오기 시작한 건 완전히 날이 어두워서였어.

나를 인도하는 꾸불꾸불한 길처럼 바다에 반사되는 횃불의 자취와 테라스들에 켜지기 시작한 점멸등을 향해 노를 젓는 동안 나는 마르코스와 나탈리아가 너무 걱정하지 않게 해 달라고 기도했어. 나는 괜찮을 거라고, 오전 잠수가 끝나고 나타나지 않은 건 내가 뭔가를 얻게 되어서 그런 거지 익사한 게 아니라고, 그들이 그렇게 믿고 있기를 바랐어.

라스 메두사스의 가게는 다른 건물들보다 더 높이 솟아 있어. 조그만 색깔 전구들이 그들이 사는 테라스 구역을 장식하고 있어서 별이 빛나는 밤이면 알아보기가 쉽지.

나는 라나가 나타날 때까지 발코니에 가 있고 싶어서 직원들이 벌써 퇴근했기를 바랐어.

그녀는 난간에 고개를 내밀고 하늘과 바다가 희미하게 하나가 되는 걸 감상하는 척하면서 나를 기다리고 있었어. 기뻤지.

그녀의 자태를 햇빛을 받아 윤곽이 도드라져 보였던 지난 오후와 비교해 봤어. 그때도 그녀는 아름다웠어. 그녀의 등 뒤로 전구들이 반짝였고, 아래에서는 바다가 철썩이고 있었어.

가는 동안 요란하지 않게 노를 저으려 애썼어.

라나는 곧 알아보고는 나를 맞으려고 몸을 쑥 내밀었어. 그녀의 황홀한 몸매를 볼 수 있었지. 그녀가 허락 없이 거래한 걸 엄마에게 들킬까 봐 걱정하고 있을 것 같았어.

그녀는 내게 아리엘을 가장 가까운 발코니에 묶어 놓고 기다리라는 신호를 보냈어.

그러고는 사라졌지.

난 기계적으로 그녀 뒤를 따라갔어. 내 손은 지난번 아침처럼 그렇게 떨리지 않았고, 심장도 터질 것 같지 않았어. 어쩌면 내가 본 그 불가사의한 사건이 나의 불안을 잠재웠을지도 몰라. 몇 년 동안이나 품어 온 내 상상의 로맨스에 가능성을 부여하면서 말이야.

매번 라나를 바라볼 때마다 일어나는 흥분의 스파크를 잃어버린다면 괴로울 것이라고 생각했어. 그런데 바로 그때 그녀가 짧은 파자마 바지와 흰 민소매 셔츠를 입고 발코니에 나타났어. 그걸 본 순간 다리가 휘청했지.

"새벽까지 기다려야 하는 줄 알았어!" 난간 위로 장비를 옮기는 나를 도우려고 손을 내밀면서 그녀가 즐겁게 말했어.

"그렇게 멀리 있는 줄 몰랐어." 정신을 차리고 내가 대꾸했어.

"그래, 걱정 마. 엄마는 아무것도 의심하지 않았어." 배가 멀어지게 내버려 두라는 몸짓을 하면서 그녀가 웃었어.

"그거 넣는 거 도와줄까?" 내가 놀라서 물었어.

라나는 한쪽 다리에 실은 힘을 다른 쪽 다리로 옮기면서 장비가 담인 것처럼 장비를 가리켰어.

"좋아, 기다려." 난 발코니에서 뛰어내리며 말했지.

내가 곁에 서자 라나는 건물 안쪽으로 안내하기 시작했어. 우리는 침묵 속에서 장비를 보관실에 다시 집어넣고 건물 밖으로 돌아왔어.

뭔가 할 말이라도 있는 것처럼 아리엘이 우리를 바라보았지만 난 라나의 머리에서 나는 꽃향기에 너무 취해 있었어. 감촉이 정말 부드러울 것 같았어. 그녀가 난간에 기대어 정신없이 나를 바라볼 때 나는 그런 생각에 빠져 있었지.

"그렇게 다급한 상황이었어?" 그녀가 물었어.

"음, 그랬던 것 같아."

"그럼 다급했던 만큼 내게 빚을 진 거네." 그녀가 환하게 웃으며 덧붙였어.

난 기뻐서 큰 소리로 웃지 않을 수 없었어.

라나가 상상보다 얼마나 더 멋진지는 말로 다 못 해.

"쉬……." 그녀는 손으로 위를 가리키며 우리 둘 다 알고 있다는 듯 소리를 냈어.

"미안!" 난 우물우물 웃음을 그쳤어. "그래, 네게 신세 졌어."

"그래서, 기분이 어떤데? 보물 사냥꾼들은 빚진 느낌 좋아하지 않는다는 거 나도 알아."

"아, 내가 남에게 신세 지는 데 익숙한지 아닌지 토니에게 물어보렴."

"그럼 뭔가 그럴싸한 걸 건진 거야?" 난간에서 물러나 배로 향하는 길을 내주면서 그녀가 물었어.

난 작별의 순간이 왔다는 걸 알고 당황하지 않으려 애썼어.

게다가 그녀에게 진실을 말할 수도 없었으니까.

"물물 교환은 잘했는데 쓸 만한 건 아무것도 없네." 균형을 잃지 않고 아리엘에 내려가기 위해 몸을 돌려 발로 가늠하면서 내가 말했어.

라나는 얼굴을 살짝 찌푸렸고, 왠지 실망한 것 같았어. 내가 대단한 사냥꾼이길 기대했던 것처럼.

"마르코스와 나탈리아가 전문가 그룹에 들어가고 싶어 한다는 거 사실이야?" 그녀가 관심을 보였어.

"그런 것 같기도 하고." 난 그 이야기에서 힘을 빼려고 최대한 모호하게 답했지.

"그럼 넌?

그녀가 다시 난간을 잡고 가슴을 내밀었어. 내 답변을 불러내기라도 하려는 것처럼.

난 어깨를 으쓱해 보이고, 라나에게 좀 더 진솔한 답을 해 줘야겠다고 다짐하면서 고개를 저었어.

"난 내 방식대로가 행복해." 나 스스로를 이해시키려 애쓰며 말했지.

라나는 바로 그 순간 내가 자기 앞에 나타나기라도 한 것처럼 다시 날 바라봤어.

그리고 문득 미소 지으며 고개를 끄덕이고는 뒤로 돌아 테라스를 떠났지. 내가 배를 묶은 매듭과 씨름하고 있을 때 그녀가 어두운 복도에서 낮게 속삭이는 소리가 들렸어.

"어쩌면 내일 오후에 세일라를 보러 들를지도 몰라. 알지, 우리가 핑계 삼은 그 책을 가져다주러 간다는 거?"

난 돌처럼 굳은 채 그녀가 사라지는 걸 지켜봤어. 그리고 다시 가무잡잡한 내 손과 밧줄을 봤지.

결국 그날은 여느 평범한 날이 아니었어.

전혀 평범하지 않은 날이었지.

36

나는 마르코스와 나탈리아의 옥상에 잠깐 들렀어.

세일라는 깊이 잠든 막내를 안고 있었어. 마르코스는 마뜩잖은 얼굴로 나를 맞았고, 나탈리아는 호기심 어린 눈으로 바라봤어. 지난번의 내 무례한 행동이 그녀의 오빠를 실망시킨 신호탄이었다고 생각하는 듯이.

그래, 내가 뭐라고 둘러댔는지 나도 모르겠어.

그런데 아무튼 설득력 있게 들렸는지 내 친구의 사과를 얻어냈지.

"내일 올 거야, 아니면 널 뺄까?"

내가 다시 아리엘 쪽으로 향할 때 마르코스가 물었어.

"올 거예요, 마르코스."

"네게 얘기해 줄 새 소식이 있거든. 계획을 실행하고 있는 거야?"

"난 지도를 완성하는 중이에요." 나는 내 위치를 명확히 해 두려고 답했어.

"그럼 다른 건?"

"내가 수없이 말했잖아요, 마르코스."

이렇다니까.

나탈리아 말이 맞아. 그는 아직도 날 설득할 수 있다고 생각해.

"롭을 쉬러 가게 놔줘." 세일라가 속 깊은 말투로 소곤거렸어. "이제 내일 얘기하자고."

'고마워요, 세일라.' 난 생각했지.

"잘 자요, 친구들." 내가 한 말이야.

"잘 자, 롭." 나탈리아가 말했어.

"내일 보자." 마르코스가 말했어.

아리엘은 아무 말 없이 날 맞이했어. 충실하고 과묵하게, 좋아하는 루트라도 되는 것처럼 집으로 가는 길로 나를 인도하면서.

사방으론 온통 하늘이 펼쳐져 있었어. 바다에 반사되어, 멀리 어선들의 불빛에 응답하며.

그사이 분홍 돌은 계속 내 주머니에 있었지.

가볍게.

세상은 내가 생각했던 것처럼 그렇게 논리적이지 않다는 걸 상기시키면서 말이야.

37

그 돌 문제를 수없이 곱씹으며 밤새 깨어 있었다는 걸 이젠 말할 수 있을 것 같아. 거짓말이 아니야.

그래, 난 침수된 그 집과 빛나는 굴뚝과 책들, 그리고 집을 보호하고 있던 공기 막을 생각했어.

라나도, 그녀의 호의와 다음 날 만나자는 그녀의 제안도 생각했지.

하지만 난 현재를 사는 인물이고, 내가 어쩔 수 없는 이야기에 말려드는 건 좋아하지 않아.

난 곯아떨어졌어.

38

그날은 마르코스가 새 소식을 들려줬어. 그의 계획이 히노의 아이들과 충돌했다는.

"어제 브루노, 롤로와 한판 했어." 그날 아침 점검할 구역을 향해 쌍동선을 끌고 가는 동안 내 친구가 말했어. "걔들이 한동안 날 염탐한 게 분명해. 내 루트를 따라와서는 내가 잠수한 지 15분도 지나지 않아 물 밑에서 걔들을 발견했거든."

"그들은 장비를 갖추고 있었어." 나탈리아가 상황의 위험성을 전달하기 위해 덧붙였어.

"사냥하려고 남았어요, 아니면 도망쳤어요?" 나는 주머니에 있는 분홍 돌을 어루만지며 물었어. 이 비밀을 친구들과 공유하고 싶지는 않다고 생각하면서.

더구나 생각해야 할 더 중요한 일들도 있었거든. 우리 뒤를 바짝 따랐다면 히노의 아이들은 전문 사냥꾼이 되고 싶은 마르코스의 기대를 산산조각 낼 수도 있었어. 사실 그들이 뒤를 캐러 돌아온다면 우린 한동안 프로젝트를 접어야 할 거야.

히노는 그들을 잘 훈련시켰어. 그들은 타고난 약탈자들이지.

그런데 다른 전문가들한테는 감히 맞서지 못했어. 로스 티부로네스가 언젠가 그들을 제대로 혼내 줬거든. 그들이 한 구역을 빼앗기 위해 잠수했을 때 로스 티부로네스는 그들을 멀리 떨어진 구역으로 꾀어낸 후 모터의 연료를 비워 버렸어. 포마르 형제도 언젠가 한번 히노네가 사냥하는 동안 조명탄을 쏘아 자기들 입장을 분명히 해 뒀지.

그런데 마르코스는 아직 히노네 사람들에게 맞설 만큼 충분히 강하지 않았어. 아직 전문 보물 사냥꾼 지위를 얻지 못했고 아무도 그를 후원해 주지도 않았거든.

바다에서 사냥하는 데에는 개인 영역이 따로 없어. 가장 빠른 사람, 가장 잘하는 사람이 귀한 물건을 가져가는 거야.

"그들은 남아 있었지." 마르코스가 대답했어. "나만큼 시간을 잃긴 했지만."

난 그를 이해하지 못해 눈썹을 치켜세웠어.

"니콜라스 가리도의 사진에서 히노가 차지하려던 구역은 비어 있었어." 마르코스가 금빛 수염이 자랄 기미가 보이는 턱 끝을 문지르면서 설명했어. "건물이 하나 보이긴 했지만 알고 보니 창고였어. 첫눈에 보기에도 전혀 흥미롭지 않았어."

"그래서 우린 다시 함께 일하러 가야 해. 우리 셋을 보면 더 많이 경계할 거야." 나탈리아가 머리를 한 갈래로 묶으면서 말했어. "오빠와 네가 자기들 배를 훔치거나 할까 봐 걱정스러워 물속으로 날 따라오지 않을 거야."

"나쁜 생각은 아닌 것 같네요." 난 히노네 선단의 페달보트 하나라도 혹시 발견할까 싶어 지평선을 바라보면서 중얼거렸어.

히노는 쌍동선을 가지고 있고 그가 제일 믿는 두 사냥꾼은 엔진이 장착된 배를 갖고 있었어. 나머지 아이들은 대개 둘씩 함께 다녔는데, 그 애들은 페달보트를 타고 사냥을 했고 탐사할 만한 새 구역을 찾아내는 게 주요 임무였어.

롤로와 브루노는 우리를 쫓아다닐 운명을 타고난 게 틀림없어.

"히노가 제안했을 때 넌 그 패거리에 들어갔어야 해." 나탈리아가 놀리듯 말했어. "그럼 지금 그들이 꾸미고 있는 일을 우리한테 얘기해 줄 수 있을 텐데."

"내가 스파이 노릇을 잘할 것 같아?" 나도 농담을 했지.

"넌 최악일 거야."

히노는 어린 시절 내가 패거리에서 나오던 날, 내 옥상에 왔어. 내가 자기 패거리에 들어와서 어린 사냥꾼이 되었으면 했지. 그는 이렇게 말했어.

"넌 내 어린 사냥꾼들 중 한 명이 될 거야, 롭." 그러면서 늑대 같은 이를 드러내며 웃었어.

히노의 어떤 면은 재미있기도 해. 늘 정장 재킷을 입는다든가 하는 거. 그는 그게 점잖은 분위기를 더해 준다고 생각하는데, 우리는 그가 마피아 단원이 되려나 보다 하고 생각하지.

그는 몰라, 바지 아랫단은 계속 젖어 있고 구두는 물이 새어 얼마나 꼴이 우스운지를.

게다가 히노는 체구가 크지도 않아. 가무잡잡하고, 작고, 팔다리가 짧아서 땅딸막하지.

난 그에게 싫다고 말했어.

내가 전문 사냥꾼이 되길 원치 않는다고 말하면 아무도 믿지 않아. 그때 그도 내 말을 믿지 않았지만, 난 상관없었어. 그에게 싫다고 했더니 몇 주 동안 일요일에 말을 걸지 않더군.

나중에 가브리엘이 중재에 나섰고, 히노는 나의 무례한 언동을 용서했지.

가브리엘은 그런 식으로 처신했어. 우리를 진정시켰지. 그리고 난 그 누구와도 불편하게 지내는 걸 좋아하지 않기 때문에 그에게 감사했어.

그래서 롤로와 브루노 이야기는 내 기분을 언짢게 했어.

나탈리아는 너무 멀리는 가지 말고 평소와 반대 방향으로 가자고 제안했어. 어쩌면 우리를 따라오고 있을 그들을 아무것도 없는 침수된 언덕 쪽으로 유인하자는 거야. 그곳은 이전에 우리가 샅샅이 뒤진 구역들에서 상당히 떨어져 있으니 히노의 아이들은 우리가 그렇게 움직이는 이유를 전혀 알 수 없을 거라고 난 생각했어. 우리가 아무렇게나, 운에 맡기고 되는대로 움직이고 있다고 그들이 믿게 만드는 게 중요했으니까.

그들이 멀리서 페달보트를 밟는 걸 본 것은 나탈리아가 두 번째 잠수를 할 때였어. 녹색 미끄럼틀이 달린 배가 우리 쪽으로 다가왔어.

마르코스와 나는 위장하느라 낚시를 시작했고 그의 아이들이 실력이 향상돼 선수처럼 수영한다는 이야기를 나눴어.

"쟤들이 어떤 얼굴을 하는지 보게 될 거야." 마르코스가 히노의 아이들을 쳐다보지 않은 채 내게 신호를 보내며 으스댔어.

사실 보이는 게 다는 아니야. 가브리엘의 근사한 쌍동선에서 겉으로 보기에 우린 편안하게 있었어, 하루 종일 낚시를 하면서. 반면에 그들은 그 우스꽝스러운 배를 타고 쉬지 않고 페달을 밟느라 땀에 흠뻑 젖어 다가왔어.

우리에게 히노의 아이들이 위협이 될 거라고는 아무도 생각지 않았어.

하지만 그랬지.

"너희들, 다시 보게 돼서 기쁘다." 그들이 우리 말이 들릴 정도로 상당히 가까이 오자 마르코스가 손짓하며 인사했어.

난 그들이 좀 더 멀리 가서 멈추려 했다는 걸 깨달았어. 배가 비어 있다고 생각해서 별 걱정 없이 잠수할 요량이었겠지. 그런데 이제 마르코스에게 속마음을 들켜 버린 듯하자 그들은 서서히 다가왔어.

"좋은 아침이야." 활짝 웃으며 나도 가세했어.

그들의 눈썹이 찌푸려지는 걸 보기에 완벽한 거리였지. 브루노는 롤로보다 표현력이 떨어졌어. 못마땅한 내색을 전혀 하지 않더라고. 하지만 롤로는 어찌나 눈살을 찌푸리던지 눈썹이 둘 중 하나만 있는 것처럼 보였어.

"어이." 그가 허스키한 목소리로 인사했어.

롤로와 브루노는 스무 살가량 됐을 거야. 내가 독립하기 몇 개월 전에 프란과 클라우디아의 옥상에 왔기 때문에 난 그들을 잘 알지 못해. 둘은 사촌 간이고, 경험이 풍부한 데다 우리 고미술상 중 누군가의 손자들이야. 똑같이 검은 곱슬머리에 똑같이 얼굴이 길어서 친형제라고 해도 믿을 거야.

"사냥 중이야?" 그들이 머물지 못하게 만들려고 작정한 마르코스가 힘을 냈어.

다음 질문을 던질 때는 답할 시간도 주지 않았지.

"어제보다 운이 좋기를 바라고 있는 거야?"

"무슨 말이야?" 롤로가 화가 나서 맞받았어.

"그래, 무슨 말이 하고 싶은 건데?" 브루노가 가세했지.

마르코스는 더 활짝 웃었어.

"물고기들 놀라게 하는 거 난 싫다고." 우리 손의 낚싯대를 가리키면서 그가 말했어.

히노의 아이들은 그 말의 속뜻을 완벽하게 이해했어. 겉보기처럼 바보들은 아닌 거지.

바로 그 순간 나탈리아가 물속에서 나왔어. 페달보트와 쌍동선 사이로.

"저쪽에 물고기 떼가 있어."

우리의 방문객들을 등진 채 그녀가 말했어.

"어쩌면 다가가서 그물을 칠 수 있을지도 몰라."

그녀가 너무도 자연스럽게 우리랑 시선을 마주쳤기 때문에 브루노와 롤로를 향해 몸을 돌렸을 때 그녀의 놀란 표정이 진짜라는 건 아무도 의심하지 않았을 거야.

"안녕, 애들아!" 그들에게 인사하려고 물속에서 한쪽 팔을 쳐들면서 나탈리아가 기뻐하며 소리쳤어. "너희도 낚시하러 왔니?"

39

그날 아침 히노의 아이들은 도망쳐 버렸어. 우린 이제 더 이상 서로를 믿을 수 없게 된 거지.

나탈리아는 계속해서 그들로 하여금 며칠 시간을 낭비하게 만들어야 한다고 주장했어. 그래서 우린 시내의 침수된 거리들을 조사하는 데 집중하기 위해 주변 지역에 대한 정보는 잠시 포기해야 했지.

인명 전화번호부와 업종별 전화번호부는 아직 털리지 않은 작은 업체들을 찾아내거나 아니면 다른 사냥꾼들이 이미 방문한 곳에 혹시 뭔가 잊고 간 게 있는지 점검하는 데 도움이 될 거야. 많은 사냥꾼이 우리보다 먼저 도시를 모조리 훑었지만 각자 선호하는 게 있었고, 다른 사람들에겐 쓰레기처럼 보인 것들이 우리 프로젝트에는 도움이 될 수도 있으니까.

세일라는 인명 전화번호부를 이용해 몇몇 지역 보석상의 거주지를 열심히 찾으면서 우릴 도우려 했어. 그들이 혹시 일부 상품을 아파트에 감춰 뒀을 수도 있으니까. 그녀는 또 추위가 닥쳐서 사람들이 감기에 걸리기 시작할 때를 대비해 약초 가게들에도 좋은 전리품이 있을 수 있다고 말했어.

나쁜 방안은 아닌 것 같았어.

"여기 남아서 점심 먹고 시가 지도 한번 들여다보자." 마르코스가 옥상에서 날 부추겼어.

나탈리아는 내가 뭐라고 할지 흥미로워하는 눈길로 날 봤어.

누나처럼 보호해 주는 표정이었지.

"미안한데 약속이 있어요." 난 거짓말을 했어. 남아서 그에게 헛된 희망을 주기 싫었거든.

다음 날 사냥할 구역을 분배하는 거라면 참여하겠지만 엘 폴포 데 트레스 파타스에 내 시간을 전부 바칠 순 없었어. 그러면 마르코스는 날 설득해 냈다고 생각하게 될 거야.

"누구랑 약속인데?"

"그레그요." 난 바닷속의 신비와 나의 분홍 돌에 대해 물어보러 그에게 가기로 했던 걸 떠올리며 즉흥적으로 답했어.

"그레그와 점심 먹기로 약속한 거야?" 바보 같은 소리라는 듯 내 친구는 이상하게 생각했어.

"맞아요."

"그런데 왜?"

"놔둬, 오빠!" 나탈리아가 내게 케이블을 하나 던지면서 끼어들었어. "자기들끼리 알아서 하겠지."

고마워, 나탈리아. 고마워, 멋진 여자들.

난 더 이상 설명하지 않고 도망쳤어. 그리고 나의 옥상을 향해 항해를 시작했지. 아리엘을 매어 두고 수영을 좀 할 생각이었어.

그레그가 사는 테라스는 아주 가까우니까 정신이 들게 약간의 운동을 하는 것도 나쁘지 않을 것 같았어.

나는 수영할 때면 수영에만 집중할 수 있어.

걱정거리가 있어도 상관없어.

바다와 나는. 나의 호흡과 나는.

나는 체계적인 사람이 되고 싶은데, 수영할 땐 그게 뜻대로 되거든.

수영은 근육통과 두통에 좋아. 모두에게 추천할게.

40

고미술상은 육지에서 오는 관광객이나 수집가하고 보물을 교환하는 일을 해.

그레그는 미술품 전문 고미술상이야.

그리고 미술품 복원 기술자이고.

바다가 모든 걸 삼켜 버렸을 때, 그는 상당히 경력 있는 화가였다고 가브리엘이 얘기해 줬어.

국내 주요 화랑들과 접촉해서 몇 년 동안 작업한 끝에 대단한 전시회를 열 참이었다나 봐.

지금은 자기 옥상에서 그림을 그려. 그려서 전시하지.

우리 주민들 중 가장 방문객이 많은 사람 가운데 한 명이야.

관광객들이 그를 대단히 좋아해서 그는 누구보다도 많이 판매하지. 특히 수채화를.

만일 네가 그를 위해 그림을 한 점 사냥해서, 복원해서든 아니든 그걸 팔면 이윤은 그와 반반씩 나누게 돼. 난 벌써 세 번이나 남는 장사를 해서 그와 나누는 행운을 누렸어. 2, 3일 동안 쓸 수 있는 잠수 장비로 그런 행운을 얻었지.

나는 그레그가 아주 맘에 들어.

어쩌면 나처럼 아침마다 벌거벗은 채 수영하는 괴짜라서 그럴지도 모르지. 어쩌면 가브리엘을 많이 좋아해서 그럴지도 몰라. 어쩌면 그레그가 세상의 아름다움을 이해하고 그걸 표현하려고 해서일지도 모르고.

어쨌든 그도 나를 맘에 들어 해.

그가 일하는 동안 침묵을 지키는 유일한 사람이 나거든.

그날 내가 도착했을 때, 그는 작은 천막의 그늘에 앉아 햄과 계란을 넣어 만든 강낭콩 요리를 먹으면서 미술 잡지에 난 기사 한 편을 읽고 있었어.

"맛있게 드세요." 테라스 난간에 묶인 밧줄 계단을 오르며 내가 인사를 건넸어.

그는 낡은 녹색 벽돌로 된 6층 건물 꼭대기에 살아. 그곳에 자그마한 집 한 채가 있지. 지금은 텃밭으로 변한 수영장이 딸린 넓은 테라스와 그림 보관 창고로 사용하는 방이 있는 집이야. 그의 집은 우리들 집처럼 거리 쪽으로 창이 나 있어. 그는 옥상 정원에서 잠을 자. 집 안에서 가구 몇 개, 선반과 찬장 같은 걸 끄집어내고 집은 그림과 항아리들로 뒤죽박죽 채워 두었지.

나는 늘 그레그를 감싸고 있는 강렬한 유화 물감, 아크릴 물감 냄새가 좋아. 얼룩진 그의 흰 셔츠와 파란 반바지도 맘에 들고.

"롭!" 그가 기쁘게 날 맞았어. "오랜만에 들렀네! 뭐 흥미진진한 소식이라도 가져온 거야?"

"오늘은 순전히 호기심 때문에 왔어요, 그레그." 태양이 몸을 말려 주기를 기다리면서 약간의 미안함을 가지고 내가 답했어.

"호기심은 예술의 원동력이지." 그가 포크를 들어 올리며 말했어. "점심 먹었어?"

나는 고개를 저으며 일어서서 집 안으로 들어갔어. 그는 약간의 치즈와 딱딱한 빵, 차가운 치킨 한 조각, 그리고 참치 부스러기가 헤엄치고 있는 기름 가득한 대접을 들고 왔어.

"앉아, 롭." 그가 음식을 가리키며 권했어. "그리고 세상 돌아가는 얘기 좀 해 봐."

나는 그레그가 아주 맘에 들어.

그게 충분히 표현이 됐는지 모르겠네.

그와 함께 시간을 보낼 때면 나는 항상 더 자주 그에게 들르자고 다짐하곤 하지.

나는 그에게 마르코스의 계획, 히노의 아이들과의 문제를 얘기해 줬어. 니콜라스 가리도의 다큐멘터리와 최근에 읽은 소설에 대해서도. 그는 어떤 고객이 그림값으로 미술 잡지 컬렉션을 가져다줘서 가끔 읽곤 하던 여러 에세이를 즐기고 있다고 말했어.

"내 삶이 모든 면에서 다 좋을 거라고 생각진 마라." 마무리되지 않은 그림들 옆에 쌓아 둔 상자를 가리키면서 그가 고개를 저으며 털어놨어. "가끔 수없이 많은 헛소리를 읽으면 화가 나거든. 어찌나 현학적인지! 현학적인 것에선 반드시 벗어나야 해!" 그가 의자에 몸을 기대며 충고했어. 그리고 내게 시선을 고정했지. "그런데 넌 현학적인 애가 아니야, 롭. 넌 착한 아이지. 가브리엘이 늘 그렇게 말했어. 그런데 말해 봐. 여긴 웬일이니?"

"기적이 일어났어요." 난 돌려 말하지 않고 답했어.

물속에서 본 걸 그에게 얘기할지 말지 아직 결심이 서지 않았어. 분홍 돌이 뭔가 개인적인 것처럼 느껴졌거든.

"영혼이라도 봤어?" 그가 너무도 덤덤하게 물었어.

"뭐 비슷한 거예요." 난 인정했어. 그는 내가 아주 세세한 것까지는 얘기하지 않을 거란 걸 알고 있었어.

"놀란 거야? 그러지 않아도 된다는 거 너도 알……."

나는 고개를 가로저었어.

그 질문이 밤새 나를 괴롭혔어.

나는 놀라지 않았어. 결정적으로 날 사로잡은 감동은 놀라움과는 거리가 멀었어. 오히려 호기심과 희망을 느꼈지.

바보같이 들리겠지만, 난 격려받은 느낌이었어.

"그래서?"

"몇 가지 궁금한 게 있어요, 그레그. 당신이 날 도와줄 수 있을 거라고 생각했어요."

"물론이지."

"인어의 자개 빗이 생각났어요."

"아!" 그가 기뻐 소리쳤어. "내가 절대 팔지 않을 보물이지."

그의 눈빛이 감동으로 물들었어.

"그걸 인어가 직접 준 거예요?" 치즈 한 조각이 남은 걸 보며 내가 물었어.

"아니야. 무슨 소리야, 롭? 내가 주운 거야." 그가 고개를 가로저으며 말했어. "그 아파트의 거울 앞에서 단장하고 있는 인어를 난 조용히 바라보고 있었지. 인어들은 유혹하잖아. 너도 알 거야. 그때 내가 움직였고, 그녀가 날 봤어. 완전 실패였지. 내가 그녀를 엄청 놀라게 한 게 분명해. 그녀가 빗을 놓는 것과 거의 동시에 증발해 버렸으니까."

그레그는 가슴을 더듬어 셔츠 주머니에서 빗살이 다섯 개 있는 작은 빗을 꺼냈어. 조각 세공이 된 장식용 자개 빗이었어.

"이게 아니었다면 다들 내가 이야기를 꾸며 낸 줄 알았을 거야." 소중한 보물을 내게 건네면서 그가 말했어.

내 손가락이 거기 닿자마자 팔에 난 털들이 곤두섰어. 그걸 본 그레그는 웃음을 터뜨렸지.

"멋지지, 그렇지?"

"진짜로요."

그걸 바라보며 난 감탄했어.

그 섬세한 빗에는 환상적인 뭔가가 있었어. 그게 뭔지는 말로 못 하겠지만.

말로는 설명할 수 없을 것 같아. 물론 논리에 호소할 수도 없겠지.

"나도 뭔가를 주웠어요." 난 그에게 보물을 돌려주며 고백했어. "내가 잘못한 것 같아요?"

그레그는 주머니에 넣기 전에 빗을 어루만졌어.

나를 가늠하듯 바라봤지.

"네가 주웠다는 게…… 널 부르더냐?"

"날 불렀냐고요?"

"그래. 내 말은, 네가 그걸 주워서 가져올 수밖에 없다고 느꼈느냐는 거야."

눈이 번쩍 뜨이듯 난 깨달았어. 내가 느낀 게 바로 그거였어. 아
주 비이성적으로 들릴지 몰라도, 난 그 분홍 돌을 가져오고 싶었
어. 그게 꼭 필요하기라도 한 것처럼 말이야.

"그렇다면 걱정 마, 롭." 그가 어깨에 손을 얹으며 날 진정시켰
어. "마법의 물건들은 스스로 알아서 결정한단다. 네가 그걸 손에
넣기 원했다면 그건 너와 함께 오길 원하지 않았을 테고, 오지도
않았을 거야."

41

해가 지기 시작할 무렵에야 잠에서 깼어.

그레그와 나눈 얘기와 멋진 점심 식사가 나를 잠으로 이끌어서,
난 그에게 감사하며 작별 인사를 하고 내 옥상으로 헤엄쳐 돌아왔
지. 조만간 다시 방문할 것을 약속하고서.

도착하자마자 손에 분홍 돌을 쥔 채 매트리스 위로 쓰러져 곯아
떨어졌어.

빛의 변화가 평화로운 낮잠에서 날 깨웠어. 그 작은 돌은 내 품
에서 벗어나 머리맡에서 천진난만하게 쉬고 있었어. 나는 일어나
서 시간을 가늠하려고 하늘을 쳐다보았지.

오른쪽으로는 별들로 수놓인 밤하늘을 우리 옥상 가장자리까지

데려오려 하는 순결한 자줏빛 속에서 벌써 밤이 뚜렷이 윤곽을 드러내고 있었어. 왼쪽으로는 산 뒤로 숨은 태양이 마지막 오렌지빛을 내뿜고 있었고.

난 뭔가 중요한 걸 잊어버린 것처럼 약간 불안했어.

일어나려다 발이 『레미제라블』 2권에 걸려 부딪혔고, 그때 번쩍하고 머릿속에 떠오르는 게 있었지.

라나.

"제기랄." 난 티셔츠를 찾으면서 소리쳤어. 분홍 돌을 움켜쥐고 배를 향해 옥상을 건너뛰었어.

라나는 전날 밤 내게 오늘 오후에 세일라에게 들를 거라고 말했거든. 그녀의 말투에서 그때 내가 그곳에 있었으면 한다는 걸 알았지.

"제발, 제발, 세발, 아직 가지 않았기를." 아리엘의 매듭을 푸는 동안 난 기도했어.

어쩜 이렇게 감쪽같이 잊어버릴 수가 있지? 그 전날부터 지금까지 엄청나게 많은 시간이 흐른 것 같았어. 히노의 아이들이 벌인 소란, 그레그와 나눈 대화······. 뇌가 쪼그라든 걸까? 지구 상에서 내가 제일 바보 같았어.

그리고 바다 위에서도.

몇 년의 세월.

나는 라나를 두고 환상의 나래를 펼치며 몇 년을 보냈어.

이제 그녀가 내 존재에 관심이 있었다는 걸 드러냈고, 우리 사이엔 다리가 놓일 준비가 된 것 같아. 그런데 그게 내 머릿속에서 다 지워져 버렸다니!

난 라파가 지을 표정을 상상해 봤어. 분명히 그는 눈을 치켜뜨면서 내 머리가 비었다거나 뭐 그 비슷한 뜻의 유식한 문장들을 지껄일 거야.

라나는 무슨 생각을 하고 있을까? 내가 그녀를 잊었다고 생각할까? 사실 난 그녀를 잊었었지. 하지만 그녀가 그걸 아는 건 원치 않아.

라나의 수상 오토바이가 쌍동선 옆에서 쉬고 있는 작은 나루터로 가는 계단 쪽으로 세일라와 라나가 함께 가고 있던 바로 그때, 나는 마르코스와 나탈리아의 옥상에 도착했어.

"어이!" 난 멀리서 히노의 아이들처럼 소리쳤어. 그 순간 바보 같다고 생각하면서.

라나가 나를 향해 몸을 돌렸고, 나는 그녀의 얼굴에서 여러 감정이 만들어 내는 기적을 볼 수 있었어. 먼저 그녀의 눈은 놀라움을 드러냈고, 입가에는 선명한 미소가 보였어. 그런데 그녀는 감정을 억누르는 것 같았고, 눈썹은 무관심을 가장하며 휘어졌어.

결국 마지막엔 찡그린 표정을 지었어.

그게 의미하는 건 딱 한 가지였지.

"정말 고마워요, 세일라." 그녀가 들으라고 난 큰 소리로 말했어. "『오만과 편견』은 요즘 읽기에 정말 좋을 거예요."

"고맙긴 뭘." 세일라는 미소 지었어. 서두르라고, 현명하게 행동하라고 부탁하기라도 하듯 그녀가 슬쩍 날 살펴보는 걸 느꼈지.

난 전혀 현명한 것 같지 않았어. 그들에게 다가가려고 최대한 빠르게 노를 저었어.

라나는 차갑고 데면데면했어. 어젯밤 같지 않았지.

내가 모든 걸 오해하고 있었던 건지 자문하기 시작했어.

"『오만과 편견』은 좀 읽었니, 롭?" 세일라가 날 구해 줬어. 라나의 오토바이가 묶여 있는 작은 발판으로 뛰어내리는 나한테 그 책을 가리키면서, 대화에 참여하라고 권하듯이 물어봐 주었지.

머리 위 테라스의 그녀들을 보려고 목을 빼고 쳐다보는 내가 우스꽝스럽게 느껴졌어.

내가 무슨 말을 할 수 있었겠어? 사랑에 빠진 여자애들에 대한 소설은 읽지 않는다고? 세일라는 이미 알고 있었어. 하지만 라나는 아무것도……. 어쩌면 그래서 난 그냥 바보처럼 있었는지도 몰라.

"아직 못 읽었어요." 나는 중립을 지키기로 했어. "내가 『레미제라블』에 푹 빠져 있다는 거 세일라도 알잖아요."

라나는 대화에 끼려 들지 않았어.

"미안해, 얘들아." 세일라는 우리에게 등을 보이며 사과하고는 내게 의미 있는 윙크를 보냈어. "난 아이들 저녁 준비하러 간다."

그녀는 사라져 버렸어.

순식간에 라나와 난 둘만 있게 되었지.

늘 그렇듯이 그녀는 테라스 위에, 난 아래에.

"오후에 복잡한 일이 있어서 더 빨리 올 수가 없었어." 나는 변명을 하려 했어. 그게 조금이나마 시간을 끌 수 있는 유일한 방법이었으니까.

"그래, 약속한 것도 아니었잖아." 팔에 책을 끼고 계단을 내려오면서 그녀가 말했어.

나는 그녀를 도우려 다가갔지만 뭘 어떻게 해야 할지 몰랐어.

약속을 했거나 하지 않았거나 그게 중요한 게 아니라 난 널 보고 싶었다고, 그 말을 하고 싶었어.

머릿속에선 멋진 말처럼 들렸어.

그래서 그냥 머릿속에만 남게 됐지.

"예전에 제인 오스틴 작품 읽은 적 있니?" 그 대신에 물었어. 대화를 시작해 보려고.

오토바이로 향하면서 라나는 고개를 저었어.

"라나……."

"왜?"

그녀가 뒤돌아섰어. 태양의 마지막 빛 아래서 반짝이는 머리칼, 뭔가를 탐색하는 듯한 녹색 눈동자. 그녀가 화난 듯한 표정 뒤에 기쁨을 감추고 있는 걸 알 수 있었어. 장난이라도 치는 것처럼.

난 너무 좋아서 웃었고, 그녀는 위협하듯 책을 들어 올렸어.

"또 보자, 롭."『오만과 편견』으로 내 어깨를 살짝 치며 그녀가 속삭였어.

"물론이지." 보이는 것처럼 일이 그렇게 나쁘게 끝나지는 않았다고 생각하며 난 끄덕였어. "내가 신세를 졌잖아."

42

며칠 뒤 우리는 침수된 시가 지도에서 보석상의 집 한 채와 문구점 두 군데, 철물점 하나, 그리고 시립 도서관의 위치를 파악할 수 있었어.

하지만 물속에서 그 장소들을 찾는 건 지상에서처럼 그렇게 쉽지 않았어.

문구점 하나는 바다가 쓸어 온 여러 대의 자동차로 입구가 막혀 있었어. 철물점 문은 철제 블라인드로 닫혀 있어서 쇼윈도를 부숴야 했고, 보석상의 집은 보잘것없는 아파트를 네 채나 방문하고 나서야 찾을 수 있었어.

반면에 또 다른 문구점과 도서관은 문제없었지.

"네가 왜 그렇게 갑자기 책에 집착하는지 모르겠다." 세일라의 책들을 더 늘려 주자며 시립 도서관에서 조금이라도 더 많은 책을 건져 내자고 고집을 피우는 내가 못마땅해서 마르코스가 투덜댔어. "내 아내는 옥상에서 제일 좋은 도서관을 가지고 있고, 내가 가져다준 책도 아직 다 읽지 않았단 말이야."

마르코스는 문구점에서 얻은 것들은 마음에 드는 눈치였어. 볼펜, 매직펜, 플라스틱 파일 등은 생활필수품은 아니지만 주둥이 달린 흰색 병이나 화구 같은 걸로 짭짤하게 물물 교환을 할 수 있을 테니까.

반면에 세일라는 내 생각을 무척 반겼고, 자기네 옥상을 종이 건조장으로 바꿨단다. 대부분의 책들은 상태가 아주 안 좋아서 구제할 수가 없었어. 완전히 회갈색 펄프 뭉치였거든. 하지만 어떤 것들은 되살릴 수 있었지. 세일라는 그것들을 다시 제본하자고까지 하면서 복원할 수 있을 거라는 확신에 차 있었어.

보석상의 집에서 챙긴 전리품은 다행히도 우리가 바라던 소득을 가져다줬어. 사실상 그걸로 다른 잠수 비용을 부담할 수 있었지.

나탈리아는 다이아몬드가 몇 개 박힌 금팔찌 컬렉션을 발견했어. 이중 바닥으로 된 상자 안에 소금기로 보드라움을 잃은 검정 벨벳 거치대에 감겨 있었대.

우리의 사냥 덕분에 갑자기 다른 사냥꾼들이 마르코스를 주목하기 시작했어. 책 사냥도 그렇지만 금을 사냥한다는 건 차원이 다른 얘기였으니까. 이제 대부분의 사람이 우리의 움직임을 파악하고 있었어.

히노는 아이들에게 우리 뒤를 밟게 했고, 매주 일요일 가브리엘의 옥상에서 점심 식사를 할 때는 특히 친절하게 굴었어. 나탈리아를 칭찬하고 계속해서 최대한 친근하게 대했지.

마르코스의 나루터에서 세일라, 나탈리아와 함께 그 야릇한 순간을 보낸 후로 라나와 나는 단둘이서만은 다시 보지 않았어.

그런데 그건 그다지 중요한 게 아니었다고 난 분명히 말할 수 있어. 그 대신에 난 녹색 눈동자를 얻게 되었거든. 가브리엘의 옥상에서 함께한 점심 식사 때마다 그녀의 녹색 눈은 내게 고정되어 있었어. 내가 아리엘을 타고 오후에 라스 메두사스에 갈 때마다, 그리고 그녀가 일하는 발코니를 배회할 때마다 그녀의 눈은 끊임없이 날 좇고 있었어.

끊임없이 깊고 은밀한 대화를 나누는 것처럼.

라나와 나는 서로를 바라보고 있었어. 우리가 무슨 이야길 나눴는지 모르겠지만 그것도 내겐 중요하지 않았어. 곧 우리는 한 사람이 다른 한 사람의 존재의 이유가 되었으니까.

"너 왜 그런 바보 같은 얼굴을 하고 있어?" 그 무렵의 어느 일요일에 옥상에서 내 토르티야 한 조각을 빼앗아 먹으려고 옆에 앉으면서 라파가 물었어.

"바보 같은 얼굴 하고 있는 거 아닌데." 난 몇 미터 떨어져 있는 클라우디아를 눈으로 찾으며, 한편으론 라파를 보면서 그의 말을 받아쳤어. "적어도 너보다 바보 같은 얼굴을 하고 있진 않아." 난 클라우디아를 가리키면서 그에게 말했어.

우리 둘은 어색하게 웃었지.

"뭐 뾰족한 수가 있을까?" 입에 음식을 가득 넣은 채 내가 물었어.

"넌 분명히 어떻게도 하지 못할 거야."

나는 라파에게 우리가 철물점 하나를 찾았고, 히노의 아이들 문제만 해결한다면 엔지니어들과 맞교환할 만한 괜찮은 물건을 손에 넣을 수 있을 거라고 말했지. 라파는 기뻐했고, 비밀을 지키겠다고 약속했어.

"히노가 일을 꾸미고 있다는 건 알아." 라파가 콧잔등을 찡그리며 말했어. "너희가 그를 잘 다루고 있는 것 같아. 이제는 몇 달째 우리한테 화도 안 내잖아. 상상할 수 없던 일이지. 게다가 히노는 엔지니어들을 부려 먹으려고 사는 것 같았는데 벌써 일주일 전부터 그의 물건들은 아무것도 손볼 필요가 없어! 참 놀랄 일이야."

"히노네 브루노와 롤로가 우리 뒤를 밟고 있어." 내가 그의 말을 확인해 줬어.

난 언젠가는 우리가 공개적으로 한번 맞붙을 거라고 믿었어. 그리고 히노는 전문 사냥꾼이 되려는 마르코스와 나탈리아의 계획을 좌절시키고도 남을 거라고 생각했고.

"히노가 경쟁과는 어울리지 않는다는 거 알잖아. 포마르 형제는 그의 상대가 되지 않지. 그들은 너무 순진하고, 히노가 별 관심 없어 하는 고객들을 받으니까." 라파가 다리를 쭉 뻗어 햇볕에 내놓으며 설명했어. "그런데 공동체에서는 마르코스가 히노보다 더 존경을 받으니까 히노는 마르코스의 사업이 번창할 거라고 생각할

게 분명해. 나라면 한동안은 책 사냥을 계속할 거야. 그리고 문구점 일도. 그건 아무도 관심을 갖지 않잖아. 보석상에서 얻은 전리품으로 두 달 동안 너희 장비 대금은 충분할 거고."

"두 달 이상이지." 생각에 잠겨 내가 말했어.

나는 작업을 늦추기 위해 마르코스를 설득해야겠다고 생각했어. 나탈리아의 다큐멘터리가 끝날 때까지, 그러니까 사람들이 우리의 움직임보다 녹화 팀의 방문에 더 관심을 가질 때까지 말이야.

서두르는 건 아무 도움이 안 되니까.

곰곰이 생각하며 나는 주머니 속의 분홍 돌을 어루만졌어.

새로 생긴 버릇이었지. 그 작은 보물이 내 운명을 행복하게 바꿔 준 것 같았고, 그래서 집중할 필요가 있을 때마다 그것을 어루만졌어.

나는 라나를 바라봤어. 그녀는 곁눈질로 나를 힐끔거리며 동생 후디트와 속닥이고 있었어.

그녀는 제발 좀 서둘러 줬으면 좋으련만!

43

순풍을 탄 배를 지금 멈춘다는 게 썩 내키지는 않았지만, 큰 작업을 벌이지 말라는 라파의 생각은 마르코스를 설득시켰어.

나탈리아도 라파와 같은 의견이었어. 그래서 우린 책을 사냥하는 데 전념했어.

"꼭 감자 퓌레 같아." 손에서 책들이 짓이겨지는 걸 보고 마르코스가 불평했어. "젖은 종이 반죽을 건지느라 금팔찌를 놓치다니! 이 거지 같은 걸 건져 내느라 산소통 빌릴 돈 다 바닥나겠어!" 아무런 소득 없이 며칠이 지나자 부아가 난 그가 소리를 질렀어.

세일라가 많은 출판사가 책을 투명 비닐로 포장해서 보냈다면서, 어떤 서점을 수색해 보자고 제안했어.

우리가 잃을 건 하나도 없었어. 이미 잃고 있는 것보다 더 잃을 건 없었다고. 잃는 게 우리 일이었다니까.

브루노와 롤로는 늘 우리 뒤를 쫓고 있었어. 멀리서 페달보트로 따라오거나 우리의 다음 전리품이 무엇일지 잘 모를 때는 함께 잠수도 했어. 나탈리아는 그들을 '우리의 그림자'라고 불렀지.

아무 소득 없는 우리의 사냥이 지겹지도 않았나 봐.

그들은 마르코스를 절망에 빠뜨렸어.

그리고 나도.

나탈리아만 그 상황을 즐기고 있었어.

"그들이 우리 장단에 맞춰 춤추는 걸 보는 게 난 너무 좋아." 그녀는 말하곤 했어. 우리는 돌아 버리기 직전인데.

책을 건져 내는 게 맘에 들지 않아서가 아니야. 비닐 포장 덕분에 책 제목들을 금세 찾을 수 있었던 건 맞아. 문제는 분홍 돌이 계속 질문을 해 대면서 내 주머니 속에 있었다는 거야.

우리가 손에 넣은 책들은 이상한 언어로 쓰인 그 문장들을 생각나게 했어. 이상한 공기 막 덕분에 거센 바닷속에서 무사했던, 나무 테이블 위에 펼쳐져 있던 문장들 말이야.

그 마법의 집에 돌아가고 싶었어.

시간은 자신의 일을 하면서 흘러가고 있었어. 내 감정을 가라앉히고, 불안을 누그러뜨리면서.

다시 그곳까지 잠수해서 여전히 모든 것이 제자리에 있는지, 아니면 내가 그 작은 돌을 가져오자 마법이 풀리고 구석구석 물이 들어가 난로를 꺼 버렸는지 확인하고 싶었어.

그래서 마르코스에게 난 혼자서 작업할 거라고 통보했던 거야.

나탈리아는 눈살을 찌푸리면서도 동의했지. 늘 그러듯 그들과 열심히 사냥하고 나서 갑자기 내가 통보한 걸 오빠가 어떻게 받아들일지 자문하는 듯했어.

"혼자서?"

"네, 마르코스. 내가 미뤄 둔 게 있는데, 히노의 아이들이 쌍동선을 추격하고 있으니까 지금 그걸 해도 될 것 같아요."

사실 내 계획은 이런 거였어.

매일 오전 그랬던 것처럼 마르코스와 나탈리아의 옥상에 가는 거야.

아리엘을 묶어 놓고 쌍동선에 탈 거야.

출발하기 전에 물에 뛰어들어 브루노와 롤로의 보트를 발견할 때까지 기다렸다가 그들을 뒤쫓을 거야.

그리고 내 배를 타고 침수된 작은 숲으로 향하는 항해도를 따라 가는 거지.

심연 속의 책들을 살리는 데 쓸 산소통을 지고 내려갈 테고, 이 제 산소통은 나의 일을 돕는 거야.

마법이 여전히 살아 있는지 확인해 볼 거야.

아무도, 아무것도 모를 거야.

그러고는 그레그에게 이 얘길 해 주러 갈 거야.

머릿속으로 짜는 계획은 술술 잘도 풀린다는 게 놀랍지 않니? 나중에는 엉망진창으로 끝날 수도 있지만.

그게 난 늘 놀라워.

44

물 위쪽은 따스했는데, 잠수하자 바다는 얼음처럼 차가운 기운 으로 날 맞이했어.

아리엘은 네모난 그림자를 만들면서 내가 팔을 저을 때마다 희 미해지며 내 위쪽에 떠 있었어.

소나무들은 더 아래서 날 기다리고 있었어. 집의 지붕을 감춘 채 심연의 느린 유속에 따라 흔들리면서, 구불구불한 길을 만들어 내 는 형광색 해파리들로 반짝이면서.

여러 날 계속해서 잠수한 탓에 팔이 무지근했어. 주머니 속 분홍 돌은 내게 맞는 길로 가고 있다고 확인해 주듯 따스하게 두근거리는 것 같았지. 내가 그것을 훔친 곳으로 돌아간다는 걸 알고 그 결정을 기뻐하기라도 하는 것처럼.

분홍색 연기가 나지 않았는데도 난 재빨리 그 집의 굴뚝을 찾아냈어.

거칠게 숨을 몰아쉬며 오렌지색 불빛을 처음 봤던 창 쪽으로 향했어.

가장 가까운 소나무 가지에 의지해서 몸을 틀자 내 뒤에서 그림자 하나가 물을 움직이며 지나갔어.

난 물의 흐름이 바뀌는 걸 느끼고 놀라서 뒤를 돌아봤어.

그 지역 해안에는 특별히 위험한 물고기는 없었지만 그래도 방심하면 안 되잖아. 그런 마법에 걸린 집 부근에서는 더욱 그렇지. 난 어떤 단서라도 찾으려고 심해의 어둠을 유심히 살펴봤고, 곧 어떤 물고기 떼가 날 놀라게 하고 물을 움직였다는 걸 알게 됐어.

그래서 하던 일에 다시 집중했지. 그런데 창에 다가갔을 때, 그 집 모퉁이 뒤에 뭔가 숨어 있는 걸 봤어.

난 놀라 멈췄어. 분명히 안쪽에서 나오던 오렌지색 불빛이 사라져 버렸거든.

하지만 날 더 불안하게 한 건 그 순간 본 그림자였어.

인어일까? 그 이상한 집의 마법사 주인일까?

창을 지나 모퉁이를 향해 할 수 있는 한 최고로 빠르게 헤엄쳤어.

내가 몸을 돌리자, 검은 오리발이 순식간에 주방으로 기억하고 있는 곳으로 들어가 사라지는 것을 봤어.

가슴이 최고 속도로 쿵쾅거리기 시작했어. 두 개의 오리발, 그러니까 그 집에 발이 둘인 인간이 들어갔다는 말이지.

무슨 일인지 밝혀야 했어.

난 사냥감을 쫓기 위해 서둘렀어.

창에 다다랐을 때, 주방은 비어 있었어. 그런데 그림자 하나가 오른쪽으로 헤엄쳐서 문을 가로질렀어.

그순간 난 그대로 얼어붙었지.

나를 피해 숨은 사람이 누구인지 밝히는 데 너무 집중해서 그 집이 공기 막으로 전혀 보호받고 있지 않다는 것을 미처 깨닫지 못했던 거야.

오히려 그 집은 침수된 지 몇 년이나 지난 것처럼 보였어. 내부에는 해조류가 자라고 있었고, 가구와 문은 불거나 썩어 있었거든. 바닥에는 도자기 조각들이 굴러다녔고, 작은 물고기들이 선반 그림자에 숨기도 했어.

내가 짐작이나 했겠니, 증거라고는 작은 분홍 돌밖에 없는 그 신기루 같고 마법 같은 사건의 증인이 나라는 걸? 기적은 몇 분밖에 지속되지 않았어. 그 침수된 집의 잔해를 남기고 기적은 사라져 버린 거야.

냉정을 되찾으려 애쓰면서 주머니에서 내 보물을 꺼내 바라봤어. 주방의 어스름 속에서 반짝거리는 뜨거운 그것을.

그레그도 인어가 그와의 만남을 피했을 때 이런 절망감을 느꼈을 게 틀림없어.

별안간 옆방에서 나기 시작한 소음이 날 잡념에서 벗어나게 해 줬지.

돌을 다시 집어넣고, 가구들을 이용해 집 내부를 향해 힘껏 나아갔어.

거실에 도착했을 때 난 빈 책장을 샅샅이 뒤지고 있는 잠수부 두 명과 마주쳤단다.

벽난로는 꺼져 있었고, 닳아빠진 소파들은 바닥에 버려져 있었어.

잠수부 한 명이 나를 향해 몸을 돌리더니 다른 잠수부에게 신호를 보냈어.

물안경 너머로 롤로의 우습게 생긴 얼굴이 보였어.

브루노는 뻔뻔하게도 내게 손 인사를 건넸어.

그들은 나를 따라왔던 거야.

히노의 아이들이 이 마법의 집까지 날 쫓아왔던 거야.

이젠 더 이상 마법의 집도 아무것도 아니지만 말이야.

45

아리엘 옆에 놓인 페달보트의 그림자가 물 위에서 나를 기다리고 있었어.

내가 발견한 그 집에서 롤로와 브루노를 만났을 때, 난 너무도 큰 분노를 느꼈어. 차라리 물에서 나와 좀 더 차분한 마음으로 그들을 기다리는 것이 최선이라고 생각했지. 그곳에서 책을 사라지게 하고, 연기 나는 다른 분홍 돌들을 사라지게 하고, 마법이 멈추게 한 것은 내가 아니라 그들 탓이라는 생각을 지울 수가 없었어.

나의 돌은 여전히 주머니 속에 있었어.

그 집은 내 앞에 찬란한 모습을 드러냈고, 그건 내게 선물이었어. 날 환영한다는 걸 의미했지.

하지만 그들에겐 그러지 않았어.

내가 봤던, 모든 어둠 속에서 침수되어 있던 그 고요한 집의 뼈대, 그들이 거기에 난입했던 거야. 그들의 출현에 방해를 받아 그 황홀함이 산산조각 나 버린 거라고.

그 생각에 나는 손가락 마디들이 하얗게 되도록, 주먹을 불끈 쥘 만큼 큰 분노를 느꼈어.

잠수 장비를 벗고 아침의 태양 아래서 그들을 기다렸어.

빛이 닿으면 돌이 반짝이는 걸 유심히 보면서 손으로 만지작거리고 있었지. 울퉁불퉁한 가장자리를 더듬으며 이곳이 평화로운 장소라고 상상하면서.

"나라면 절대 이런 짓은 안 했을 거야."

화를 참을 수가 없어서 중얼거렸어.

"내가 전문 사냥꾼이었다면 남이 가는 길에 끼어들지 않았을 거야."

난 투덜거렸어. 아란차라면 좋을 텐데! 아란차라면 날 애먹이러 오지 않았을 거야.

그때 갑자기 누가 내 배를 꼬집는 것 같았어. 나를 엎어뜨렸다가 다시 펄떡 뒤치기라도 한 것처럼.

나는 배에다 손을 대고 소리를 질렀어.

"어떻게 된 거야?" 그건 내 목소리처럼 들리지 않았어.

그런데 그게 문제가 아니었어. 별안간…….

어떻게 설명해야 할지 모르겠어.

별안간 내게 가슴이 생겼어. 평평한 근육질의 내 몸에 완벽한 두 개의 가슴이.

"제기랄!" 너무 놀라서 또 소리쳤어. 둥그스름해진 팔, 털 하나 없이 매끈하고 부드러운 내 몸을 보면서, 한결 풀 죽은 목소리로.

나는 청 반바지와 로스 티부로네스 로고가 들어간 검정 티셔츠를 입고 있었어. 그런데 그건 내 옷이 아니었어! 그건 내 목소리가 아니었어! 그건 내 몸이 아니었다고!

"무슨 일이 벌어지고 있는 거야?" 난 일어나면서 중얼거렸어. 나를 둘러싸고 있는 바다에서 답을 찾을 수 있기라도 한 것처럼 눈을 바다에 고정하고서.

손을 얼굴에 가져가 윤곽을 더듬어 봤어.

뭔가가 나머지를 더듬는 걸 방해했어.

한없는 수치심, 엄청난 모욕감. 벌거벗은 우리 엄마를 보는 것 같았어. 아니면 할머니를!

"내가 아란차가 됐어." 난 풀이 죽어 결론을 내렸어. 마음을 가라앉힐 수가 없었지.

그때 손에 쥐고 있던 분홍 돌에 생각이 미쳤어.

"네가 그랬구나!" 난 돌에게 나무라듯 말했어. "너 마법사구나!" 화가 나서 꾸짖었어. 내가 뭐라고 했지? 어떻게 했기에 내가 아란차가 된 거지?

아무튼, 그것만이 유일하게 납득할 만한 설명이었어.

난 내가 한 말을, 정확히 무슨 생각을 했는지를 기억해 내려고 애썼어. 하지만 내 안에서 맴도는 건 불안한 외침, 끊임없는 부정뿐이었어. '난 원치 않아, 난 원치 않아, 난 원치 않아.'

"난 다시 내가 되고 싶어. 제발, 부탁이야. 제발……." 나는 돌을 입술로 가져가 거듭거듭 입 맞추면서 애원했어. 그러면 좀 더 빨리 내 말을 들어주기라도 하듯이.

그때 등 뒤에서 물장구치는 소리가 들렸어. 페달보트가 있었어. 난 몸을 돌렸지.

브루노와 롤로가 물에서 나와 물안경을 벗는 걸 뚫어져라 바라봤어.

"안녕, 롭?" 그들이 조롱하듯이 물었어. "오늘은 사냥 안 해?"

나는 내 손을 봤어, 나의 손을.

그리고 가슴을 만져 봤어. 툭 불거진 것이 사라지고 없었어.

바다야, 고마워. 난 다시 내가 된 거야.

46

이성적으로 봤을 때 나의 문제는 그 집에서 마법의 흔적이 모두 사라진 것 때문은 아니었어.

오전에 날 기분 나쁘게 하려고 쫓아온 히노의 아이들 때문도 아니었어.

나의 문제는 몸의 모든 선이 별안간 없어져 버렸다는 거였어.

그러니까, 잠시 난 가슴을 가졌었어. 아란차의 충실한 복제본이었다고.

나는 어안이 벙벙한 얼굴로 브루노와 롤로를 보내고, 아리엘을 타고 옥상으로 돌아왔어.

혼자 있고 싶었거든.

무슨 일이 일어나고 있는지 이해하려면 냉정을 되찾을 필요가 있었어.

분홍 돌이 변화를 유발한 원인이라는 건 분명했어.

마법적인 장소에서 어떤 물건을 얻었다면 그 물건 또한 마법적인 것일 수 있다는 생각은 분명 타당해 보였어.

그걸 확인하려면 난 돌아가야 했어.

면도할 때 고리에 걸어 두곤 하는 작은 손거울을 잡동사니 사이에 둔 게 생각났어. 그걸 찾아 들고 비가 올 때면 침대가 젖지 않도록 만들어 놓은 작은 처마 아래로 숨었어. 어떤 이웃도 이상한 일을 하고 있는 날 발견하기를 원치 않았으니까. 다른 사람으로 변신하는 그런 일 말이야.

엄청난 절박함으로 아찔할 정도로 빠르게 결심할 수 있었지.

늘 그렇듯 손안의 분홍 돌은 뜨거웠어.

손을 떨지 않으려 애쓰면서, 거울에 얼굴을 비췄어.

"나탈리아." 내가 말했어.

하지만 아무 일도 일어나지 않았어.

난 여전히 나였어. 유달리 하얗고, 왼쪽 눈에 약간의 틱 증상을 가진 나.

깊이 안도의 한숨을 내쉬었어.

그리고 다른 방법으로 다시 시도해 봤지.

"나탈리아로 날 변신시켜 줘."

아무 일도 일어나지 않았어.

분명히 말하는 방식 때문이었어.

지난번 아란차로 변신하기 전에 했던 말을 정확히 기억해 내려 애를 썼지. 언어는 강력한 것이어서 특정 용어를 다른 것으로 바꾸면 마법이 통하지 않을 수도 있다는 걸 난 알고 있었어. 적어도 책에서는 그랬거든.

"내가 나탈리아라면 좋을 텐데." 이게 맞을 거라고 믿으며 말했어.

누가 배를 꼬집기 시작하는 것 같았어. 그런데 나는 너무 놀란 나머지 곧바로 일어서 버렸지.

아무것도 변한 게 없었어.

긴장을 풀어야 했어.

언제든 통제력을 잃고 거울과 돌을 바닥에 떨어뜨릴 것 같아서 너무 힘을 준 탓에 손이 떨렸어. 난 손가락을 풀었다 조이고 자세를 고쳐 앉았어.

동작 하나하나에 경련이 일어나서 그걸 제이하려고 심호흡을 시작했어.

"이렇게 호들갑 떨 정도는 아니야, 롭." 난 혼잣말을 했어. 그런데 내 목소리는 별로 자신 있게 들리지 않았어. 놀랄 정도로 확고하게 내가 호명하는 사람이 되기를, 변신하기를 강렬하게 원해야 한다는 걸 알았지.

시도해 보자.

나탈리아를 생각했어. 산소통 없이 잠수하는 능숙함, 얼굴을 맞대고 뭔가를 이야기하는 능력, 그녀가 얼마나 예쁜지 등에 대해.

그때, 난 내가 다시 가슴을 가질 준비가 되어 있지 않다는 걸 깨달았어. 그건 너무 이상하잖아.

성별이 같은 누군가로 시도해 보는 게 나을 것 같았어.

"내가 라파라면 좋을 텐데." 나는 눈을 감고 작은 분홍색 돌에 집중해서 소원을 빌었어.

배가 뒤집히는 것 같았어. 함부로 거꾸로 엎어뜨리는 것 같은 그런 느낌 말이야. 그리고 거울을 봤어.

"제기랄." 그 순간 내 머릿속에서는 욕밖에 찾을 수가 없었어.

거기 라파가 있었어.

그러니까, 라파의 몸을 가진 내가 있었다는 말이야.

라파의 짙은 눈썹과 툭 튀어나온 귀를 가진 나. 거울에서 그런 나를, 그를 보는 게 너무 이상해서 처음에는 움직일 수가 없었어.

그러다 시험해 보기 시작했지. 나는 나로 다시 돌아가기 위해 입을 움직였어. 라파의 목소리로 난 속삭였어.

"시험 중, 시험 중…… 제기랄."

또 욕이 나왔어.

손을 보기 위해 거울에 분홍 돌을 가져갔지.

황홀했어.

두려움은 찾아왔을 때만큼이나 빨리 사라지고, 승리를 거머쥔 것처럼 정신을 못 차릴 만큼 강렬한 감정이 엄습했어.

더 시험해 보고 싶었어.

"내가 그레그라면 좋을 텐데." 난 흥분해서 소원을 빌었어.

그랬더니 거기, 나이 든 그레그의 모습이 있었지. 그림 그릴 때 입는 흰 셔츠를 입고 우스꽝스럽게 내 몸짓 하나하나를 그대로 따라 하는 그레그가.

나는 황당한 표정으로 그 고미술상의 웃음소리 같은 내 웃음소리를 들었어. 그 분홍 돌은 기적 중에서도 엄청난 기적이었던 거야!

"내가 마르코스라면 좋을 텐데."

"내가 루케라면 좋을 텐데."

"내가 히노라면 좋을 텐데."

"내가 마마 메두사라면 좋을 텐데." 가슴을 갖는 경험이 얼마나 기묘한 것인지 잊은 채 난 한껏 들떠 있었지.

내가 아드레날린의 포로처럼 느껴졌어.

처음의 불편함이 지나자 곧 나는 거구의 여자로 변하고 있었어. 그녀 살갗의 모든 세포를 나의 것처럼 느끼면서, 올림머리를 하고, 그 어린 딸들의 안식처였던 큰 가슴을 가진 여자로.

엉덩이에 손을 얹고 일어났어.

난 마마 메두사였어.

"그럼 네가 뭐라고 생각하는데, 이 얼간아?" 어렸을 때 수없이 나를 공포에 사로잡히게 했던 그녀의 목소리를 반갑게 들으면서 내가 말했어.

우리 공동체에서 가장 힘 있는 여자, 마마 메두사가 바로 나였어. 히노조차도 그녀에게는 깍듯했지.

"나를 따르라!" 나는 웃음을 터뜨렸어.

"나는 옥상의 여왕이다!" 과장된 몸짓으로 두 팔을 벌리면서 소리쳤지. "내가 바다에서 가장 힘센 여왕이다!" 폭소를 꾹 참고 소리쳤어.

그때 나의 오두막 벽 너머로 가는 목소리가 들렸어.

"엄마?"

라나였어!

라나가 우리 옥상에 있었던 거야!

그녀는 아래쪽에 있는 게 분명했고, 곧 침대와 소파가 있는 곳으로 난 계단 쪽으로 고개를 내밀겠지. 그럼 날 보게 될 거야!

난 던져 두었던 분홍 돌을 찾으려고 정신없이 매트리스 위로 몸을 던졌어. 라나의 수상 오토바이 소리를 왜 못 들었지?

"내가 되면 좋을 텐데." 그 작은 돌에 다시 입술을 바짝 대고 속삭였어. 라나가 나타나 자기 엄마로 변한 나를 보기 전에 다시 나로 돌아가기 위해 기도를 거듭하면서.

47

"롭?"

시간에 딱 맞춰서 다시 내가 됐어.

믿을 수가 없었어.

난 돌을 보고, 라나를 봤지. 아직 계단을 오르고 있는 그녀의 머리만 보였어. 그리고 난 내 손을 봤어, 나의 손을.

"뭘 하고 있었어?" 그녀는 정말 궁금한 듯이 물었고, 나는 지난 며칠 동안 우리가 조금씩 나간 진도가 갑자기 후진했다는 생각이 들었어.

내가 뭘 하고 있었느냐고?

지금만 아니면 다른 어떤 상황에서도 그 질문에 답하기 쉬웠을 거야.

"잘 준비 하고 있었어."

아니면

"낮잠 자고 있었어."

아니면

"세일라가 구구단을 외우라고 고집을 피웠는데 생각이 안 나서 복습하고 있었어."

그런데 그게 문제가 아니었어. 문제는, 바다 밑의 집, 엄청나게 큰 공기 막 덕분에 놀랍게도 물에 잠기지 않고 살아남은 집 한 채에서 건져 낸 마법의 돌이 가진 힘을 시험하고 있었다는 거야.

하지만 그럴 순 없었어. 그녀에게 그걸 말할 수는 없었지.

"아무것도." 전염병 걸린 사람처럼 순식간에 얼굴에 열이 확 오르는 것 같았어.

"아무것도 하지 않았다고? 네가 바다의 여왕이라고 말하는 걸 들었는데." 라나가 눈썹을 치키며 말했어.

그녀는 벌써 내가 있는 곳에 올라와 있었어. 꽃무늬 반바지와 비키니 윗부분이 살짝 드러나게 입은 셔츠에, 머리는 한 갈래로 땋아서 어깨에 닿았고 뺨은 약간 창백했지.

"그러니까……." 난 속으로 열심히 변명거리를 찾으려 애썼어. "가끔 기분을 내는 거지. 모르겠어? 센 척하면서 큰소리를 치면 힘이 나잖아."

왜 그런 바보 같은 소리를 했는지.

분홍 돌 덕분에 막 발견한 사실과 라나의 출현이 뒤엉켜 난 인생 최고로 추하고 바보 같은 짓을 하고 있었어.

"그렇담 '난 바다의 왕이야.'라고 할 수도 있었을 텐데." 그녀가 눈썹을 더 치키며 말했어. 그 두 눈썹이 만드는 우아한 아치로 내가 한 짓이 얼마나 어처구니없는지 말해 주려는 듯이.

"네 말이 맞아. 적어 놔야겠다." 난 손으로 머리를 쓸어 넘기며 봐 달라는 듯 불쌍하게 웃었어.

프란은 그 수법이 여자애들에게 정말 잘 통한다고 종종 써먹었지. 난 그걸 '가여운 악마의 징후'라고 불렀어. 프란은 특히 심각한 실수를 했거나 도저히 체면 못 차릴 만큼 기막힌 바보짓을 했을 때 그 방법을 썼어. 그러니까 너무나 자연스럽게 연민과 사랑이 필요한 가련한 사람인 척하는 거지. 뻔뻔스럽게도 프란은 가장 순진한 눈빛을 하고, 내가 손으로 머리를 쓸어 넘길 때 그랬던 것처럼 불안한 몸짓을 하고서 봐 달라는 듯 어깨를 으쓱하곤 했어.

난 그게 라나에게도 통하기를 기대했어. 다른 대안이 없었으니까.

그러자 그녀의 눈썹이 내려앉고 입가에 희미하게 놀리는 듯한 미소가 어리더군.

난 신이 나서 불빛이 있는 쪽으로 나갔어.

"뭐라도 줄까?" 허기진 내 배에서 꼬르륵 소리가 난다는 걸 깨닫고 물었어.

해를 보니 벌써 정오가 지났더라고.

"커피는 없을 것 같은데?" 그녀가 고개를 가로저었어.

"커피, 당연히 있지! 날 뭘로 보는 거야?"

"바다의 여왕으로?" 그녀가 장난을 쳤어.

스토브에 가 보니 아침에 마시던 커피가 남아 있었어. 그건 내가 마시기로 하고 라나에겐 제대로 끓여 주려고 불을 켰지.

차츰 마음이 가라앉았고, 나는 라나가 여기 온 이유를 자문해 봤어. 세일라네 옥상에서 마주친 이후로 우린 얘기를 나눈 적이 없었거든.

라나는 마치 내 머릿속에 담긴 질문을 듣는 것 같았어.

"네가 내게 신세 진 게 있다는 걸 깨닫고 왔지." 그녀는 주위를 둘러보며 초라한 내 존재를 둘러싼 것들을 하나씩 살펴보는 것 같앉어.

그녀가 내 그림들을 눈여겨보는 게 맘에 들었어. 나의 개성을 보여 주는 것들이니까.

"글쎄 뭐, 놀랄 건 없겠지." 난 놀리듯 웃었어.

"아, 당연히 놀라야지." 그녀는 비난하듯 손가락으로 날 가리키면서 웃었어.

대체 라나가 원하는 게 뭔지 전혀 알 수 없었지만 그렇게 비싼 건 아닐 거라고 생각했어. 산소통값이야 내 은접시로도 갚을 수 있을 테니까.

"날 놀라게 해 봐." 난 그녀에게 커피를 건네고 앉으라고 내 멋진 소파를 가리켰어.

라나는 쿠션에 발을 올리고 무릎을 접고 앉았어.

"준비됐어?" 잔에서 커피 향을 맡으며 그녀가 물었어.

난 매트리스에 앉아 고개를 끄덕였어.

갑자기 새삼 라나가 내 옥상에 있다는 걸 깨달았지.

그렇게 오랜 시간 멀리서만 바라봤는데, 그녀가 저기, 손만 뻗으면 닿을 곳에 있었어.

다른 사람으로 변신하기라도 할 것처럼 배에 경련이 일었어. 하지만 난 여전히 나였어. 그녀를 바라보고 있는 나.

그때 그녀가 그 말을 했어.

그리고 나의 낭만적인 몽상도 끝이 났지.

"히노가 우리 엄마랑 무슨 일을 꾸미고 있는지 네가 알아보고 얘기해 줬으면 좋겠어."

난 라나를 알아 가고 있었어.

진정한 라나의 모습을.

머릿속으로 상상하던 그녀가 아니라 진짜 그녀가 어떤 사람인 가를. 그녀의 그 모든 장점과, 정말 형편없는 단점들을 통해서.

그리고 내 목숨을 위험에 처하게 만든 그 부탁들을 통해서.

48

히노를 염탐하는 것.

그게 라나가 내게 원한 거였어.

그렇게도 차분하게 내게 부탁했던 것.

그녀의 제안에 내가 좋아할 만한 면도 있다는 건 부정할 수 없어. 그러니까 라나는 내가 옥상에서 가장 망나니 같은 보물 사냥꾼을 염탐할 정도로 민첩하고 과묵하다고, 그리고 그가 그녀의 엄마랑 도대체 무슨 짓거리를 꾸미고 있는지 알아낼 만큼 내가 똑똑하다고 생각했던 거야.

그런데 그녀는 어떻게 내가 그런 걸 알아내길 바랄 수가 있지?

커피 잔을 다 비운 후에 라나는 나의 옥상을 떠났어, 아주 조용히.

내게 『오만과 편견』을 읽어 보라고 추천하고, 마르코스와 나탈리아와 함께한 사냥에 대해 묻고는 가 버렸어.

원하면 누구로든지 변신시켜 주는 분홍 돌과, 내가 끝내지 못할 게 분명한 무모한 임무를 남겨 두고.

행복하고 평온하던 나의 세계는 현기증이 날 정도로 빠르게 변하고 있었어.

49

라나의 소망을 이루어 주는 건 내가 마르코스의 바람을 들어주는 데도 도움이 될 수 있었어.

우리는 가는 길목마다 히노의 아이들과 계속 마주쳤어. 뭔가 조치를 취하지 않으면 우리 운명은 바뀌지 않겠지. 우리에겐 전문 사냥꾼들이 가진 자금이 없었어. 그런데 동네 사람들은 그런 고충을 단순한 불평으로 받아들일 수도 있었지. 히노가 마마 메두사를 자기편으로 만들었다면 더구나.

그런데 우리에게 유리한 뭔가가 있다는 건 아무도 알지 못했어. 그래, 나한테는 유리한 뭔가가 있었어.

분홍 돌은 내가 어떤 사람이든 될 수 있게 해 주잖아.

심지어 날 히노가 되게 할 수도 있지.

그건 분명 유리한 점이야.

나의 변신이 어떤 결과를 낳을지는 알지 못했지만 걱정할 건 없었어. 마법의 물건이 나와 함께하길 원한 거라면 두려워할 건 아무것도 없다고 그레그가 말했거든.

더구나 내가 변신하는 건 아무도 보지 못했으니, 다른 사람으로 변신하는 순간만 잘 선택하면 라나가 그렇게도 원하는 정보를 선물해서 그녀를 행복하게 해 줄 수도 있었어.

난 히노와 마마 메두사에 대해 알아낸 것들을 그녀에게 전해 줄 생각이었어.

그리고 마르코스에게는 우릴 못살게 만드는 보물 사냥꾼들의 사기에 관한 정보를 빼낼 수 있는 만큼 빼내서 전해 줄 생각이었고.

그 분홍 돌은 유용하게 쓰일 수 있었어.

문득 내가 어마어마하게 커다란 퍼즐의 특별한 한 조각이고, 모든 게 꼭 들어맞는 것처럼 느껴졌어. 나의 운명의 별에는 틀림없이 마법이 나의 모든 문제에 하나하나 해결책을 제시할 거라고 쓰여 있을 거야.

그리고 모든 것이 끝나고 나면 차분하고 평화로운 일상으로 돌아갈 수 있겠지.

라나가 떠난 뒤 남은 체온이 전해지기를 바라면서, 스스로에게 부족한 용기를 불어넣으며 소파에 앉아 나는 그런 생각을 하고 있었어.

이런저런 생각을 곱씹으며 나는 돌 주변을 빙빙 돌기 시작했어. 좋은 계획을 짜내려고, 히노에 대한 정보를 얻기 위해 누구로 변신할지 정하려고.

브루노나 롤로가 되어야 한다는 건 분명했어. 사실 둘 중 누구든 될 수 있었지만. 그런데 히노가 그들에게 비밀을 털어놓지 않는다는 걸 난 알고 있었어. 그 사냥꾼에겐 진정한 조력자나 친구, 충실한 전우가 없었어. 히노는 그런 사람이 아니었지.

히노네는 관심이 필요한 겁쟁이 친구들이 모인 곳이니까.

차츰 어떤 것이 가장 좋은 선택인지 분명해졌어.

너무 단순해서 그 탁월한 생각과 다른 엉뚱한 생각들 사이에 확실하게 선을 그을 수 있었지.

"나는 바다의 여왕이다……." 나는 벌써 턱 끝에 제멋대로 돋은 수염 몇 가닥을 쓰다듬으며 중얼거렸어.

마마 메두사가 완벽한 해결책이었어.

마마 메두사가 히노를 보러 간다면 그 보물 사냥꾼은 속마음을 드러낼 테니까.

그 작은 돌을 살펴보다가 두 손가락으로 집어 들었어. 내 얼굴 위로 그림자를 만들면서 오후의 태양을 가릴 때까지 돌을 들어 올렸지.

이제 시도해 볼 때야.

50

나의 계획을 실행에 옮기기 전에 니콜라스 가리도가 다시 나타났어.

다음 날 아침에 그는 쌍동선에 그 아가씨를 동반하고 도착했어. 카메라와 조명 몇 대, 잠수부 둘도 함께였지. 내가 훈제 햄 한 조각과 아침으로 먹으려고 남겨 둔 케이크를 다 먹고 정신을 좀 차리기 시작했을 때, 마르코스의 맏이가 튜브로 만든 작은 배를 저어 소식을 전하러 왔어.

나탈리아가 나더러 옥상에 와서 녹음 작업을 도와 달라고 한다는 거야. 호세 말은 그랬어. 정말 나를 필요로 하는 사람은 마르코스라는 걸 난 금세 직감했지만.

나는 수영복 위에 꽃무늬 반팔 셔츠를 입고 ― 세련되게 보이고 싶었거든. ―아리엘로 호세의 배를 견인해서 갔지.

니콜라스와 그의 팀은 내 친구들의 옥상 계단에 앉아 있었어. 그 날 오전에는 전에 얘기했던 장소들 중 몇 군데만 탐색하면 될 거라고 그들이 설명하는 동안, 세일라가 커피를 대접했어.

그들은 우리가 잠수부들과 함께 소규모로 나눠 가서 몇 컷을 촬영했으면 했어. 나중에 스튜디오에 가서 보고 마지막 장면들을 거기서 촬영할지 말지 결정하려나 봐.

내가 보기에 그건 엄청난 시간 낭비 같았어.

그냥 나탈리아를 여러 장소에서 촬영해서 방송에 내보내기에 제일 좋은 장면을 결정하는 게 훨씬 더 효율적이라고 생각했지.

하지만 내가 뭐라고 무슨 말을 하겠어?

마르코스는 내게 어부들의 집이 있던 해안 지대에서 작업하려면 그의 쌍동선으로 니콜라스와 함께 가는 게 어떠냐고 제안했어. 그와 나탈리아는 각자 카메라맨 한 사람과 시내 중심가로 촬영하러 갈 예정이었지. 거긴 바다가 모든 것을 집어삼키기 전에는 관광객이 가장 많던 곳이야.

"서로 연락하자고." 니콜라스 가리도가 늘 입고 다니는 피케 셔츠 주머니에 꽂힌 자그마한 검정색 전자 기기를 가리키면서 동료들에게 말했어. "나중에 나탈리아의 옥상에서 외부를 촬영할 수 있을 거야. 시작 장면에 쓸 것들 말이야, 알겠지?"

그 다큐멘터리 제작자의 지시에 따라 우리는 흩어졌어. 나는 우리가 잠수할 곳을 향해 쌍동선의 환상적인 여조종사를 안내했지.

"여기서 잠수 많이 해 봤어?" 니콜라스가 선글라스 뒤에 표정을 숨기고 물었어.

"상당히 많이 했죠." 그의 질문이 바보 같다고 생각하며 내가 대답했어.

"여자 동료 한 사람이 있는데 말이야." 그는 크게 중요한 얘기는 아니라는 표정으로 계속해서 말했어. "그녀는 어부들이 살던 지역에 살았대. 좀 오싹하지 않아?"

"아니요."

"그래, 너희는 익숙해졌겠지. 그렇겠지……. 하지만 그녀는 여기 돌아오지를 못해." 그가 계속해서 말했어. "그녀의 부친은 어부였어. 미친 사람으로 소문난 호기심 많은 노인네였는데 홍수가 났을 때 돌아가셨지. 내가 계획하고 있는 걸 얘기해 줬더니 얼마나 하얗게 질리던지, 난 그 친구가 실신하는 줄 알았단다."

니콜라스는 갑자기 말을 마치고 침묵했어.

어쩌면 내가 바다가 모든 걸 삼켜 버린 그날의 경험에 대해 남다른 경험담이라도 덧붙일 거라고 생각했는지 모르지.

사실 그건 내게 가장 내키지 않는 일이었어.

지구인들은 우리를 전혀 이해하지 못해.

"문제는, 그녀가 내게 한 가지 부탁을 했다는 거야." 그가 신이 나서 말했어. 드디어 내가 관심을 가질 만한 대화가 시작되나 궁금했지. "가능할지 모르겠지만, 그녀는 나더러 자기가 살던 집에 가서 상태가 어떤지 살펴봐 줬으면 하더군."

"주소는 있어요?"

"응, 물론이지!" 흥분한 그가 자리에서 일어나더니 비닐로 싼 작은 파일에서 주소를 찾아 보여 줬어.

"원한다면 가 볼 수 있어요." 난 동의했어. "그런데 대개 이런 일은 돈을 받아요."

"얼마든지!" 내가 무르기라도 할까 봐 두려운 듯이 곧바로 그가 소리쳤어.

"아뇨, 이번엔 됐어요. 그런데 여기서는 우리의 규칙이 있다는 걸 알아줘요. 말하자면 제가 호의를 베푸는 거라고요."

내가 그런 식으로 말했던 건 니콜라스 가리도가 끝없이 바보짓을 하면서 나의 봉사를 돈으로 사려 했기 때문이야. 빚지고는 못 사는 사람들이 있지. 그 다큐멘터리 제작자가 그런 유형이라면, 나는 그가 뭔가 신세를 지도록 만들 수 있는 내 위치를 즐기고 있었어. 그래서 난 끝까지 물러서지 않았던 거야.

우리는 예정했던 장소에 도착했고, 나는 니콜라스가 잠수 장비를 다 갖췄다는 걸 확인한 뒤 내 장비를 걸치고 잠수했어. 그 다큐멘터리 제작자가 언젠가 여름 학교에서 했다던 실습이 여전히 유효하기를 바라면서.

그 여조종사는 배에서 신문지로 싼 소설책을 읽으면서 우리를 기다렸고.

우린 상당히 내려가야 했어. 불빛이 너무 약해서 니콜라스가 카메라 조명을 켜야 했지. 잠수하는 동안 그는 몇 컷을 찍었고, 집들 사이로 헤엄치는 나를 촬영하기도 했어.

그는 물속에서 대화를 할 수 있을 정도의 전문가가 아니었어. 그래서 나는 그에게 보여 주고 싶은 거리들을 다니기보다 의사소통하는 데 더 많은 시간을 허비했지.

일이 끝나자 그의 동료가 살던 집 쪽으로 그를 데려갔어. 나는 문을 가리켰고, 물안경 너머 그의 눈빛에 긴장감이 역력한 걸 알

수 있었어.

나는 한 번도 잠수하는 데 지구인과 동행해 본 적이 없어서 그 모든 것이 어떤 감정을 불러일으킬지 몰랐어. 그가 집 안에서 죽은 자의 영혼과 마주친다면 얼마나 놀랄까? 솔직히, 그런 상황에서 니콜라스 가리도의 얼굴을 한번 본다면 정말 재밌을 것 같았어.

난 그렇게 너그러운 사람이 아니야. 니콜라스 가리도는 아주 평범한 사람처럼 보였는데도 그다지 맘에 들지 않았어. 아마 그가 살아남은 자가 아니기 때문일 거야. 아마 그가 우리 이야기로 돈을 벌기 원해서일 거야.

어쨌든 결국 놀란 그의 얼굴은 보지 못했어. 집이 비어 있었거든, 예상했던 것처럼.

그는 거기서도 몇 컷을 찍고 급하게 방들을 둘러봤어.

그러고는 힘겹게 닫힌 찬장으로 다가가더니 그 문을 열려고 하더군.

그를 막기 위해 난 길을 가로질러 가서 팽창된 나무 문을 눌렀어.

처음에 니콜라스 가리도는 놀라서 나를 바라봤어. 그리고 나는 그가 표정을 감추기 전에 그의 물안경 너머로 절망과 분노의 흔적을 봤지. 난 그에게 머리를 가로저었어.

그건 보물 사냥꾼들이 하는 일이야. 사냥하는 것과 어부들의 물건을 여기저기 살피고 다니거나 동료를 위해 기념으로 뭔가를 가져가는 걸 묵인하는 것은 엄연히 달라. 우리 옥상에서 체험 여행을 제공하는 회사들도 그 규칙은 알고 있거든. 눈으로 보는 건 상관없지만, 만지는 건 금지야.

그 다큐멘터리 제작자는 결국 수긍했고, 우리는 수면 위로 올라왔어.

"사람들이 전화했었어!" 쌍동선에 있던 여자가 우리가 나타나자 말했어. "다른 사람들은 촬영 마쳤대."

그건 이제 우리가 마르코스의 옥상으로 돌아가도 된다는 뜻이었기 때문에 난 감사했어.

니콜라스 가리도는 그 어부의 집에서 있은 일에 대해 아무것도 묻지 않았어. 사실 우리가 돌아오는 내내 그는 거의 말이 없었어.

그날 아침 난 나 자신에 대해 다시 한번 깨달았어. 전문 사냥꾼은 내게 어울리지 않을 수 있다는 것을.

다른 사람의 지시를 따르는 건 기분을 복잡하게 만들거든.

51

나탈리아는 카메라를 상당히 잘 받았어.

니콜라스 가리도의 동료 중 한 사람이 그녀를 촬영하면서 말해준 사실이야. 세일라와 아이들은 넋이 나간 채 촬영 장면을 보고 있었어.

그들은 인터뷰하듯이 몇 가지 질문을 던졌고 나탈리아는 자연스럽게 답했어. 그리고 그들은 찍은 장면들을 편집하기 위해 이제 방송국으로 돌아가야 하고, 사용할 컷을 결정하는 데는 시간이 필요하다고 했어. 1, 2주 후에 더 명확한 아이디어를 가지고 올 테고, 물속을 배경으로 일할 거라고도 말했지.

니콜라스 가리도는 계속 집중해서 일했어. 그는 활기차고 소통하는 모습을 보이려 했지만 내가 보기에는 오전에 쌍동선에 탔을 때와 다른 사람이 된 것 같았어.

상관없었어.

내가 그 집의 찬장을 열지 못하게 해서 그가 모욕감을 느꼈다고 해도 조금도 걱정되지 않았어.

"조만간 또 봅시다." 쌍동선으로 장비를 나르며 그들은 말했어. 그리고 출발 준비를 하는 동안 아이들의 머리를 쓰다듬고 손 인사를 했지.

그래, 그리 오래지 않아 그들의 말과 행동이 아주 따로 논다는 걸 난 알아차릴 수 있었어. 그리고 오래지 않아 그들에 대한 생각을 그만두었지.

52

폭풍우가 왔고, 우리의 세상은 마비되었어.

며칠 뒤 하늘은 사나운 먹구름으로 뒤덮였어. 파도가 신경질적으로 포효하자 검게 물든 바다는 회색 거울이 되어 버렸지. 분홍돌과 라나, 브루노와 롤로, 마르코스의 기대, 그리고 니콜라스 가리도의 감정에 대한 나의 우려는 완전히 뒷전으로 밀려났어.

난 라파와 최근에 벌어진 일들을 얘기하면서 토니의 바에 있었어. 우린 커피를 주문했는데 앙헬리나는 잼을 넣어 만든 새 과자를 서비스로 내왔어. 그 과자 레시피가 어떤지 시험해 보려는 거지.

라파는 그날 엔지니어들의 작업이 얼마나 진전되었는지 말해 주었어. 그들은 몇 주째 새 파이프라인에서 일하고 있었거든. 그런데 그때 우리 위로 그림자가 들이닥치는 걸 느꼈어. 대화에 너무 집중한 나머지 우린 기상 변화도 알아차리지 못한 거야.

"어떡하지? 이러다 고립되겠는걸." 앙헬리나는 손님들더러 들으라는 듯 큰 소리로 말했어.

구름이 아주 빠르게 우리 위로 몰려왔어.

라파와 나는 잠깐 마주 보았어. 폭풍우가 시작되기 전에 호루라기를 불며 그 옥상에서 빠져나가야 한다는 걸 알았지.

"우리 테라스로 와." 내 친구는 툭 튀어나온 한쪽 귀를 신경질적으로 문지르면서 내게 말했어. "네 테라스보다는 더 안전하니까."

거짓말이 아니었어. 엔지니어들의 옥상은 이 지역에서 가장 안전한 곳 중의 하나거든. 라파의 옥상과 메두사네 옥상 말이야.

"난 못 가." 나는 걱정에 싸여서 어깨를 움츠렸어. 지난번처럼 황당한 꼴을 당하지 않으려면 내 물건들을 좀 정리해 둬야 했어.

"냉장고 잘 묶어 뒀어?"

"그건 그런 것 같은데, 아리엘을 어떻게든 단단히 고정시켜야 해."

"네 배는 여기 둬." 우리 대화를 듣고 다가온 토니가 내게 말했어.

앙헬리나가 의자와 테이블을 차곡차곡 쌓아 올리자 테라스는 점점 비어 갔어.

난 어떻게 해야 할지 확신이 서지 않아서 라파의 제안을 곰곰 생각하면서 토니를 봤어. 먹구름이 재빠르게 하늘을 뒤덮고 바람이 엄청나게 세찬 걸 봐서는 헤엄쳐서 집에 가는 게 훨씬 빠를 것 같았어.

"셋이서 함께 아리엘을 올려놓자. 그리고 난 갈게." 파도가 거세게 일기 시작하는 걸 보면서 라파가 말했어.

괜찮은 생각이었어. 그들 문제를 해결할 시간에 내가 붙잡고 있는 게 아닌가 걱정하면서 난 토니와 라파를 봤어.

우리가 아리엘을 조종하기 시작하자, 앙헬리나가 배를 나루터에 묶을 때 사용하는 밧줄을 잡아당기면서 미쳤다고 소리를 질렀어.

아리엘은 그렇게 무겁지는 않았지만 일을 끝내기까지는 예상했던 것보다 시간이 더 많이 걸렸고, 우린 땀으로 범벅이 되었어. 라파가 자신의 배에 탔을 때 파도는 벌써 건물 벽을 세차게 때리고 있었지.

"넌 여기 있어." 내가 바다로 뛰어들려는 바로 그 순간 토니가 내 팔을 붙잡으면서 애원했어. "너한테 무슨 일이라도 생기면 가브리엘이 나타나 우릴 벌할 거야."

"미안해, 토니." 난 도망치듯 물에 뛰어들었어.

이 상황이 끝나면 날 한 대 패 줄 거라는, 나 때문에 힘들었다는 걸 내가 잊지 못하도록 패 줄 거라는 앙헬리나의 고함 소리는 못 들었어. 난 그녀의 말에 따를 수가 없었어. 얼마 되지 않는 내 물건 들을 안전하게 지켜야 했거든.

53

바다가 너보다 더 세차게 덤벼든다면 바다 밑으로 잠수하는 게 최선이야.

그건 옥상에 거주하는 사람이라면 누구나 알고 있는 기본적인 생존 비법이지.

바람이 거셀 때 수면 위 물살은 격렬하게 포효하지만 깊은 곳의 물살은 그보다 훨씬 잔잔하거든. 그래서 난 폐 속의 공기를 다 내 뱉으며 침수된 건물들의 그림자를 보면서 나아갔어.

공기를 들이마시려 수면 위로 처음 올라왔을 때, 짐작대로 난 아 파트 건물 벽들에서 멀리 떨어진 곳에 있었어. 비는 아직 내리지 않았고 멀리 햇살이 아직 비추고 있었지.

두 번째로 올라왔을 때는 파도가 날 덮칠 뻔했어. 고개를 내밀자 바로 내 위에서 파도가 부서지면서 위아래를 구분하기가 어려웠어. 나는 정신을 차리고 호흡을 해야 할 순간을 잘 가늠했지. 그 작은 불편 때문에 아이디어 하나가 떠올랐어.

내 몸은 근육질이지만 파도를 견디기에는 너무 말랐어. 체중이 좀 더 나가야 했지.

민첩함을 잃지 않으면서 체중이 더 나가야 했다고.

다리와 팔을 힘차게 젓다가 난 잠시 멈췄어. 그리고 분홍 돌을 찾으려고 주머니 지퍼를 더듬었어. 그 돌이 아주 하찮은 것이 아니길, 그래서 말로 표현할 수는 없어도 나의 소원이 이뤄지기를 바라면서.

난 루케를 생각했어. 로스 티부로네스의 그 사냥꾼은 체력과 지구력이라면 내가 아는 한 가장 완벽한 남자거든. 그는 체중이 꽤 나가면서도 근육질이야. 그의 근육은 그의 뜻에 활기차게 부응하고 그래서 그는 상당히 빠른 속도로 헤엄칠 수 있지.

내 결정이 옳은 것인지 생각해 볼 시간이 많지 않았어. 그래서 나중에 결정을 되돌릴 수도 있을 거라고 생각하면서 온 힘을 다해 기도했어.

"내가 루케라면 좋을 텐데!"

물살과 싸우는 데 너무 집중한 나머지 나는 배가 요동치는 걸 거의 느끼지 못했어. 하지만 내 팔과 다리가 검정 네오프렌 복장으로 감싸인 건 봤지. 나는 감사하며 분홍 돌을 가슴팍의 지퍼 달린 주머니에 간직했어.

나는 그 강한 몸이 파도에 얼마나 잘 대응하는지, 호흡할 때 얼마나 높이 솟구치는지를 경험했어.

그게 내가 세 번째로 올라온 거였어.

불빛은 거의 사라졌고, 천둥이 내는 무거운 소리에 소름이 돋았어. 나는 물이 많이 불었는지 확인하려고 애써 주위를 둘러봤어.

그때 그걸 봤어. 아니, 본 것 같았어.

강하게 확신할 수 없었던 건 분명해.

포말이 눈에 튀었고, 파도 속으로 건물들이 나타났다 사라지면서 낯선 풍경을 그리고 있었거든. 난 멈춰서 그걸 보려고 엄청 애를 썼어.

마른 여자애를 본 것 같았어. 흐트러진 짧고 검은 머리의 여자애가 사나운 바다 위에 곧추서서 물 위를 걷고 있는 걸 말이야.

아주 잠깐이었어. 다시 곧바로 잠수해야 했거든. 내 냉장고는 그 안의 보물들을 바다로 흘려보냈을 수도 있었어. 내 매트리스는 비가 내리기 시작하면 흠뻑 젖을 테고. 그 여자애 생각을 하고 있을 수가 없었어.

첫 번째 불빛이 수심 깊은 곳까지 밝혀 줬어. 침수된 가로등들이 전부 동시에 켜지기라도 한 것처럼.

난 호흡을 두 번 더 해야 했어.

그리고 우리 집이 있는 건물을 발견했고, 벽을 오르는 동안 한 번 물 폭탄을 맞을 준비를 했지.

살면서 처음 맞는 폭풍우도 아니었어. 그리고 아래층 아파트 발코니의 난간에 밧줄을 몇 개씩 매어 두는 게 좋다는 것도 예전에 배웠지. 혹시 바닷물이 밀려오면 그걸 타고 올라가야 할지도 모르니까.

밧줄 하나를 풀어 허리에 감았어. 난 루케의 튼튼한 손에 감사했고, 네오프렌처럼 보이는 셔츠의 특별한 보호에도 또한 감사했지.

또 다른 밧줄을 잡고 오르기 시작했어.

생각했던 것보다 훨씬 쉬웠어.

그게 날 놀라게 했지.

그런 상황에서 바다가 잠시라도 쉴 틈을 허락한다는 건 나중에 다 돌려받겠다는 뜻이야.

불어난 물에 냉장고는 거의 잠겼고 조수 때문에 문이 헐거워져 흔들거렸어.

이웃의 누군가가 테라스에 나와 내 모습을 엿볼 수도 있었지만, 그건 걱정되지 않았어. 그런 폭풍우에는 아무도 근처 옥상을 엿보진 않을 거라고 믿었거든. 난 나의 과업을 더 잘 수행하기 위해 루케의 몸을 최대한 이용했어.

먼저 이런 상황을 대비해 보관해 둔 쇠사슬과 자물쇠로 냉장고를 단단히 묶었어. 그리고 비닐을 몇 장 꺼내 내가 독립할 때 호인 가브리엘과 라파가 설치를 도와줬던 두꺼운 고리에 그걸 묶어 비스듬한 천막처럼 만들었어. 매트리스, 소파, 그리고 얼마 되지 않는 내 물건들이 물에 쓸려 가지 않도록 말이야.

새로운 번개가 포문을 열었어. 그때 거대한 폭풍우가 휘몰아쳤지.

"감사합니다!" 난 천막 아래서 바다와 구름을 향해 팔을 들어 올리며 소리쳤어. 가브리엘한테 배운 것들 중 하나를 실천한 거야. 자연에 늘 예의 바른 사람이 되어야 한다는 것.

내 목에서 나온 소리가 이제 루케의 모습을 유지할 필요가 없다는 걸 떠올려 줬어. 네오프렌에서 나의 축복받은 돌을 꺼내 기뻐하며 입을 맞췄지.

"다시 내가 되고 싶어." 내가 말했어. "제발." 난 기억했어. "다시 내가 되고 싶어."

이번에는 큰 천둥과 함께 내 배에서 변화가 일어났어.

난 흠뻑 젖어 있었고, 체온이 상당히 내려가 있었어.

큰 수건을 찾아서 몸을 감쌌어. 내 배는 무사했고, 냉장고도 틀림없이 바다의 습격을 견딜 거야. 제시간에 도착한 걸 기뻐하면서 천막 사이로 폭풍우를 찬찬히 보려고 소파에 앉을 참이었지. 그때 그림들이 생각났어.

그림들은 천막의 보호를 벗어나서 계속 안테나에 걸려 있었어!

알아, 플라스틱 그림들이지. 그래서 거기 그냥 두고 싶은 마음도 있었지만, 난 낭만적인 사람이거든.

나는 수건을 소파에 던지고 이를 덜덜 떨면서 나갔어. 현관에 있는 그림을 떼어 겨드랑이에 끼웠어. 그리고 옛 항구가 그려진 그림을 들어 올렸는데, 다시 그 애를 보게 된 거야.

거기에는 내가 호흡을 하러 올라왔을 때 본 여자애가 있었어. 맹렬한 폭풍우 속에서 파도 위에 선 채로, 걸으면서. 내 눈에만 그렇게 보였는지 모르지만.

온몸이 화석처럼 굳는 느낌이었어.

하지만 그때 난 침착함을 되찾았어. 어쨌든 어린애가 위험한 악천후 속에 있었으니까. 검은 파도가 이웃들의 테라스를 향해 부서지며 그 애보다 더 높이 치솟았어.

"어이!" 폭풍우가 목소리를 삼켜 버리는 걸 느끼면서 내가 소리쳤어. "얘, 조심해, 얘야! 옥상으로 올라가! 얘!"

나는 그 애가 내 말을 들을 수 없을 거라고 생각했어. 주변 바다가 귀를 먹았을 테니까. 그런데 그때 그 애가 웃으며 날 향해 고개를 돌렸지.

그 애가 인사를 건네려고 한 손을 들어 올리자마자 파도가 덮쳐 그 애를 삼켜 버렸어.

54

생각을 행동으로 옮기는 데 1초도 걸리지 않는 순간들이 있지.

사실 그 둘은 너무 강하게 연결되어 있어서 생각을 행동하기 전에 했는지 후에 했는지는 자신도 모르는 거야.

그런 사실을 안 건 바다가 모든 걸 삼켜 버린 그때 이후로 가장 급하게 잠수해서 그 여자애에게 헤엄쳐 가는 나를 깨닫고 나서야.

머릿속에서 일종의 암시 같은 것이 뜨겁고 강하게 느껴졌어. 나도 모르겠어. 그것에 대해 그다지 이야기하고 싶지도 않아. 그런데 바닷속에서 곱슬머리 우리 엄마를 봤어. 그리고 아빠를. 아니, 말하는 걸 들었어. 누구 이름을 외치고 있었던 것 같아. 누군가의 젖은 두 손에서 도망쳐 나와 곧바로 물살에 휩쓸려 사라지면서, 내 이름을 또는 동생 이름을.

그 여자애.

난 짧고 검은 머리의 그 여자애한테 집중해야 했어. 파도를 잘 다루는 여자애한테.

팔을 젓고 또 저어 혹시 그 애의 몸이 내려오는 게 보일까 깊은 곳에서 찾아봤어. 분명 멀리 있지는 않을 거였어. 파도는 사나웠지만 바다가 날 속일 시간을 난 주지 않았지. 한순간도 의심하지 않았어.

거기 그 애가 있었어!

파도가 부서지는 곳에서 약 1미터 남짓 아래에, 어느 발코니를 꼭 붙잡고서. 날 뚫어지게 바라보면서 지옥의 입만큼이나 눈을 크게 뜨고서. 나를 보자 그 애는 숨을 한 번 내쉬었어. 공기 막이 그 애에게 부딪쳐 부서지면서 그 애 주변에서 물방울이 춤을 췄어.

그 애가 눈을 깜빡였어.

난 그 애를 도와주려 한다는 걸 알리기 위해 신호를 보냈어. 날 향해 헤엄쳐 오라고.

그 애는 놀라서 발코니를 더 세게 붙잡으면서 고갯짓으로 싫다고 했어.

난 속으로 욕을 한마디 날려 주고 그 애가 있는 곳까지 잠수했어.

팔이 닿을 만한 곳에 이르자 그 못된 여자애가 내 목을 너무 세게 잡아서 둘 다 익사하는 줄 알았어.

난 그 애의 팔을 떼어 내고 내 어깨를 잡도록 그 애를 등 뒤로 보냈어.

긴장한 그 애의 팔이 나를 찌르듯 누르는 게 느껴졌어. 그 애의 두려움과 불안이 망토처럼 나를 감싸는 것 같았어.

난 물속에서 짐을 지는 데 익숙했어. 그 애를 짐짝으로 여기기로 했지. 그래서 우리 둘은 살아남을 수 있었어. 난 내가 고개를 내밀 때 그 애가 호흡하도록 할 수 있었고, 바로 그렇게 해서 그 애를 내 테라스까지 올리는 데 성공했어.

내가 그 애를 한 인간으로 생각했더라면.

그 애를 내게 의존하는 한 생명체로 생각했더라면.

우린 둘 다 익사했을지도 몰라.

55

"내 이름은 카르멘이야. 그런데 이 초콜릿 정말 맛있다. 어디서 났어?"

카르멘.

버섯 모양으로 자른 헝클어진 머리의 그 꼬맹이는 내 매트리스에 앉아 내 이불을 껴안고, 모락모락 김이 나는 초콜릿을 한 모금씩 마시고 있었어.

몸이 마르자 더 이상 이는 떨리지 않았지만 난 여전히 수건으로 몸을 감싸고 있었어.

"넌 어떻게 바다 위를 걸어 다닐 수 있었던 거야?" 그 애가 진정이 되고 날 조금 신뢰하게 되자 내가 물었어.

그 애를 내게서 떼어 내 몸을 말리게 하고 마른 옷을 빌려주기까지 상당히 힘들었어. 그 가여운 여자애는 물 밖으로 나오자마자 떨면서 날 껴안았거든.

"걸었냐고?" 재미있다는 듯 그 애가 웃었어. "난 보드를 타고 있었어!"

그 애는 내게 서핑 보드 비슷한 좀 더 넓은 보드 위에 서서 노 하나로 저으며 떠 있었다고 설명했어. 폭풍우가 왔을 때는 우리 집처럼 생긴 그 애의 집 밖에 있었는데, 제시간에 집으로 돌아가지 못했대.

"넌 어디 사니?" 난 그 애의 부모가 지금쯤 제정신이 아닐 거라고 생각하면서 다그쳐 물었어.

"클라우디아와 프란이랑!" 마치 영웅들에 대해 이야기하듯 그 애가 소리쳤어.

"클라우디아와 프란이랑?" 이상했어.

그 무리에 그렇게 어린애들이 있을 거라고는 생각도 못 했거든. 내가 떠나올 때 가장 어린애가 열두 살이었는데 그 여자애는 열 살도 안 돼 보였어. 얼마 전에 새로 들어간 거야? 너는 어디서 도망쳐 나왔어?

이런 질문들을 그녀는 못마땅해했어. 표정은 슬퍼졌고 눈동자는 더 깊어졌지.

"우리 부모님은……." 말문을 열었지만 뭔가가 그 애를 방해한 게 분명해. 초콜릿을 한 모금 마신 다음 곧바로 말을 삼켰거든. 난 그만 입을 다물어야겠다고 생각했어.

나중에 클라우디아는 카르멘이 로스 로코스(미친 사람들) 부부의 딸이라고 얘기해 줬어. 로코스 부부는 우리 공동체 주민이었는데 모든 문명을 뒤로하고 떠났지. 그들이 침수된 건물에 매어 둔 배 한 척에서 살기로 결정한 뒤로 우리는 그들을 '로코스'라고 불렀는데, 상당히 괴짜들이었거든.

그다지 듣기 좋은 별명이 아니라는 건 나도 알아.

하지만 어느 버려진 옥상에서 벌거벗고 춤을 추거나 다른 사람들이 값나가는 거라고 말했다고 벽돌 조각을 가져와서 물물 교환을 하자고 하는 걸 보고서, 우리는 그 사람들을 그렇게 판단했지.

그 여자애는 어느 날 아침에 프란과 클라우디아 일당이 사는 테라스에 나타난 것 같아. 깡마른 그 애는 그곳에서 웅크린 채 잠에서 깨어났대. 그 애가 이야기를 많이 하진 않았지만 널리 퍼진 얘기로는, 부모님은 산소통 없이 사냥하다가 익사하셨고, 그래서 사람들이 옥상의 주거 지역으로 데려다줄 때까지 그 애는 하루하루 기다리면서 스스로 자신을 지키고 있었다는 거야.

난 카르멘이 가여웠어. 그 애가 잃어버린 것들 때문에.

"이쪽으로 헤엄쳐 올 때 널 봤어." 화제를 바꾸려고 내가 말했어.

그 애가 나쁜 순간들을 잊길 바랐지.

카르멘은 고개를 들어 반짝거리는 눈으로 이상하다는 듯 날 바라봤어.

"근데 난 당신을 못 봤는데." 그 애가 얼굴을 찌푸리며 말했어. "난 다른, 몸집이 큰 사람을 봤는데……. 로스 티부로네스의 금발 머리 말이야. 이름이 뭐더라?"

"루케." 난 숨이 가빠 오는 걸 느끼며 답했어.

56

폭풍우는 새벽에 멈췄어. 파란 천막 틈새로 햇살이 들어와 잠에서 깨어났을 때 그 여자애는 이미 없었어.

클라우디아와 프란 일당에게 자기가 살아 있다는 걸 알리려고 돌아갔겠지. 그래서 난 그 애를 잊었어.

우리 동네에도 사건들은 일어나. 하지만 그런 일들에 일일이 신경 쓸 필요는 없어.

태양과 함께 수없는 걱정거리가 다시 솟아나긴 하지만.

난 가장 급한 일에 집중했어. 내 배를 찾는 일에.

아리엘을 찾으러 갔을 때 토니와 앙헬리나의 옥상에서 루케와 마주쳤어. 정말 창피하더라. 내가 저지른 너무나 터무니없는 도둑질의 피해자와 갑자기 마주치기라도 한 것 같았어. 결국 난 놀랄 만큼 쉽게 그의 정체성을 훔쳐서 생존하는 데 그를 이용한 거잖아.

그런데 그는 내게 인사도 하지 않았어.

눈길조차 주지 않았어.

그래서 나의 존경심도 순식간에 식어 버렸지.

많은 사람이 사는 이야기를 하려고, 그리고 폭풍우가 우려할 만한 피해라도 입혔는지 알아보려고 바에 모여들었어.

"앞치마 입어." 내게 변명할 시간도 주지 않고 앙헬리나가 말했어. "네가 질식사했을까 봐 밤새 잠을 못 잤어. 너 나한테 빚진 거야!"

난 아무 말도 할 수 없었어.

바에서 일을 돕는 걸로 빚을 갚는 게 처음은 아니었어. 내가 뭘 해야 하는지 정확히 알고 있었지. 게다가 앙헬리나가 맛있는 음식으로 보답하리라는 것도.

라나의 동생 후디트가 폭풍우 때문에 공동체에 무슨 문제라도 생겼는지 물어보고 라스 메두사스는 괜찮다고 알려 주려고 오전 10시쯤 나타났어. 날 보자마자 그녀는 얼굴이 빨개졌어. 그녀는 아주 창백했기 때문에 상당히 눈에 띄었지. 그런데 어떻게 내게 인사는 하더라고.

어찌나 건성으로 인사를 하는지, 그녀의 언니가 내 얘기를 했다는 걸 태도로 알 수 있을 정도였어. 나를 두고 두 사람이 소곤대는 걸 상상하니 사실 신경이 쓰였어. 둘이서 무슨 말을 나눴을까. 리나가 나에 대해 뭐라고 했을까. 날 어떻게 생각할까. 그런 생각들 때문에 난 지팡이보다 더 꼿꼿한 자세로 토니의 바를 돌아다녔어.

"도대체 왜 그러는 건데?" 내 자세를 보고 놀란 라파가 물었어. "등에 담이라도 들었어?"

그 말에 바람이 빠지는 기분이었어.

난 한숨을 쉬고 내 친구를 봤어.

"내가 뭘?" 좋은 남자 친구로 보이려는 노력을 알아주지 못하는데 삐쳐서 라파에게 투덜댔지.

"난 방금 왔어." 그가 이미 와 있던 다른 이웃들을 바라보면서 말했어. "사람들은 기운을 돋우는 아침 식사나 이른 맥주를 즐기고 있네. 우리는 건물들을 점검하려고 담당을 나눴어. 보기에는 피해가 많지 않은 것 같지만 다리들과 나루터를 보수하려면 바쁜 한

주가 될 것 같아."

라파는 엔지니어처럼 말할 때면 그의 상사들의 피곤함이 전염되는지 기진맥진한 노인의 말투가 돼. 이상하지.

그게 얼마나 바보같이 들리는지 모르는 것 같아.

"그럼 파이프라인은?" 그게 가장 최근에 그들이 하던 일이라는 걸 떠올리고 내가 물었어.

"좋아. 챔피언들처럼 잘 버텨 줬어." 그가 눈살을 찌푸리며 말했어.

"그런데 왜 그런 표정을 짓는 거야?"

"물자는 다 떨어져 가고, 이런 폭풍우가 우릴 위험에 처하게 할 수도 있으니까. 너도 알잖아."

그래, 나도 알지.

2년 전에 우린 지난밤 같은 폭풍우 때문에 식수 공급에 큰 문제가 생겼었거든.

"그런데 말이야." 그가 화제를 바꾸려 했어. "너 이따가 마르코스한테 좀 들러. 우연히 만났는데 걱정하더라고."

난 잘 있다고 전하라고 프란과 클라우디아 무리 중의 한 아이를 마르코스의 옥상에 보냈어. 앙헬리나는 바에 가장 사람이 많은 시간에 내가 나와 버리면 날 용서하지 않을 테니까.

토니는 친구들이 무사한지, 지난밤 광포하게 내리치던 천둥에 힘든 일을 겪지는 않았는지 알아보고 지도자 노릇을 하느라 시간을 들여서 모든 이의 이야기를 귀 기울여 듣고 있었어.

테라스의 바에는 우리 공동체의 주요 대표들이 모였어. 히노의 아이들은 대표 없이 왔고, 후디트는 새 소식에 흥미를 보이며 시간을 보내고 있었어. 아란차도 작은 수상 오토바이를 타고 나타나 라파와 농담을 주고받았어. 더 새로운 소식이 있는지 알아보러 온 루케와 클라우디아가 그들을 주시하고 있었고. 그 가장 젊은 사냥꾼 무리의 여대장이 내게 카르멘과 그 애 부모의 일을 설명해 줬어. 자기 옥상에서 홀로 떨어져 지내곤 하던 그레그도 그의 테라스 주변 나루터들 상태가 나빠졌다는 얘기를 하면서 고미술상 셋이 모여 앉은 옆 테이블에 끼어들었지.

폭풍우가 특급 주인공이긴 했지만 오전이 지나면서 대화는 곧 느긋해졌어. 모두가 특별한 기쁨에 젖어 있는 것 같았어. 침대 밑에 있다던 괴물의 존재가 환상에 불과했다는 것을 깨달은 아이들처럼 말이야.

거기 모인 사람들을 둘러보면서 나는 어떻게 그 많은 일에 엮여 지내는 데 익숙해질 수 있었는지 스스로에게 물어보았어. 나는 바지 주머니에 손을 넣어 분홍 돌을 만지작거렸어. 뜨겁고 울퉁불퉁한 그것을. 그건 내가 가진 문제들 중 가장 작은 문제 같았어. 심지어 모든 문제의 해결책처럼 보이기도 했어. 라나의 일, 히노의 아이들 일 등에 관해서 날 도와줄 수 있을 것 같았지. 또 누가 알아, 더 많은 일에도 도움이 될지? 결코 상상도 못 하던 가능성이 내 앞에 열린 거야. 내가 친한 사람으로 변신해서 가면 라스 메두사스에서 잠수 장비를 외상으로 쉽게 빌려줄 텐데……. 난 다시 카르멘을 생각했어. 그녀는 루케의 몸을 한 나를 봤지. 그게 다른 사람으로 변신한 나라고는 생각지 못했을 거야. 아무도 눈치채지 못했을 거야. 완벽한 변신이었으니까.

브루노와 롤로가 갑자기 폭소를 터뜨렸어. 그들은 히노네 싸움꾼들이 전부 모여 앉은 테이블에서 주인공들이었어. 난 그들이 허비하게 만든 우리의 시간을 생각하고 전문 사냥꾼이 되려는 마르코스의 계획을 지연시킨 데 마음이 쓰였어. 그런데 그 순간 내가 인내심을 잃어버렸다는 걸 느꼈지.

파란 아침 하늘 아래 테이블들 사이에 서 있는 동안, 주머니 속의 돌을 만지작거리면서 나는 우리의 상황을 개선하는 것이 이제 그다지 어렵지 않다는 걸 깨달았어. 그들을 따돌리라고 마법이 있었던 거야. 그 작은 돌을 잘 이용하면 히노의 아이들을 내 친구들과 떼 놓을 수 있을 거야.

롤로가 번쩍이는 이를 드러내며 폭소를 터뜨리다가 나를 봤어. 그래서 난 웃었지.

진짜 기뻐서 웃었어.

그게 그를 당황하게 만들었지.

57

"우린 큰 철물점이나 DIY 용품점을 찾아야 해."

엔지니어들 문제에 대해 라파와 이야기를 나누고 나서 나는 그들에게 장비를 찾아 주는 일에 집중해야 한다는 생각을 했어. 조만간 벌일 사업도 서두르고. 라파가 장비가 부족해지기 시작했다고 털어놓았거든.

문구점들에는 흥미로운 오락거리가 좀 있었는데 서점들에서는 그저 그런 것들만 몇 개 건졌어. 아무튼 그걸로 영원히 먹고살 수는 없었지. 우리가 한 물물 교환 실적이 상당히 처참했거든.

"히노가 우리 뒤를 밟고 있을 거야. 우리가 발견한 물건들을 모두 가지려 하겠지. 우리보다 돈도 많으니 기선을 제압할 거야." 조카의 머리를 묶어 주면서 나탈리아가 말했어.

"내가 보기엔 좋은 계획이야." 마르코스가 수염 한쪽을 긁으며 얼굴을 찡그렸어.

"오빠는 문구점이 지겨워져서 그게 좋은 계획으로 보이는 거야."

"여건이 좀 갖춰진 데서 사냥하려면 골칫거리들은 치웠으면 좋겠어. 내 그림자 말고는 아무것도 없게 말이야."

"철물점 하나로 골칫거리들을 없앨 수 있을 거라 생각해?" 나탈리아가 비웃었어. "그 어느 때보다 더 우리한테 매달릴 텐데."

마르코스의 딸이 위로하기라도 하듯이 아빠의 팔을 몇 차례 토닦여 줬어. 그러고는 오빠들이 놀고 있는 테라스 구석으로 깡충깡충 뛰어갔지.

"만약 우리가 물물 교환을 잘해 낸다면 히노는 염탐하고 추적하느라 시간 다 뺏기는 사냥꾼 둘 정도로는 안 된다는 걸 깨닫게 될 거야."

"잘은 모르겠지만 어쩌면 내가 걔들을 따돌릴 수도 있을 거예요." 공연히 의심을 살까 봐 자세한 얘기는 하지 않으려고 조심하면서 나는 내 계획을 설명했어.

우선, 가능하다면 철물점을 가지고 라파를 꾀는 거야. 엔지니어들은 물건을 필요로 하니까 이 계획은 통할 거야. 그다음엔 내가 가진 아이디어 일부를 그에게 설명해야겠지.

"난 아픈 척할 거예요." 그들에게 내가 말했어. "폭풍우 때문에 감기에 걸렸다고요."

내가 수영을 상당히 오래 한 데다 그 여자애를 구했다는 건 모든 사람이 알거든.

"가엾은 아이 같으니라고……." 나탈리아가 조카들을 보면서 한숨을 내쉬었어. "로스 로코스들 손에서 자란 데다 모든 걸 다 잃었으니 어쩌면 좋을까."

우리 셋은 한동안 말없이 있었어. 마을에서 제일 멀리 떨어진 옥상에서 우스꽝스러운 춤을 추는 카르멘의 괴짜 부모님 모습을 동시에 상상하고 있었을 거야. 나는 그 애가 부모님을 많이 닮지는 않았다고 생각했어. 금발도 물려받지 않았고 그들의 이상한 말투와 몸짓도 따라 하지 않았으니까.

"우리 집중하자." 마르코스가 애정 어린 손길로 동생의 무릎을 건드리며 침묵을 깼어. "네가 없으면 상황이 좋지 않을 텐데?"

그가 물었을 때, 문득 그의 눈빛에서 우리가 서로 알게 된 순간부터 지나온 세월을 읽을 수 있었어. 때로 기억이 가져다주는 아찔함을 모른 척하며 나는 정신을 집중하려 했지.

"내가 아픈 척 누워 있다고 브루노와 롤로가 날 보살피러 오지는 않을 거 아녜요? 당신들 둘을 뒤쫓겠지. 그럼 그때 내가 나가서 우리 기대를 충족할 만한 철물점의 위치를 찾을 수 있을 거예요."

"우리를 위해 지도를 샅샅이 뒤지면서?" 마르코스가 몸을 더 꼿꼿하게 세우면서 우쭐거렸어.

"그동안 우린 폭풍우가 오기 전에 2층으로 된 문구점을 계속 뒤지고." 나탈리아가 눈을 반쯤 감으며 동의했어. "넌 얼마나 걸릴까?"

"전혀 모르겠는데." 우리 계획 중 가장 예측하기 힘든 부분이라서 나는 숨김없이 말했어. "안내 책자에서 찾아내는 정보에 달렸지. 그러니까 몇 군데나 가야 하는지 등에 따라서 달라질 거라고."

"장비가 필요할 거야." 마르코스가 큰 소리로 말했어. "그런데 우리가 널 위해 산소통 빌린 거 아무도 몰라."

"내 옥상 아래 침수된 1층에 감춰 둘 수 있어요." 그런 생각을 예전에도 한 적이 있어서 난 금세 대꾸했어. "필요한 건 전부 비밀리에 얻을 수 있을 거예요."

오빠가 우리 계획을 곰곰이 따져 보는 동안 나탈리아는 눈썹을 세우고 날 봤어.

"라나한테 부탁할 거야?" 결국 더 이상 참지 못하고 나탈리아가 물었어.

나는 쭈뼛거리지 않으려고 애를 썼지만 얼굴이 벌게지는 건 어쩔 수 없었어.

"라나가 네 부탁을 들어주기도 해?" 마르코스가 날 보며 짓궂게 웃었어. "비밀도 지켜 줘?" 그가 놀렸어. "어쩐지 요즘 집에 자주 온다 했어. 그래서, 결국 라나를 꼬드기기로 용기를 낸 거야, 아니면 그 애가 자기네 발코니 앞으로 배를 타고 지나가는 널 보는 게 지겨워졌대?"

"오빠!" 나탈리아가 웃음을 참으며 나무랐어.

내가 그들 앞에서 그렇게 오랜 세월 라나를 좋아한다고 말해 왔기에 날 놀려 대는 그들을 나무랄 수도 없었어.

나는 어깨를 으쓱하고 표정을 들키지 않으려고 고개를 돌렸어.

"적어도 내 존재는 그녀가 알아요." 나는 별일 아니라는 듯 말했어.

"저런 바람둥이가 있나." 마르코스가 다시 놀렸어. 어쩔 수 없다고 생각한다는 걸 눈빛에 분명하게 드러내면서.

"우리 계획 얘기로 돌아갈까요?" 내가 애써 화제를 돌렸어.

"난 상당히 바보 같은 계획이라고 생각해." 나탈리아가 털어놨어. "너무 단순해⋯⋯. 잘 모르겠어. 하지만 그래서 성공할지도 모르지."

마르코스는 내 아이디어를 대단히 맘에 들어 하고 그의 동생은 더 신중하리라는 걸 나는 알고 있었어. 원래 신중한 성격이니까. 하지만 둘 중 누구도, 그걸 시도해도 잃을 건 아무것도 없다는 걸 부정할 수는 없었지. 게다가 그들은 모든 게 이뤄지게 할 비법을 모르고 있었어.

"네가 아프다는 걸 아무도 의심하지 않도록 굉장히 조심해야 할 거야."

"앙헬리나가 끓여 준 수프를 즐기고 있을게요!" 토니의 아내가 아픈 사람들에게 손수 만든 최고의 수프 냄비를 보내는 좋은 습관을 가지고 있다는 걸 생각하면서 난 짓궂게 웃었어.

"누가 널 병문안 갔다가 빈 침대를 봐서는 안 돼." 마르코스가 덧붙였어.

"우리 옥상에는 사람들이 많이 오지 않아요."

"혹시 모르잖아."

"호세를 보내서 혹시 오는 사람이 있으면 롭이 쉬고 있다고 말하면 되겠다." 다시 조카들을 바라보면서 나탈리아가 즉흥적으로 말했어.

"세일라는 생각이 어떤지 물어볼게."

나는 눈살을 찌푸렸어.

호세가 내가 뭔가 이상하다는 걸 알아챌 수도 있으니까.

내 계획의 가장 멋진 부분을 잘 매듭짓기 위해 나는 나의 옥상에 혼자 있으려 했어. 다른 사람으로 변신해서 천연덕스럽게 수영해서 나갈 수 있도록 말이야. 나는 분홍 돌의 비밀스러운 마법을 즐겼어. 이웃들 눈앞에서 누구든 선택할 수 있겠지. 다른 사냥꾼과 마주쳐도 아무도 의심하지 않을 거야.

사실 난 브루노로 변신할까 생각했어. 히노의 아이들은 늘 수상쩍은 일들에 엮여 다니느라 다른 사람들 일에 참견하지 않는다는 걸 모두가 알고 있었으니까.

나탈리아가 나를 뚫어져라 보았어. 나는 그녀의 눈에서 내가 그들에게 뭔가 숨기고 있다는 걸 그녀가 알고 있다는 사실을 읽을 수 있었지. 그렇지만 난 마르코스에게 아무 말도 하지 않을 작정이었어.

"네가 잠수하는 건 아무도 봐서는 안 돼." 그녀가 한 손가락으로 나를 가리키며 강조했어.

"걱정하지 마. 아무도 날 보지 못할 거야."

58

모든 일은 때가 있는 법이야.

나는 호세 앞에서 변신할 수 없었고, 라나가 내 잘생긴 얼굴을 보고 장비를 빌려줄지도 확신할 수 없었어. 그 일에 내 잘난 얼굴이 한몫해 주길 바라긴 했지만. 또 한편으로 그녀는 자기 엄마와 히노의 관계에 대한 소식을 기다리고 있을 거야. 그때까지 난 아무것도 얘기해 줄 게 없었는데.

왜 이렇게 해결할 일이 많을까?

내 인생이 늘 이렇게 복잡했나?

마르코스, 나탈리아, 세일라와 나는 눈을 감고도 머릿속에서 그릴 수 있을 때까지 동네 지도와 안내 책자들을 공부했어. 며칠 지나자 우리는 가능성 있는 세 군데만 연구하자고 결론을 내렸지.

그중 하나가 작은 동네 철물점이었어. 그곳을 확인해 보러 가는데 큰 용기가 필요한 건 아니었어. 사실 그 철물점이 있는 길이 그렇게 중심가도 아니고 가게도 상당히 초라한 곳이어서 우리가 모르고 지나쳤을 수도 있었어. 또 다른 철물점은 정반대였지. 상상할 수 있는 온갖 자질구레한 것들을 구역별로 나눠 판매하는 산업용 공장이었어. 나탈리아는 벌써 그곳이 털렸을 거라고 확신했지만 우린 눈으로 직접 봐야만 했어. 마지막 한 곳은, 말하자면 다른 두 곳의 중간이라고 할 수 있어. 그 지역 몇몇 가게를 상대로 부품과 연장을 파는 곳인데 큰 성공은 거두지 못한 초라한 가게였어.

우린 그 세 곳 중 어딘가는 전문 사냥꾼들의 손을 타지 않았을 수도 있다고 믿었어. 그들은 보석과 값나가는 품목에 더 관심이 많으니까.

그래서 난 방문할 장소들에 대해서는 더 이상 걱정하지 않았어.

그 문제는 해결이 됐으니까.

나는 라나에 집중해야 했어.

라나와 장비.

그리고 이제 호세 문제를 해결하고, 변신하면 되는 거야.

"롭, 너 벌써 탐색하고 다니는구나!" 발코니 한 곳에서 나를 지켜보던 마마 메두사가 소리쳤어. 토비아스를 데리고 계산을 다시 맞춰 보는 중이었나 봐.

내가 배를 대는 게 보이지 않는 각도에서 건물에 대 보려고 배를 돌리는 동안 그 두 사람이 날 보고 있었다는 걸 알았지. 라스 메두사스는 고객들이 방을 둘러보거나 발코니를 넘나드느라 시간을 빼앗기지 않도록 건물 전체를 나루터로 둘러쌌거든.

"안녕하세요, 마마 메두사!" 난 바보처럼 굴면서 손 인사를 했어. "폭풍우는 지나간 것 같죠?"

라나의 어머니는 대책 없다는 듯 고개를 가로저었고, 토비아스는 눈을 반쯤 감았어. 나를 저울질해 보는 거지.

그런데 별안간 그들 머리 위 발코니에서 누군가가 움직이는 걸 봤어. 잘 보니 후디트가 내게 신호를 보내고 있었어.

건물을 우회하라고 말하는 것 같았어.

그녀에게 소리치고 싶은 생각이 솟구쳤어. '나도 그렇게 생각했어. 고마워!'라고. 하지만 그냥 순순히 따르는 척했지.

그래. 들키지 않고 조용히 접근하려는 시도는 실패했고, 이제 라스 메두사스의 온 가족이 내가 거기 있다는 걸 알고 있었어.

사실은 라나가 나루터 중 한 곳에서 나를 기다리고 있었어.

비키니 상의와 녹색 반바지만 입은 그녀의 피부는 태양 아래서 발광체처럼 반짝반짝 빛이 났어. 그녀는 자신이 아름답다는 걸 알까? 난 자문했어.

내가 그녀를 너무너무 좋아한다는 걸?

"아, 롭!" 그녀가 아리엘을 묶기 위해 내가 던진 밧줄을 받으면서 기뻐하며 인사했어. "사람들이 모두 네가 그 여자애를 구한 영웅이라고 얘기하던데." 그녀가 나를 맞으며 웃었어.

기분이 정말 좋았어.

그걸 부정하진 않을게.

그런 소리를 듣다니, 내가 좋아하는 디저트를 즐기는 느낌이었어.

"영웅까지는 아니야." 나는 날 띄워 주는 그녀에게 찬물을 끼얹었지.

라나는 웃더니 발코니에 몸을 기댔어.

"여긴 웬일이야?" 그녀가 신이 나서 물었어. "내가 보고 싶었던 거야?"

"난…… 음……."

그녀가 날 당황하게 했어.

그건 인정해야겠어.

그녀에게 말할 내용을 완벽하게 짜서 머릿속으로 수없이 연습했는데도 불구하고 라나는 나를 당황하게 만들었어.

나는 늘 그녀에게 큰 소리로 말하고 싶었어. '안녕! 나 롭인데, 난 여기 있어!' 하지만 최근에는 오히려 언제부터 그녀가 내 존재를 의식했는지 묻고 싶더라고. 따지고 싶었어. '왜 예전엔 한 번도 내게 말 걸지 않았어?'

나는 속으로 좀 화가 나 있었던 것 같은데, 그건 어쩌면 그 세월 동안 내가 촌뜨기처럼 느껴졌기 때문일 거야. 그녀가 지상에 내려온 여신이라도 되는 깃처럼 숨어서 그녀를 엿보거나, 가브리엘의 옥상에서 일요일마다 점심을 먹는 동안 그녀를 바라보고 있었으니 말이야.

그런데 갑자기 날 그렇게 인간적으로 대하고, 별안간 관심을 보이고, 평생 친구로 지내 온 것처럼 장난스러운 얼굴을 하다니. 그건 내 안에서 상반되는 감정을 불러일으켰어. 난 그녀에게 입을 맞추고, 소리치고 싶었어.

무엇보다 입을 맞추고 싶었지, 사실.

그녀는 다시 날 놀리고는 땋은 머리에서 삐져나와 얼굴을 덮은 빨간 머리칼을 뒤로 넘겼어.

"난 장비가 필요해." 보석상의 집에서 건진 것 중 우리에게 남은 마지막 팔찌를 주머니에서 꺼내면서 나는 솔직히 털어놨어. "그런데 아무도 알면 안 돼."

"오, 비밀처럼 들리는데?" 팔찌를 보려고 다가오면서 라나가 웃었어. "내게 얘기해 줄 거야?"

"일이 잘되면." 팔찌를 내밀면서 내가 대답했지만 그녀는 고개를 가로저었어.

"필요 없어. 비밀이어야 한다면, 네가 팔찌를 가져왔다는 걸 엄마가 모르는 게 나아."

라나가 대가를 받지 않고 장비를 빌려주는 게 이번으로 두 번째였어.

"지난번 신세 진 것도 아직 갚지 못했는데 또 빚을 지다니……." 나는 놀란 얼굴로 그녀를 바라보며 중얼거렸어.

그때 우린 그러고 있었어. 그러니까, 마주 바라보면서. 난 놀랐고, 그녀는 솔직했어. 단 몇 초였어. 어쩌면 1초도 안 됐을지도 몰라. 하지만 우린 거기 있었지. 조금씩 물살에 흔들리는 목제 보드 위에, 웃으며.

손을 뻗어 또 삐져나온 말 안 듣는 머리칼을 그녀의 귀 뒤로 넘겨 주고 싶었어.

그저 손만 뻗으면 되는데.

"그럼 내게 두 번 신세를 진 거네." 라나가 그녀에게 푹 빠진 나를 일깨웠어. 막 움직이려는 내 손을 막으면서 말했어. "언젠가는 세 번, 더 나중에는 네 번 신세를……."

"날 네 노예로 만들고 싶은 거야?" 난 우리가 누구고, 어디 있는지를 상기하려 애쓰며 농담을 던졌어.

"그것도 내 계획의 하나야."

5.9

장비는 내 테라스 아래 침수된 아파트에 이미 와 있었어. 나는 생각을 좀 정리해 보려 했지.

단일 주제.

나는 오직 한 가지만 생각하는 사람 같았어.

생각 속에서 망상을 거듭했는데, 한편으론 라나를 지나치게 상상한 나머지 지겨울 정도였어. 라스 메두사스의 집에서 우리가 나눈 대화가 아주 세세한 것까지 되풀이해서 계속 떠올랐어.

심한 감기에 걸린 척하면서 침대에 누워 있는 것도 별 소용이 없었지.

호세는 해적 이야기책을 읽는 데 빠져서 그다지 말을 걸지 않았어. 나도 언제든 세상으로부터 도피할 수 있는 소설 한 권을 손에 들고 있긴 했지만, 라나와 마주 보던 그 순간을 생각하는 걸 도저히 멈출 수가 없었어.

그 생각이 계속해서, 아주 빠른 속도로 맴돌았어.

가끔 사진처럼 그걸 정지시키곤 했어. 그리고 라나와의 사이에 도대체 무슨 일이 벌어지고 있는 건지 이해해 보려고 애를 썼지.

호세가 앙헬리나의 손에서 수프 냄비를 받아 들었어. 난 잠들었고 고열이 있다고 강조하면서 그녀를 옥상에 올라오지 못하게 했지. 소문이 퍼지자 더 많은 친구들이 담요, 약, 차를 가지고, 또는 조언을 해 주려고 나타났어.

라파는 나를 보지 않고는, 열이 얼마나 있는지 확인하지 않고는 가지 않겠다고 버티며 모든 이들 중에서 제일 끈덕지게 굴었어.

내 이마를 만져 보고 깊은 바닷속 돌처럼 차갑다는 걸 알고는 약간 실망해서 돌아갔을 거야.

"롭, 괜찮지?" 미안한 표정의 나를 보고 그가 물었어.

제일 친한 친구를 속이기는 쉽지 않지.

"나중에 얘기해도 될까?" 들킨 것이 못마땅해 베개에 얼굴을 묻으며 난 인정했어.

"아빠가 롭 형을 죽일 거야." 호세는 내 소파에 다리를 걸친 채 책 뒤에 숨어 투덜댔어.

"마르코스 일이야?" 라파가 옆에 앉아 묻자 누워 있는 내가 바보처럼 느껴졌어.

"한마디도 해 줄 수 없어." 난 진지하게 말했어. "이건 비밀 계획인데 이제 너무 많은 사람이 알게 됐어."

"비밀 계획이라고? 얼마나 많은 사람이 아는데?"

"롭 형!" 호세가 조바심을 냈어. 그럴 때 보면 고모인 나탈리아의 정의감을 물려받은 것 같지.

"뻔하지. 라나와 너." 난 애원하는 눈빛으로 털어놨어.

"라나?"

"제발, 한마디도 하지 마!" 호세가 혀를 차며 페이지를 넘기는 동안 내가 속삭였어.

라파는 정말 대책 없다는 듯 날 바라봤어.

"위험해?"

"전혀."

그는 차분해진 것 같았어.

"라나?" 그가 되풀이했어. 어조가 달라졌지.

라파는 원래 그래. 잘 모르는 사람들과는 여자 이야기를 하지 않아. 자기 감정에 대해 이야기해야 하니까.

"비밀 지킬 거야?" 나는 그 이야기를 더 이상 하지 않았어. "며칠 후에 다 얘기해 줄게. 너도 후회하지 않을 거야."

그렇게 해서, 그날 오후 라파가 떠날 때 장비는 아래층에 있었고, 나의 비밀은 나눠 갖게 됐지. 나는 머리 위 파란 천막을 쳐다보며 누워 있었어. 호세는 내게 훈계를 하려 들었지만 잘 먹히지 않으니까 다시 책을 읽었어.

누군가가 더 올지 생각해 봤어.

그레그가 올 수도 있지.

클라우디아나 프란이 올 수도 있고.

"천막을 내릴 거야, 호세." 내가 몸을 일으키며 말했어. "내가 쉬고 있는 것처럼 보이게끔."

마르코스와 세일라의 아들은 약간 화가 난 채 고개를 끄덕였어. 내가 말을 듣지 않은 순간 난 더 이상 그 애의 영웅이 아니게 된 거야.

나는 어깨를 움츠리고 허름한 내 거처의 어스름 속에 앉았어.

그 분홍 돌이 내 계획이 실현되는 걸 원하는지 시험해 봐야 했어.

눈에 띄지 않고 나갈 수 있는 곳이 어디 있는지 주변을 두리번거렸어.

뒤틀린 책장과 목재가 날 둘러싸고 있었고, 얼마 되지 않는 내 소지품이 든 플라스틱 상자들이 쌓여 있었어. 그것들을 움직여 보는데 어떤 상자 뒤로 여러 번 천막으로 사용했던 천이 보였어. 거기를 살짝 들추면 나갈 수 있겠더라고.

호세에게는 나중에 얘기할 거야. 화가 풀리고 나면.

이제 내 작은 마법의 보물에 집중해야 했어.

브루노가 되길 비는 것이 좋진 않았지만.

60

나는 기지개를 펴서 팔 길이를 확인했어.

얼굴이 변한 건 벌써 만져서 확인했고, 손도 브루노의 손가락처럼 마디가 굵어진 걸 알았어.

나쁘진 않았어. 몸은 내 몸보다 더 무거운데 루케의 몸보다 훨씬 덜 근육질이었어. 그래서 수영하는 게 그다지 즐겁지 않았지만 다른 건 괜찮았어.

난 숨을 들이마시고 초를 세며 숨을 참았어.

웃겼지.

브루노의 폐는 거의 훈련이 되지 않았더군. 라나가 빌려준 장비가 새삼 고마웠어. 그게 없었다면 문제가 심각했을 테니까.

어깨를 움직여 보고, 무릎을 굽혀 몸을 웅크리고, 경직되었는지 확인하느라 발목을 돌려 봤어. 입은 옷이 스트레칭에 적합한 건 아니었지만.

잠수할 때의 브루노로 변신했어야 했는데. 네오프렌은 몸을 구부리면 배와 엉덩이 부분이 꽉 끼었어. 음, 그건 별 문제 아니었어. 다음 날 그 옷을 다시 입으면 작업하기가 더 쉬울 테니까.

분홍 돌을 품에 안고서 난 다시 나로 변신했어.

확실히 해 두기 위해서 그 후로도 여러 번 더 시도해 봤어.

브루노로.

나로.

브루노로.

나로.

브루노로.

"어이, 롭 형!" 날 부르며 호세가 천막 안으로 들어오는 소리가 들렸어.

나로!

"말해." 난 목소리가 내 목소리고 내가 나라는 데 감사하며 그를 맞았어.

"아빠가 벌써 오셨어. 내일 봐요." 그 꼬맹이가 팔에 책을 끼고 들어와 알려 주었어.

"라파 일은 아빠한테 말하지 마, 알았지?" 나는 우리 둘 다 무슨 뜻인지 알 텐데, 하는 투로 부탁했어.

호세가 어깨를 움츠리더니 몸을 돌렸어.

볼수록 정말 그 애는 고모 나탈리아를 많이 닮았더라고.

61

계획은 완벽하게 실행에 옮겨졌어.

테라스 아래층에서 브루노의 몸을 빌린 나는 산소통을 멨어. 호세는 내게는 신경도 쓰지 않고 책을 손에 쥐고 다시 앉더라고. 그래서 그가 내가 뭘 하는지 세세하게 살피지 않을까 걱정할 필요가 없었어. 관심이 없는 것 같았어. 더 잘된 거지.

　나는 맡은 장소들을 살펴보는 데 집중할 수 있었어. 철물점 주변까지 이끌어 줄 배 한 척이 없다는 게 상당한 제약이었지. 무엇보다도 업종별 전화번호부에서 본 그 배가 약탈당하지 않고 아직 거기 있는지 확인하자면 시 외곽까지 가야 했으니까.

　난 이틀 동안 과제를 수행했는데, 사실 모든 게 성공적이었어. 그 거리들 주변에서 잠수하고 있는 브루노를 보고 이상하게 여길 만한 누구와도 마주치지 않았어. 산소도 문제없었고 — 그게 라스 메두사스를 신뢰할 만한 좋은 점이지. 히노의 아이들은 어느 날 아침 내 테라스에 한 번 나타났을 뿐이고, 내가 병이 났다는 말을 놀랄 만큼 쉽게 믿었어. 게다가 아무도 내 건강 상태를 물으러 다시 들르지 않았어. 마르코스가 책임지고 내 병이 아주 전염성이 강하다고 못을 박아 뒀거든. 분홍 돌은 내 몸을 다른 사람 몸으로 변하게 하는 능력만이 아니라 행운도 함께 가져다주는 것 같았어.

　우리가 지도에 표시해 뒀던 동네 철물점은 찾기 쉬웠어. 우리가 맞닥뜨린 유일한 문제는 철제 자물쇠가 잠겨 있다는 거였지. 그게 일을 어렵게 만들었어. 다른 방법으로 들어가는 걸 시도해 보거나 아니면 엔지니어들에게 도움을 청할 수도 있겠지. 그들은 우리보다 연장이 더 많으니까. 하지만 애초에 그걸 기대할 수가 없었어. 연장 창고를 찾는 건 하나도 어렵지 않을 것 같았어. 그런데 예상했던 것처럼 다른 사냥꾼들에게 모조리 도둑맞은 뒤였지. 그래도 난 걱정하지 않았어. 첫 번째 철물점은 강제로 열 수 있었고, 세 번째 선택한 곳은 예감이 엄청 좋았거든.

내 예감은 틀리지 않았어.

초라한 수리 센터로 변한 작은 차고일 거라고 생각했는데, 간판만 없다 뿐이지 실은 물건과 연장이 한가득 쌓인 산업용 공장이었어.

최고였지.

나는 남자 화장실의 좁은 창문으로 슬쩍 들어가 그곳을 훑어보았어. 적재기가 두 대나 있었는데 물론 우리에겐 아무 쓸모가 없었어. 하지만 못, 나사, 너트, 망치, 드라이버와 스패너 세트, 페인트통, 강력 접착제, 큰톱과 실톱…….

그곳은 엔지니어의 천국이었어!

물론 공기와 습기는 제 몫을 했지. 부풀어 쓸모없어진 통나무, 손대면 녹이 먼지처럼 날리는 오렌지색 못 세트, 손만 닿아도 부스러지는 큰 골판지 등등. 하지만 구제해서 쓸 만한 것도 많았어.

그 정도 전리품이면 마르코스는 전문 사냥꾼이 되려는 꿈을 이룰 수 있을 거야.

히노만 알아차리지 못한다면.

62

"그 이야기 또 해 봐, 롭." 마르코스가 말했어. 선베드에 누워 발을 높이 든 채로, 별이 반짝이는 하늘을 바라보면서 함박웃음을 짓고 있었지.

난 기적적으로 병에서 회복했어. 그것이 지금 옥상 주변에서 떠도는 얘기야. 어찌나 기적적으로 나았는지, 앙헬리나는 내가 그녀의 냄비를 씻기도 전에 찾으러 왔어. 오로지 그녀가 만든 수프가 치유력이 있다는 걸 보여 주려고 말이야.

호세는 더 이상 내가 낮잠 자는 걸 지켜볼 필요가 없었고, 마르코스와 나탈리아는 이제 그렇게 황당하게만 보이지는 않는 프로젝트의 다음 단계를 나와 함께 구상할 수 있게 됐지.

나는 잠수하면서 본 모든 것을 세 차례나 설명했는데, 마르코스는 그걸 거듭거듭 듣고 싶어 했어.

내 이야기를 듣고 내 인생에 중요한 전환점이 왔다는 사실을 마르코스가 깨달았다는 걸 난 알고 있었어.

"더 이상 얘기해 주지 마." 나탈리아가 하품을 하며 투덜댔어. "우리가 할 일은 우리를 쫓아다니는 히노의 아이들을 깜짝 놀라게 할 만한 뭔가를 생각해 내는 거야. 벼룩만도 못한 것들!"

"오늘도 너희 뒤를 쫓아왔어?" 세일라가 물었어. 아이들이 다 잠들어서 그제야 우리 논의에 합류했거든.

"그 애들을 따돌리는 건 불가능해." 마르코스가 털어놨어.

"브루노와 롤로는 우리가 노를 젓는 쪽으로 노를 젓고, 우리가 잠수하는 곳에서 잠수하고, 우리가 사냥하는 곳에서 사냥을 한다고." 나탈리아가 운율을 맞춰 가며 늘어놨어.

"그럼 그 애들을 속여야지, 롭처럼." 세일라가 가장 간단하고 확실한 계획을 제시하듯 말했어. "그들에게 미끼를 하나 던져. 잘은 모르겠지만 어떻게든 그 애들을 다른 곳으로 가도록 만들면 너희는 너희가 발견한 창고로 갈 수 있을 거 아냐?"

"우린 단 세 사람뿐이라고!" 마르코스가 투덜댔어. "어떻게 분담해? 더구나 그 창고를 비우려면 일할 시간이 며칠은 필요할 텐데!"

나탈리아는 입을 다물고 테라스 난간을 유심히 보고 있었어. 집중하는 그녀의 그 표정을 난 알지. 그녀는 벌써 머릿속으로 결론을 생각하면서 계획을 짜고 있었어.

"이제 얘기해 줄래?" 주의를 끌기 위해 맨발로 그녀의 무릎을 건드리며 내가 물었어.

"뭘 얘기해 달라는 거야?" 마르코스가 여동생 쪽으로 돌아앉으면서 투덜댔지. 그때 그는 그녀의 얼굴을 봤어. "해결책을 가지고 있구나." 그가 환하게 웃으며 확신했어. "답을 찾은 얼굴이잖아."

세일라가 웃기 시작했고, 남편과 손을 맞잡았어.

나탈리아가 일어나서 그녀의 선베드에 앉았어.

그리고 얘기하기 시작했지.

63

우리는 따로 도움이 좀 필요했어.

마르코스와 나탈리아 다음으로 우리 사냥으로 주로 이득을 보는 이들은 엔지니어들이었어. 그러니 그들을 염두에 둬야 했지. 그들과는 이득을 남기는 물물 교환을 할 수 있을 거야. 그들이 우리 뜻에 따르고 우리가 공장을 비우는 걸 거들어 준다면 말이지.

그들은 거부할 수 없을 거야. 그들에게 유리할 테고, 더구나 물자도 다 떨어졌으니까. 라파가 문제 해결의 열쇠를 줬지. 라파는 우리와 일해 볼 만하다고, 우릴 위해 일해 달라고 며칠 밤을 새워서라도 다른 엔지니어들을 설득할 태세였어.

그리고 프란과 클라우디아 패거리가 있었지. 그들하고는 아무 문제가 없을 것 같았어. 그들은 늘 가욋일을 필요로 했으니까. 적당한 물물 교환 같은 그런 일을. 노획물 일부를 가져가 식료품과 산소통으로 교환할 수도 있을 거야. 나탈리아는 프란이 우리와 함께 일할 때의 이점을 알아차릴 수 있을 거라고 확신하고 있었어.

집단 습격, 패거리 사냥이 될 것 같았어.

그런데 산소를 공급받으려면 라스 메두사스도 필요했어. 우린 수면 위 배로 물건을 올릴 인간 사슬을 만들 수도 있었거든. 산소통과 의상 세트가 필요한 건 수심이 가장 깊은 곳에서 일하는 이들뿐이었지만. 어쨌거나 우린 인원이 충분했어.

그런데 마마 메두사는 히노와 남다른 관계였어. 그녀가 우리 계획을 그에게 말할 수도 있을까?

충분히 그럴 수 있었지.

"거긴 네가 가서 사랑하는 라나와 이야기를 나누는 곳이잖아." 나탈리아가 날 압박했어. "어쩌면 라나가 엄마 몰래 우릴 도울 수도 있을 거야."

난 눈살을 찌푸렸어. 라나를 그런 상황에 놓이게 하는 건 내키지 않았으니까. 내게 산소통을 빌려주는 거랑 아무것도 받지 않고 가족이 모아 둔 걸 거덜 내는 건 다른 문제지.

"그래, 분명히 우리가 제공할 수 있는 뭔가가 있을 거야." 마르코스가 거들었어. "라나한테 엄마 것을 훔치라고 말하라는 게 아니야."

"그게 무슨 말이야?" 세일라가 끼어들었어. 나처럼 불편한 기색이었지.

"그러니까 이건 집단적인 계획이라고!" 약간 무안해진 마르코스가 방어했어. "라스 메두사스도 공동체의 일원이니 그들도 이일로 뭔가 혜택을 누려야지."

"라나와 얘기해 봐, 롭." 나탈리아가 사정했어. "우릴 위해서 그렇게 해 줘."

"어쩌면 우리가 결정을 내리는 데 도움이 될 힌트를 너에게 줄수도 있잖아." 오빠의 기대를 이야기하던 그때처럼 비난과 애원이 뒤섞인 시선으로 그녀가 눈빛을 반짝이며 나를 봤어. "제발……."

"다른 사람들은 우리가 설득할게." 마르코스가 순박한 미소를 지으며 약속했어. "넌 그것만 책임지면 돼."

그것만.

난 라나와 다시 얘기해 봐야 했어.

라나와 말이야. 그녀는 자기 엄마가 히노와 무슨 일을 꾸미는 건지 내가 알아내 주길 기대하고 있지.

난 그녀에게 얼마나 더 많이 신세를 져야 하는 걸까?

64

나는 마르코스에게 임무를 수행하는 데 이틀을 달라고 했어.

그렇게 급한 일도 아니었으니까. 엘 풀포 데 트레스 파타스는 여전히 문구점 사냥을 하고 있었어.

조금이라도 신세를 갚으려 해 보지도 않고 라나 앞에 다시 서고 싶지는 않았어. 나만 쓸 것도 아닌데 그녀에게 더 많은 산소통을, 아무 대가도 없이 부탁해야 한다고 생각하니 온몸의 근육이 뻣뻣해지는 것 같았어.

안 돼.

그 전에 히노와 얘기해 봐야 해.

직접.

그러니까 내가 직접 하겠다는 말은 아니고. 히노는 날 쳐다보지도 않을 게 분명했으니까.

하지만 다른 방법으로라도 그 앞에 꼼짝 않고 서 있기라도 한다면.

전에도 이미 그런 생각을 하긴 했지만 니콜라스 가리도와 그의 다큐멘터리 때문에 그 계획은 잠시 미뤄 뒀지.

이제는 그 무엇도 날 막지 못할 거야.

내 방의 거울에 나를 비춰 봤어.

손에는 분홍 돌이 들려 있었고, 저물어 가는 빛이 역광으로 뚱뚱한 실루엣을 뚜렷이 드러냈어.

거기엔 내가 있었어. 그러니까 내 말은 그녀가, 마마 메두사가 있었다고.

그녀는 뱃살을 꾹꾹 눌러 감춘 빨간색 원피스를 입고 있었어. 예상했던 것과 달리 그렇게 우스꽝스럽진 않았어. 그저 놀라웠을 뿐. 내가 마마 메두사로 변하게 해 달라고 분홍 돌에게 부탁할 때마다 힘이 넘치는 걸 느꼈어. 우리 공동체에서 가장 중요한 여자에게 누가 토를 달겠어?

이게 모험이라는 건 알았지만 더 좋은 방법이 떠오르지 않았어.

마마가 되면 히노와 몇 분이라도 이야기를 나눌 수 있을 거야. 그에게서 뭔가를 좀 캐낼 수 있을 거라고. 조금씩 듣다 보면 라나에게 알려 줄 정보를 얻게 되겠지. 어쩌면 내가 얻은 정보를 모두 그녀에게 이야기해 줄 수는 없을지도 몰라. 하지만 우리가 계속해서 탐사 기회를 얻을 만한 단서를 얻을 수도 있으니까.

라나는 만족스러워할 거야.

만족해서 내게 입을 맞출지도 몰라.

모르겠어.

라나가 내게 오래오래 감사의 키스를 해 준다면 정말 좋을 것 같아.

"내게 행운을 주렴, 돌맹이야." 난 나의 부적에게 소리 내어 입을 맞추면서 말했어.

그리고 다시 나 자신이 되길 원했지.

나는 히노의 집까지 헤엄쳐 가서 밤이 되면 슬그머니 들어가야 했어. 마마 메두사가 거기까지 잠수해서 간다는 건 말이 안 되니까. 모르긴 해도, 만일 그녀가 그 무뢰한들의 테라스를 기꺼이 밟아 주신다면 그때는 수상 오토바이로 갈 게 틀림없어.

하지만 내겐 뽐낼 만한 오토바이가 없었어. 그러니 잠수해서 가야 했지. 그 집 아래층 아파트 한 군데에 숨어서 몸을 말린 뒤 변신해서 위엄 있게 등장을 해야지. 한밤중에 히노의 나루터에 나의 자줏빛 오토바이를 방금 매어 놓고 들어오는 것처럼 말이야.

언제나 가장 단순한 방법이 최고야.

65

한 사람이 이름 덕분에 얻을 수 있는 것은 엄청나다는 걸 알았어.

마마 메두사로 변신하자 나는 히노의 옥상으로 가는 계단까지 접근할 수 있었지. 나는 히노가 대단한 사냥꾼이지만 취향은 싸구려라는 걸 들어 알고 있었어. 하지만 나루터로 통하는 나선형 계단이 있을 거라고는, 옥상을 페르시아 양탄자와 켜지지도 않는 거미 모양 등(燈)으로 장식했으리라고는 상상도 못 했지. 히노의 아이들 중 한 명이 몸을 90도로 숙여 내게 인사를 했어.

"마마 메두사!" 그는 내가 무슨 성자라도 되는 것처럼 중얼거렸어. "오늘 오시리라고는……."

"그런데 내가 여기 왔네." 심장이 터져 버릴 것 같았지만 난 권위 있게 보이려고 애쓰면서 말했어. "히노를 불러 줘!"

마마 메두사에게 어울리지 않는 기운찬 목소리. 지나치게 명령조로 말했구나 싶었지만 그 아이는 눈치도 채지 못했어.

내 말소리를 듣고 브루노가 테라스 가장 높은 곳의 돌난간 사이로 고개를 내밀었어.

"얼빠진 놈!" 그가 동료에게 소리쳤어. 나는 나한테 하는 말인 줄 알고 잠시 떨었지. "마마 메두사가 오시면 당장 히노 앞에 모시고 가야 한다는 거 알잖아. 뭘 기다리는 거야?"

그 아이는 겁에 질려 브루노를 쳐다봤어. 그리고 내게 아부하듯 미소를 지어 보이고는 연신 머리를 긁적이며 테라스 안쪽으로 날 모셨지. 그곳에는 조금 낡긴 했지만 화려한 색상의 천들로 꾸며진 천막이 하나 설치되어 있었고, 그 입구에는 양쪽으로 횃불이 밝혀져 있었어.

그곳에서 다른 아이가 기다리고 있었어. 약간 얼빠진 채, 이쑤시개를 질경질경 씹고 있었지.

"빌리!" 나를 안내한 아이가 그를 나무랐어. "마마 메두사 앞에서 그게 무슨 태도야?"

빌리는 벌떡 일어나 내게 인사했고, 난 악취라도 나는 것처럼 턱을 쳐들고 인사를 받았어. 마마 메두사가 나와 이야기할 때면 늘 그런 몸짓을 했거든.

"들어가요, 마마 메두사." 내게 길을 터 주기 위해 천막 입구를 가린 커튼을 젖히면서 나를 안내한 아이가 말했어. "히노가 당신을 반갑게 맞이할 거야."

"당신을 반갑게 맞이하실 겁니다, 이 멍청아." 빌리가 그의 목덜미를 한 대 치면서 말을 고쳐 줬어.

나를 안내한 아이는 화들짝 놀라 목덜미를 긁적이면서 빌리와 마주 섰어.

"내가 그렇게 말했잖아!" 그가 투덜댔어.

"넌 이분께 존댓말을 하지 않았어." 빌리가 손가락 하나를 들어 따끔하게 지적했어.

내 앞에서 점수를 따고 싶은 게 분명해 보였지. 난 아무 대꾸도 하지 않고 천막 안으로 들어가기로 했어. 그들은 의전과 어법에 대해서 조용히 이야기를 나누라고 남겨 두고.

어찌나 손이 떨리던지 눈치채지 못하도록 주먹을 꽉 쥐고 있어야 했어.

내부는 오렌지색 전등으로 환했어. 천으로 감싸인 고전적인 분위기의 등이었는데, 불빛은 약간 흔들리는 듯했어. 양탄자 여럿과 소파 하나, 모두 스타일이 다른 데다 어딘가 망가진 듯한 고전적인 스타일의 낮은 테이블들, 다른 별실들과 분리하기 위해 쳐 놓은 듯한 새 커튼, 도금한 찬장, 항해 지도 몇 장이 놓인 높은 나무 책상, 열쇠로 잠겨 있는 커다란 궤, 그 위에서 저녁 식사를 했을 의자 둘 딸린 식탁, 그리고 내가 다시 몸부림을 치며 스스로를 비춰 봤던 거울이 하나.

영 적응이 되지 않았어.

그리고 히노는 어디에도 없었어.

물이 흐르는 것 같은 소리가 커튼 사이 어딘가에서 들려왔지.

난 인기척을 내느라고 가볍게 기침을 했어.

처음엔 작게.

그다음엔 좀 크게.

그리고 더 크게.

내 자신이 어찌나 우습게 느껴지던지.

소리가 나는 것 같은 커튼 쪽으로 다가가 다시 기침을 크게 해 봤어.

내가 미처 물러날 새도 없이 히노의 몸 절반이 모습을 드러냈지. 젖은 머리에 털이 무성한 상반신을 벗은 채 함박웃음을 지으며 나타난 거야.

"이게 웬일이야, 자기!" 한 번도 들어 보지 못한 목소리로, 행복해하며 그가 말했어. "감기에 걸린 거야?"

자기.

내가 방금 들은 말을 삭일 틈도 없이 히노는 모습을 감췄고 커튼 뒤에서 목소리만으로, 즐거운 노래를 부르듯 말했어.

"오늘 올 거라곤 생각도 못 했어, 자기! 내일 올 거라고 생각했지!" 그가 소리쳤어.

난 할 말을 찾으며 주위를 두리번거렸어.

"그런데 오늘 왔어!" 난 어깨를 으쓱하고, 거울에 비친 내 모습을 바라보면서 답했어.

대체 내가 뭘 하고 있는 거지? 이게 마마 메두사와 히노 사이의 비밀이란 말이야? 이 둘이 사랑하는 사이란 말이야?

"오늘 당신이 와 줘서 너무 기뻐, 나의 밤의 꽃이여." 히노는 내 원피스와 어울리는 우아한 자주색 셔츠의 단추를 채우며 기뻐했어.

난 히노가 다가오는 걸 겁에 질려 바라봤어. 그는 나를 낭만적으로 포옹하고 춤으로 마무리를 했지.

난 완전히 얼이 빠졌어.

"당신 심장이 터질 것 같아!" 내 엉덩이를 소리 나게 한 대 치면서 그가 웃었어.

내 얼굴은 원피스 색깔보다 더 빨개졌을 거야.

히노가 내 엉덩이를 만졌어. 생각해 봐, 너라면 어땠을지.

"당신이 가까이 있을 때면, 자기…… 내 가슴은…… 터질 것 같아." 난 일그러진 표정으로, 아무 감정 없이 대답했어.

히노는 손뼉을 치며 웃더니 식탁 옆의 의자 하나를 빼 줬어.

"빌리!" 그는 내게 익숙한 그 낮고 굵은 목소리로, 속임수에 능한 늙은 해적 같은 목소리로 소리쳤어. "부인의 저녁 식사를 가져와!"

"금방 가져오겠습니다, 대장!" 커튼 뒤에서 소리가 들려왔어.

히노는 세상에서 제일 근사한 존재를 보는 것처럼 넋을 잃은 채 나를 바라보고 있었어. 난 계속해서 진땀이 났어, 악어들 사이를 걸을 때처럼.

난 자연스럽게 웃으려 애썼어.

"리타, 피곤해 보여." 그가 다가와 내 어깨를 잡으며 걱정했어. "하지만 내가 풀어 줄게, 두고 봐! 내 깜짝 선물을 정말 좋아할 거야!"

히노의 숨결에서는 박하 향이 났어. 그가 셔츠를 입기 전에 사탕을 먹었다는 걸 알았지.

난 오로지 한 가지만 생각했어. '제발, 제발, 제발, 내 첫 키스가

히노와는 아니길.'

66

왠지 모르지만 나는 깜짝 선물 같은 걸 좋아하지 않아.

어떤 표정을 지어야 할지 정말 모르겠거든.

거기에는 화려하고 눈부신 열두 송이의 장미 다발을 든 히노가 서 있었어. 난 그런 꽃을 본 적이 없었어. 우리 공동체에서 그런 건 정말 분에 넘치는 호사였으니까.

히노는 웃기 시작했어.

"어린애 같아, 자기." 꽃다발을 건네기 전에 통통한 내 볼을 꼬집으며 그가 장난스럽게 말했어. "향을 맡아 봐. 당신 거야. 맘에 들어?"

난 순수한 호기심으로 반응했고, 그 진하고 싱그러운 꽃향기에 깜짝 놀랐어.

"돈 좀 썼겠는걸!" 내가 솔직하게 말했어.

마음에서 나온 말이야.

난 스스로에게 주는 벌로 얼른 혀를 깨물었어. 다행히도 히노는 촌뜨기처럼 우쭐대며 아첨의 말을 찾아냈지.

"나의 바다의 여왕 앞에선 모든 게 부족하지." 그는 다시 내게 다가오며 능글맞게 말했어.

난 꽃향기를 맡는 것처럼 재빨리 꽃을 얼굴에 대고 소리쳤어.

"정말 환상적이야!" 어디서 나오는지 모를 날카로운 목소리로.

그 순간 빌리가 접시를 들고 들어왔고, 히노는 일어나서 와인 상자 쪽으로 향했어. 그러면서 빌리에게 식탁에 식기 놓는 법을 일러 줬지.

히노는 주머니에서 열쇠 하나를 꺼내 자물쇠에 꽂고 다섯 번을 돌려서 적포도주 한 병을 꺼냈어. 그리고 만족해하며 전등불 아래서 반짝이는 그 병을 내게 보여 줬지.

"촛불을 좀 켤까요, 대장?" 빌리의 질문이 분위기를 망쳤어.

"당연하지, 이놈아." 그가 화를 내며 말했어.

빌리는 말없이 찬장에서 초 두 자루를 꺼내 식탁 위에 놓았어. 히노가 포도주를 따르는 사이에 빌리는 라이터로 초에 불을 붙였고, 난 쉬지 않고 다리를 움직이고 있었어.

정말 이럴 순 없었어.

다시 우리끼리만 남게 되자 히노는 내게 포도주를 따르고 서툴게 잔을 들어 올렸어.

"우리를 위하여." 난 즉흥적으로 답을 했어. "그리고 당신이 내게 선물한 꽃을 위하여."

그는 그게 정말 좋았나 봐.

한 번에 상당한 양의 포도주를 들이켜더니 그가 애타게 기다리는 눈빛으로 날 바라보았어.

'축하해, 롭.' 난 속으로 혼잣말을 했어. '낭만적인 첫 저녁 식사는 바다의 촌뜨기하고 하는구나.' 난 예의를 차리느라 술을 마셨어.

와인은 목을 톡 쏘고 눈을 찡그리게 할 정도로 신맛이 났어.

"굉장히 독하지, 자기야? 시큼해? 다른 걸로 가져올까?"

나는 고개를 저으며 웃으려고 애를 썼어. 와인은 한 번도 마셔본 적이 없었거든. 맥주는 마셔 봤지. 엔지니어들하고 처음으로 제대로 된 일을 했던 날 라파랑 같이 마셨어. 그리고 마르코스와 나탈리아랑도 가끔 마셨지. 이런 상태의 날 본다면 친구들이 뭐라고 할까? 흰머리가 날 때까지 놀릴 게 분명해. 난 긴장을 풀기 위해서 숨을 크게 내쉬고 저녁 식사를 내려다봤지.

아주 맛있어 보였어. 제대로 된 스테이크를 먹어 본 지 엄청 오래됐거든. 스테이크 냄새가 꽃향기보다 훨씬 더 좋은 것 같았어. 난 계속해서 히노의 계획에 관해 알아내야 했어. 그래서 이 불쾌한 시간을 보내고 있는 스스로에게 잠시 받아 마땅한 진수성찬을 주기로 했지.

"요즘 일은 어때?" 입에 음식이 가득한 채로 내가 물었어. 한 입을 먹자마자 너무 맛있어서 하늘을 봤지.

그건 너무 맛있었어. 풍미가 폭발하면서 사르르 녹는 것 같았다고…….

"환상적이야. 정말 환상적이라고!" 히노가 음식을 만끽하고 있는 나를 보고 기뻐하며 웃었어. "니콜라스 가리도와의 계약 건은 이보다 더 좋을 순 없어."

"니콜라스 가리도와의 계약이라고?" 난 목이 메어 기침을 했어.

그 다큐멘터리 제작자가 히노와 무슨 계약을 한 거지? 나는 그
가 나탈리아와 마르코스하고만 계약한 줄로 알고 있었는데. 등이
뻐근해지는 것 같았어.

"기억력이 안 좋구나, 자기!" 히노가 의아한 표정으로 눈썹을 살
짝 올리면서 고개를 저었어. 나는 더 애를 써야 했어. 그러지 않으
면 들통이 날 수 있으니까.

"내가 요즘 신경 쓸 일이 아주 많다는 거 알잖아." 내가 둘러댔어.
마마 메두사는 늘 정신없이 바쁘다는 걸 알고 있었으니까. 입 안에
남아 있던 스테이크 조각을 삼키려고 와인을 한 모금 마셨어.

"맞아!" 히노가 응답했어. "미안, 자기야. 내가 토비아스하고는
일이 어떻게 돼 가는지 묻는 걸 잊었지 뭐야."

토비아스?

"라나한테 약혼을 청해 보라고 그에게 말했어?" 엄청난 관심을
보이며 그가 물었어.

약혼?

라나에게?

난 돌덩이처럼 굳어 버렸어.

술잔을 향해 떨리는 손을 뻗어 술을 흘리지 않으려 애쓰면서 입
으로 가져갔어.

그리고 할 수 있는 한 힘껏 고개를 저었어.

"그래, 힘들어하지 마, 자기야." 히노가 자신의 두툼한 손을 내 손 위에 놓으며 위로했어. 결혼이라는 건 매우 진지한 일이고, 그러니까 잘 생각하는 게 좋다고.

난 와인을 뿜고 말았어.

살수기처럼. 정말이야.

그래서 촛불 한 개가 꺼져 버렸어. 히노에게 닿진 않았지만.

설상가상, 엉망진창이었지.

"괜찮아, 자기야?" 놀라 일어선 그가 등 뒤로 와서 내 어깨를 주물러 주더라고. "오늘 밤 자기 많이 이상해. 초조해서 그런가 봐. 신부들은 결혼 날짜를 잡으면 불안해한다니까……. 합동결혼식을 자기가 많이 기대하고 있다는 거 알아. 그런데 라나는 아주 젊잖아!"

좀 전의 오한이 이제 열로 변했어. 아주 뜨거운 열로.

합동결혼식이라고? 마마 메두사와 히노가 결혼할 생각인 거야?

그건 다른 보물 사냥꾼들에겐 위험한 일일 수도 있어! 끔찍한 협약이 될 거라고! 라스 메두사스가 물건을 공급하면 히노 밑에서 일하는 애들이 모든 영역을 차지하게 될 테니까.

게다가 라나와 토비아스! 둘이 결혼을 한다고?

"라나는 아직 어린데." 난 많이 생각지 않고 말하기 시작했어. "토비아스는……."

"토비아스도 결정을 해야겠지!" 히노는 내 귀 가까이 다가와 나를 진정시키려 했지만 그게 날 다시 긴장하게 만들었어. "당신에게 엄청나게 고마워할 거야."

먹자. 스테이크를 다시 먹는 게 지금은 최선이야.

그래야 히노가 내 어깨에서 손을 치울 테니까.

그렇게 됐지.

머리가 여러 생각으로 계속 복잡했어. 하지만 너무 여러 가지를 생각지 말고 라나 생각에 집중하기로 했어.

라나.

라나.

라나.

난 다른 이야기를 해야 했어!

"니콜라스 가리도!" 나는 신기한 바닷게 표본이라도 발견한 것처럼 소리쳤어.

그 이름이 히노를 다시 벅차게, 자랑스럽게 만들었어. 그 주제에 대해 이야기 나누길 간절히 바라고 있던 것처럼 보였어. 내가 고갯짓으로 북돋우자 그가 와인 잔을 채웠어.

벌써 한 병을 다 마신 거야? 아, 그럴 순 없어.

"그런 건달이 있나!" 히노가 폭소를 터뜨리며 말했어. "그는 나를 나가떨어지게 하려고 엄청 애를 썼어. 장담할 수 있어, 마마. 하지만 내가 그렇게 만만하지 않다는 거 알잖아. 그 말도 안 되는 액수를 받고 내 사람들을 전부 내줄 수는 없어. 전부를 원한다면 더 많은 현금이 있어야지."

"현금?" 난 의아했어.

옥상에서는 아무도 돈에 관심이 없거든.

"자기야, 좋은 배는 돈이 있어야 하고, 난 자기에게 제일 좋은 걸 주고 싶어." 그가 다정하게 말했어. "공동체에서 별로 좋게 보이지 않는다는 걸 알지만, 우리가 배를 갖게 되면 모두에게 좋을 거야."

그러니까 니콜라스 가리도는 자기를 도와준 대가로 히노에게 배 한 척 값을 지불하기로 한 거야. 그런데 뭘 도와준 대가지?

"네 아이들은 얼마나 일할 거야?" 내가 물었어.

"이번 주엔 이틀 동안, 그리고 나중에는 나탈리아를 촬영하는 동안 내내." 그가 낭만적인 말투를 거두고 사무적으로 털어놨어. "그 여자애를 우리와 합류하도록 설득했으면 좋았을 텐데! 가브리엘이 그들에게 쌍동선을 물려주다니 참 불공평해! 너무 불공평하다고! 하지만 그들은 아무것도 얻지 못할 거야. 내가 그들 배에 롤로와 브루노를 붙여 뒀거든. 내 사냥감을 훔쳐 가진 못할 거야."

"가엾은 사람들이야, 히노." 난 중재를 해 보려 했어. "그들도 그들 구역을 찾아야 하잖아."

히노는 돌덩이처럼 굳어 날 바라보았어.

어쩌면 마마 메두사는 그렇게 사려 깊지 않은가 봐.

"물론 네 구역이 제일 좋은 곳이어야 하지만!" 난 재빨리 말을 바꿨어. 불편한 표정을 감추기 위해 다시 술을 마셨지.

"우리 구역이 제일 좋은 곳이 될 거야, 자기!" 그가 다시 건배를 하며 외쳤어. "무엇보다 니콜라스를 애먹이는 그 행운의 분홍 돌을 내가 발견하기만 하면…… 내가 그걸 찾아 주면 그는 엄청난 돈을 지불할 거야!"

분홍 돌이라고?

"분홍 돌?" 난 큰 소리로 물었어.

"니콜라스가 그 생각에 빠져 있다는 거 알잖아. 병적이야." 그는 터무니없다는 듯 고개를 절레절레 흔들었어. "하지만 난 상관없어. 선금도 두둑이 받았고, 모든 서류는 서명해서 받아 놨으니까."

계약서에 서명을 했다고? 이건 중요한데!

니콜라스 가리도가 내가 가진 것 같은 분홍 돌을 원한단 말이야?

그것의 존재를 알고 있었던 거야? 그래서 바다의 마법에 대해 물었던 건가?

어쩌면 그 다큐멘터리 제작자는 돌들의 주인을 알고 있을지도 몰라. 무엇에 쓰는 것인지도. 어쩌면 나탈리아를 촬영한다는 그 모든 계획은 오로지 그걸 감추기 위해……

"자기야……" 히노가 내 생각을 방해했고, 난 몸을 돌려 그를 봤어.

그때 바짝 다가와 있던 그의 입술이 내 입술에 부딪혔어.

축축하고 역겨운.

최악의 밤이었어.

어찌나 눈을 크게 떴는지 다시 감기가 힘들 정도였다니까.

척추가 다 늘어나는 것 같았어.

맹세해.

척추 마디 하나하나가.

그렇게 긴장했던 적이 없어.

난 잽싸게 몸을 빼서 오로지 입을 헹구기 위해 잔에 있는 와인을 다 마셔 버렸어.

"너무 맛있어!" 떨리는 고음으로 내가 말했어. "더 따라 줄래?"

"오늘 아주 파티를 벌이고 싶은 거구나!" 그가 사랑에 빠진 사람의 미소를 지었어. "후식을 먹고 나면 춤추고 싶다고 하겠군."

춤을 춘다.

악몽 속에 빠진 걸까.

그에 대한 답으로 웃으려 해 봤지만 나는 화난 것처럼 보였을 거야.

"난 일찍 가야 해. 여자들은…… 너도 알잖아."

히노는 뭐든 되는대로 즉흥적으로 하고 있었어. 그날 밤 내내 함부로, 즉흥적으로 했다고. 또 무슨 짓거리를 하려는 걸까? 그 구역질 나는 놈이 박하 향 나는 입으로 날 다시 덮치기 전에 어떻게든 도망쳐야 했어.

그런데 발이 뭔가 이상하다는 걸 느꼈어.

내 구두가 사라져 버린 거야.

구두를 찾으려고 식탁 밑을 더듬어 봤어. 그런데 못 찾겠더라고.

"빌리! 후식!" 히노가 소리쳤어. 답이 없자 그는 내게 양해를 구하고 일어나서 직원 아이들을 나무라면서 커튼 쪽으로 갔어.

구두는 없었어.

금세 난 살을 구겨 넣었던 원피스가 커지기라도 한 것처럼 덜 조인다는 걸 알았어.

등을 더듬어 보니 지퍼가 내려가 있었지.

분명히 마마 메두사가 그녀의 옥상에서 잠자리에 들기 위해 옷을 벗고 있었던 거야.

히노 앞에서 벗은 채로 있을 수는 없어!

아무리 마마 메두사라 해도 벗은 채로 있을 순 없다고!

난 너무 부끄러워서 자리에서 벌떡 일어났어.

일어서자마자 내가 마신 석 잔의 와인이 인사를 하더군.

완벽하네.

방 전체가 빙빙 돌았어.

달아나야 했어. 가능한 한 빨리 도망쳐야 했다고.

"히노." 나는 비틀거리며 천막 입구로 다가가면서 그를 불렀어. "나 몸이 좋지 않아. 가야겠어."

나는 히노를 부여잡았어. 그리고 다음 날 그가 마마 메두사를 보러 가서 거기 꽃이 없는 걸 알게 되면 어리둥절할 거라는 걸 깨달았지.

"꽃은 내일 가져다줘." 난 한 손가락으로 그의 가슴을 쿡 찌르면서 부드러운 목소리로 말했어. "그리고 내일 내가 아무것도 기억하지 못하더라도 이 저녁 식사를 상기시키진 말아 줘."

"그런데 자기야." 히노는 날 소파로 끌고 가려 했어. "이렇게는 오토바이를 몰 수 없잖아."

"히노." 난 그에게서 떨어져서 똑바로 섰어. 아마 그랬을 거야. "널 사랑해. 하지만 난 바다의 여왕이야."

그리고 난 도망쳤어.

67

맹세컨대, 리스 메두사스의 건물에 어떻게 왔는지 기억이 나질 않아.

어떻게 나 자신으로 변신을 했고 거기까지 헤엄쳐 갈 수 있었는지 모르겠어. 상당히 멀거든.

내 기억에서 그 부분은 마법처럼 지워졌어.

그다음에 일어난 일들도 지워졌다면 좋으련만!

아직도 난 부끄러워.

68

발코니 한 곳으로 올라간 나는 소리치기 시작했어.

"라나! 라나!" 한밤중에, 가능한 한 바짝 난간에 매달려, 수위를 높여 내 현기증을 악화시키고 흔들어 대는 파도를 맞으며 나는 나아갔어. "라나, 나와! 라나, 너와 이야기해야 해!" 나는 가여운 악마처럼 고래고래 소리를 질렀어. 내 필생의 사랑이 토비아스와 결혼하는 소설 같은 장면이 머릿속에서 떠나질 않았거든.

기가 차지.

나도 알아.

"롭!" 후디트가 놀라 소리쳤어. "목소리 낮춰!"

난 그녀의 목소리가 아주 크게 들린다는 걸 알았어. 후디트는 바로 내 위 발코니에 나타나 믿을 수 없다는 듯이 나를 내려다보고 있었어.

좋아, 그녀는 내 말을 들을 수 있겠지.

"라나를 불러 줘." 두 다리가 물속에 둥둥 떠 있는 채로 몸을 돌리려 애쓰면서 난 진지하게 말했어. "라나와 얘기하고 싶어."

"목소리 낮추라고, 롭." 후디트는 고개를 가로저으며 투덜댔어. "우리 엄마 깨우겠어."

"너네 엄마?" 나는 화가 나서 씩씩대며 그녀에게 상황을 알려 주려고 마마 메두사로 다시 변신하려 했어.

그런데 후디트가 발코니에서 뛰어나가 버렸어. 라나의 배신을 곱씹으며 달에게 절망적인 실연의 발라드라도 한 곡 불러 주고 싶은 심정인 나를 홀로 남겨 두고서.

그때 라나가 헝클어진 머리에 의미심장한 눈빛을 하고서 후디트가 나타났던 바로 그 발코니에 모습을 드러냈어. 별빛 아래, 빛나는 흰 가운으로 몸을 감싸고서.

"넌 왜 그렇게 예쁜 거야?" 한 손으로 그녀를 가리키면서 내가 말했어.

"롭, 너 취했니?" 날 자세히 보기 위해 몸을 반쯤 내밀면서 그녀가 물었어. 그사이 난 온 힘을 다해 난간을 다시 붙잡으려고 애를 썼지.

"네 탓이야!" 내가 소리를 질렀어.

"내 탓이라고?"

"네가 나더러 히노를 조사해 달라고 했잖아."

"히노와 얘기해 봤어?"

"히노가 와인을 쳤어! 그리고 내게 장미도 선물했다고! 그리고 내게 그……!"

"그게 도대체 무슨 얘기야, 롭?" 마침 그녀가 내 말을 끊었어.

"히노와 마마 메두사는 연인 사이야." 나는 나도 못 믿을 소리라는 듯이 눈을 크게 뜨고 털어놨어.

"롭, 넌 취했어!"

"그리고 넌 토비아스와 결혼할 거라고!" 나는 다시 삿대질을 하려고 난간에서 두 손을 다 놓고서 그녀를 비난하며 징징댔어.

그 순간 나는 바다에 가라앉기 시작했고, 내 과장된 몸짓에선 온 힘이 다 빠졌어.

어디가 위고 어디가 아래인지 분간할 수가 없어 수면 위로 올라오기도 힘들었지. 쓸데없이 팔만 휘저으면서 물을 먹었고, 그래서 기침을 하기 시작했어.

정말 딱하지. 그래, 맞아.

누군가가 내 옆으로 입수해 나를 건지려고 끌어당기는 걸 느꼈어.

라나가 날 수면 위로 데리고 나와서 무릎까지만 물이 닿는 어느 발코니에 놓아줬어.

"네가 날 구했어." 라나가 세상에서 제일 멋진 여자라고 생각하면서 내가 말했어.

그때 그녀가 토비아스와 결혼할 거라는 사실이 생각났고, 그래서 난 바닥에 털썩 주저앉고 말았어.

라나는 정말로 화가 난 것처럼 보였어.

"뭘 하자는 거야, 빠져 죽으려고?" 가운이 흠뻑 젖고 머리칼은 얼굴 위로 흘러내린 그녀가 날 보며 꾸짖었어.

머리를 뒤로 넘기고서 그녀는 나를 발로 찼어. 약간 세게, 사랑스러운 발길질로.

"말해!" 그녀가 위협했어.

"너네 엄마는 히노와 결혼하고, 넌 토비아스랑 결혼할 거라고."

나는 무릎 사이에 얼굴을 묻고 울먹였어.

같은 말을 계속 되풀이했어. 알코올은 정말 너무나 잔인하다니까.

"난 아무하고도 결혼하지 않을 거야, 롭!" 지쳐서 내 옆에 주저앉으며 라나가 외쳤어.

난 강아지처럼 행복해져서 고개를 들었어.

"너 토비아스랑 결혼하지 않을 거야?" 열기가 폭발하듯 웃음이 온 얼굴에 번지는 걸 느끼며 난 확실히 해 두기 위해서 물었어.

라나는 고개를 가로젓고는 천장을 봤어.

"토비아스랑 사랑에 빠진 거 아니야?" 아무 사랑의 비법도 없는 내가 물었어.

"너 좀 바보구나, 롭." 내 어깨 위로 머리를 기대면서 그녀가 한숨을 쉬었어. "그리고 너 많이 취했어."

난 웃었고, 그녀의 머리에 내 머리를 마주 기댔어.

"히노 탓이야." 내가 순진한 어린애처럼 털어놨어.

"우리 엄마가 히노와 결혼을 한다……." 그녀가 슬픈 듯이 중얼거렸어. "그래서 엄마가 토비아스의 일을 가지고 성가시게 굴었구나. 이성을 잃은 게 분명해. 네가 말한 거 확실한 거야, 롭?"

"직접 겪었다고 해도 될 만큼." 난 확신을 실어 답했어.

라나는 한참을 말없이 있었어.

내 어깨 위 그녀의 젖은 머리칼이 신경 쓰였어. 내 운명이 어쩌다 이렇게 바뀐 거지?

좀 전에는 히노가 내게 입을 맞췄는데, 이제는 라나가 나를 감싸고 있어.

내가 지구 상에서 가장 행복한 놈처럼 느껴졌어.

"난 사랑을 믿지 않아, 롭." 그때 그녀의 말이 내 기분을 망쳤어. "사랑은 엿 같은 거야."

69

두통이 어마어마했어.

나는 라파, 클라우디아랑 마르코스의 테라스에 앉아 엔지니어들의 연장자 대표 마테오를 기다리고 있었어.

전날은 라스 메두사스의 테라스에서 잠든 채 밤을 보냈어. 라나에게 기대 웅크린 채로. 고주망태처럼 취하지만 않았어도 그 기억은 내게 엄청난 용기를 줬을 텐데. 하지만 남은 건 부끄러움이었어.

내가 대화 중에 잠이 들어 버려서 라나는 그 망할 놈의 밤 내내 그 자세로 나와 함께 있을 수밖에 없었나 봐. 날이 밝아 오자 결국 그녀가 꼬집어서 나는 눈을 반쯤 떴지.

어디인지, 무슨 일이 있었던 건지 알아차리는 데 한참 걸렸어.

"넌 취해 있었어, 롭." 라나는 눈살을 찌푸리며 피곤한 얼굴로 설명했어. 상당히 화가 난 것 같았어. "그리고 난 말도 못 하게 등이 아파."

나는 쇠망치로 얻어맞은 것처럼 머리가 아프다고 말하려다 말았어. 그 대신 어색하게 그녀에게 용서를 구했지. 그리고 신세를 꼭 갚겠노라고 약속하고 난 줄행랑을 쳤어.

그녀는 신세를 갚는 일 같은 건 눈곱만큼도 중요하게 생각지 않는 것 같았어.

틀림없이, 내가 그녀를 화나게 만든 거야.

오한이 나서 부들부들 떨면서, 머릿속에 떠오르는 모든 것을 저주하면서 난 내 옥상까지 헤엄쳐 왔어. 하늘이 노랗게 물들기 시작할 때 아리엘에 올라탔지.

내가 마르코스의 옥상에 모습을 드러냈을 때는 세일라만 일어나 있었어. 난간 위에 다리를 올리고 커피를 마시며 책을 읽고 있더군. 세일라는 최고야. 무슨 일이 있었는지 묻지 않거든.

"커피 한 잔 따라서 마셔, 롭." 그녀는 다정하게 웃었어. "마르코스를 깨워야겠네."

토비아스와 라나의 일은 큰 소리로 떠들기에는 아직 일렀기 때문에 빼고, 전날 밤 알게 된 소식들을 친구들에게 이야기하자마자 모든 일이 훨씬 더 빨리 돌아가기 시작했어. 내가 뭘 어떻게 해 볼 수가 없을 정도였어.

사람들 동원하는 일을 도울 수도 없었어.

나탈리아는 우리가 가능한 한 빨리 움직여야 한다고 생각했어. 히노의 아이들이 니콜라스 가리도와 계약을 맺었다면 우리라고 뒤처질 순 없지. 히노와 마마 메두사가 동맹을 맺을 생각이라면, 구체적으로 말해서 결혼한다면 더군다나. 나쁜 소식들이 비처럼 쏟아졌어.

"니콜라스 가리도가 믿을 만한 사람이 아니라는 건 알고 있었어." 마르코스가 그를 비난했어. "우리에게 배를 한 척 살 만한 돈을 제공할 수도 있었잖아."

"이 집에서 돈 얘기는 들먹거리지 마!" 세일라가 민망한 듯 그에게 경고했어.

머리가 너무 아팠어.

호세와 나탈리아, 마르코스는 엔지니어 몇 사람과 클라우디아와 프란 무리 중의 누군가를 데리러 나갔어. 우리가 철물점 사냥을 하려 한다면 그들과 함께해야 했으니까.

하루빨리 계획을 실행에 옮겨야 했어. 히노의 아이들이 분홍 돌을 찾아 바다 밑바닥을 샅샅이 뒤지고 있을 그 주의 이틀을 이용해서 말이야. 분홍 돌에 대해서 마르코스와 나탈리아에게는 구체적으로 말하지 않았어. 그들에겐 그 다큐멘터리 제작자가 원하는 건 시계를 들고 있는 남자 나체상이라고 말했어.

머릿속에 가장 먼저 떠오른 게 그거였거든.

라파와 클라우디아는 아리엘을 타고 곧 도착했어. 가장 젊은 사냥꾼들의 옥상에 가라고 내가 호세에게 아리엘을 빌려줬거든. 그 무리의 여대장은 라파도 데려가야 한다고 고집을 부렸대.

내가 머리만 아프지 않았다면 클라우디아가 라파에게 들르려 한 게 라파의 사랑에 희망적인 일이라는 데 신경을 좀 썼을 텐데.

하지만 난 그럴 만한 상태가 아니었어.

관자놀이에서 세차게 뛰는 맥박 사이로 보이는 건 라나의 얼굴뿐이었어.

라나가 토비아스와 결혼할 수도 있다는 것 ─ 그녀는 그 일을 내게 다 털어놓지 않았던 거야. 그리고 모든 사람이 쓸 산소통을 아직 그녀에게 부탁하지 않았다는 사실.

"산소통은 걱정하지 마." 내가 모든 이야기를 대충 들려주자 라파는 나를 진정시키려 했어. "히노와 마마 메두사가 결혼할 생각이라면 이 일에 산소통 이야기를 끌어들이는 건 바람직하지 않아."

"위험하다고 생각해서 라나에게 아무 말도 하지 않았다고 하면 돼." 클라우디아가 날 응원하려고 덧붙여 말했어.

"라나는 사랑을 믿지 않는다고 하더라." 조금씩 비추기 시작하는 햇빛이 불편해서 눈을 감으며 내가 털어놨어.

클라우디아는 믿을 수 없다는 듯 웃었어. 내가 따가운 시선을 보내자 그만두긴 했지만.

"그딴 얘기 재미없거든." 라파가 날 방어해 줬어. 그는 사랑 따위에 대해 이야기하는 걸 싫어했지만 언제 내 편을 들어 줘야 하는지는 알고 있었지. "사랑은 심각한 거야."

그 말이 상황을 더 낫게 만들진 못한 것 같아. 클라우디아가 오히려 더 웃었거든.

"둘 다 참 낭만적이네." 그녀는 라파가 당황해서 얼굴을 찌푸릴 때까지 계속 웃었어. "라나가 사랑을 믿지 않는 건 오랫동안 사람들 몰래 사랑에 빠져 있어서야." 그녀가 딱 잘라 말했어. "그러면 누구든 그렇게 고양된 감정을 믿지 않게 될 거라고."

난 대화를 겨우겨우 따라가고 있었기 때문에 끼어들기가 어려웠어. 그래서 라파처럼 물어볼 수가 없었지.

"라나가 사랑에 빠진 지 오래됐어? 누구랑?"

"토비아스……." 난 손으로 머리를 감싸면서 투덜거렸어.

내 인생은 엉망진창이었어.

히노는 내게 입을 맞췄고, 라나는 다른 놈을 사랑하고.

"너 좀 바보구나, 롭." 클라우디아가 웃었어.

난 그런 비난을 최근 24시간 동안 두 번 들었어. 하루도 안 지나서 두 번 듣는 건 그게 사실이라는 말이겠지.

"라나는 토비아스랑 사랑에 빠진 게 아니야." 라파도 나도 반응을 보이지 않자 클라우디아가 설명했어.

"그럼 누구한테 빠진 거야?" 라파가 어리둥절해서 물었어.

클라우디아는 무기력 상태에 빠진 나까지도 깨울 정도로 강렬한 눈빛으로 라파를 바라봤어.

나는 라파를 팔꿈치로 한 대 치고 싶었어. 야, 정신 차려. 클라우디아가 눈빛으로 뭔가 말하고 싶어 하잖아.

하지만 그런 장면을 목격하는 게 좀 쑥스럽기도 했지.

"너희 둘은 아무것도 몰라, 그렇지?" 마르코스의 쌍동선이 막 도착하자 벌떡 일어서며 클라우디아는 결국 비웃고 말았어.

70

다행히 마르코스는 내게 말을 많이 시키지 않았어.

그는 해가 우리 머리 위를 비추기 전에 엔지니어와 가장 젊은 사냥꾼 무리의 대표에게 계획을 발표했어.

전도유망한 도매상 엘 폴포 데 트레스 파타스를 위한 계획, 히노의 아이들과 라스 메두사스 간의 동맹 — 이 대목에서 그는 약간 동요했는데, 마테오가 그걸 믿지 않고 불가능하다고 주장했기 때문이야. — 그리고 사업의 긴박함에 대해서 이야기했지. 그러니까 모든 이야기를 다 한 셈이야.

난 커피 두 잔을 마시고 물도 1리터는 마셨어.

불쌍한 애처럼 그늘에 앉아서.

나탈리아는 세 번에 두 번꼴로 날 뚫어져라 바라봤어.

누가 산소를 쉽게 공급할 수 있을까, 일의 네트워크를 어떻게 만들 것인가, 잠수를 몇 시에 시작할 것인가 등에 대해 논의가 시작되자 그녀는 내 곁으로 다가와 앉았어.

"네가 걱정하는 건 다른 일이구나." 그녀가 나무라듯 말했어. 내 우울한 얼굴이 다음번 사냥이나 마마 메두사의 결혼과는 아무런 상관이 없다는 걸 알아차린 거지.

난 눈치를 살피며 그녀를 봤어.

나탈리아였어. 3주 동안 날 비웃는 짓 따위는 하지 않을 사람.

"라나지, 그렇지?" 망설이는 날 보고 그녀가 집요하게 물었어.

"토비아스가 라나에게 청혼할 거라는 사실을 어제 알게 됐어." 내가 털어놨어. "더 이상 입을 다물고 있을 수가 없어. 그랬다간 돌아 버릴 것 같거든."

나탈리아가 내게 찬물을 끼얹을 거라고 확신했어.

하지만 그러지 않았어.

"뭐가 어쩌고 어째?" 그녀는 순간 얼굴이 빨개져서 날카로운 목소리로 캐물었어.

마치 내가 그녀를 언짢게, 대단히 불쾌하게 만들기라도 한 것 같았어.

"그게 말이야, 어제 들은 거야. 내가 히노를 정탐하고 있을 때······." 난 변명을 하려 했어. 나탈리아가 내 어깨에 떡하니 손을 얹고는 자기 눈을 보도록 했어. "그게 사실이라는 법은 없지만."

"당연히 사실이 아니지!" 그녀는 날카로운 웃음을 터뜨리고는 날 놓아줬어.

그리고 먼 곳을 바라보며 중얼중얼 내 말을 따라 했어. "그게 사실이라는 법은 없지만……."

그 순간 난간 너머로 고개 하나가 모습을 드러냈어.

"분명히 지어낸 이야기일 거야." 난 벌써 힘겹게 테라스로 올라오고 있는 꼬마 여자아이를 가리키며 나탈리아의 생각을 다른 데로 돌려 진정시키려 했어.

옥상에 모인 사람의 숫자가 점점 많아졌고, 마르코스의 얼굴에서는 히노의 아이들의 주목을 받을까 봐 못마땅해하는 마음을 읽을 수 있었어. 그런데 그때 카르멘이 자기를 바라보는 모든 이들에게 손 인사를 하면서 앞으로 나왔어.

"중요한 소식이 있어요!" 그 애가 팔짝팔짝 뛰면서 외쳤어. "히노네 사람들 모두가 잠수해 있어요!"

"히노네 사람들 모두가 잠수해 있다고?" 클라우디아가 그 여자애의 말을 확인하려는 듯 다시 물었어.

"히노만 빼고요. 그는 라스 메두사스의 옥상에 있어요." 카르멘이 다시금 상냥하게 말했어. "고함 소리가 들리는데 무슨 말인지 잘 모르겠더라고요." 그 애가 분명하게 덧붙였어. "하지만 다른 사람들은 사냥을 하고 있다고요! 나더러 감시하라고 했잖아요, 클라우디아. 그래서 그들을 열심히 감시했죠." 그 애는 가슴팍을 한 번 치며 자랑스러워했어. "좋은 장비들을 갖고 있더라고요."

나탈리아가 마르코스, 라파와 함께 동시에 날 봤어.

그건 히노가 마마 메두사랑 함께 일하고 있다는 걸 의미했지.

그건 그들이 내 주머니 속의 분홍 돌을 찾아 바닷속을 샅샅이
뒤지고 있다는 걸 의미했어.

그건 우리에게 다른 산소통 공급자가 필요하다는 걸 의미했고.

그때 내가 미처 생각지 못한 건 오션스 웨이의 도움을 받을 수
도 있다는 사실이었어.

71

우리는 하루 종일 계획을 짰어.

그 프로젝트의 최고 책임자가 되고 싶었고 다른 이들이 자신에
게 기대기를 원했던 마르코스는, 관광객이 탄 배들이 휴식을 취하
고 사진을 찍기 위해 접안하는 지역의 보석상에 우리에게 남아 있
던 마지막 팔찌들을 가져갔어. 그곳 오션스 웨이에서 장비를 빌리
려고 우리의 보물을 구역질 나는 돈과 바꾼 거야.

라파와 마테오는 밤이 되면 곧바로 준비할 수 있게 엔지니어들
과 그 가족들을 동원하는 일을 맡았어. 우리가 애타게 기다리던 물
건들을 몽땅 바다 밑바닥에서 꺼내기 위해서 말이야. 그들은 배 세
척을 구했어. 거기에 견인용으로 엔지니어들의 작은 나룻배를 붙
이면 전혀 손색이 없을 것 같았지.

클라우디아와 프란은 그날의 사냥을 모두 취소하고 히노의 아
이들을 감시하기 위해 자리를 잡고 있었어. 그들은 다른 전문 사냥

꾼들도 예의 주시하고 있었기 때문에 포마르 형제가 육지에 사는 어느 가족의 일로 아주 바쁘다는 걸 확인할 수 있었지. 한편 로스 티부로네스는 어떤 미술품 구매자와 모임이 있다며, 자기들이 잘 모르는 내용을 도와 달라고 그레그를 초대했어.

나탈리아와 세일라는 모든 이가 표시된 지점에 도착할 수 있도록 항해 지도를 베끼는 일을 맡았지.

그럼 난 뭘 했느냐고?

나더러는 잠자리에 들라고 하더라고.

밤 10시까지는 나에게 관심들이 없었어.

잘됐지.

72

배에서 나는 꼬르륵 소리가 오후 나절에 날 깨웠어.

두통이 좀 가셔서 한결 기분이 좋았지.

누군가 내 테라스에 왔다 간 게 분명했어. 소파 위에 은박지로 싼 샌드위치가 하나 놓여 있었거든. 분명히 세일라야. 그녀는 늘 이런 일을 잘 생각해 내거든.

세 입에 그걸 다 먹어 치우고 물 네 잔을 마셨어.

거울에 날 비춰 보니 불쌍해 보였어. 살면서 제일 커 보이는 귀에 영락없는 패자의 얼굴을 하고 있었거든.

"역겨워 죽겠네!" 난 중얼거렸어.

순전히 충동적으로 수영복 주머니에 있는 분홍 돌을 만지작거리며 나는 토비아스가 되길 원했어.

그래.

왜 그랬는지는 묻지 말아 줘.

나는 스스로가 더욱 한심해진 걸 알았어.

거울 속의 나를 봤어.

라스 메두사스의 유니폼을 입고, 이마를 덮은 머리는 제멋대로 헝클어져 있었어. 키가 컸고, 그렇게 늠름하지는 않지만 강하고 힘이 좋다고 느꼈어.

사실 그 순간에는 그 몸이 좋았어.

하지만 그게 더 화가 나서 난 다시 나로 돌아왔어.

하늘을 보고 해의 위치로 보아 오후 8시쯤 되었을 거라고 생각했지.

라나를 보러 가기에는 아직 시간이 있었어. 그런데 그녀에게 산소통을 부탁할 게 아니라면, 그리고 그녀가 날 싫어한다면 왜 가야 하는지 잘 모르겠더라고. 하지만 그녀를 만날 필요가 있었어.

아리엘의 매듭을 푸는 순간 아리엘의 충직함이 느껴졌어. 그게 나로 하여금 기운을 차리게 했고, 내가 누구고 왜 이렇게 사는지를 떠올려 줬지.

난 바다의 늑대였어.

여자애들은 별로 중요하지 않았지.

정말?

순풍이 불어서 얼마 걸리지 않아 도착했어. 그 시간에는 이미 가게 문을 닫는다는 걸 알았기 때문에 이번엔 마마 메두사의 눈에 띄지 않으려고 조심했지.

마르코스의 옥상으로 돌아가려면 빨리 움직여야 했어.

인사하고 조금만 더 있을 생각이었지.

라스 메두사스가 사는 곳에서 제일 멀리 떨어진 나루터 중 한 곳에 아리엘을 묶어 두고 내렸어. 어떻게 다른 사람들 몰래 라나를 불러낼 수 있을까 궁리하면서.

나는 가장 가까운 발코니로 다가갔어. 밧줄로 된 계단을 타고 올라가려는 순간 쉿! 하는 소리를 들었어.

라나가 옆 발코니에서 내다보고 있었어. 손에 책 한 권을 들고, 한 갈래로 길게 땋은 머리를 하고 있었지.

"네가 올 줄 알았어." 그녀가 너무나 자연스럽게 말했어.

나는 돌처럼 굳어 그녀를 바라보고 있었어. 화가 나 있는 건가, 아닌가.

"안녕." 난 어색하게 인사를 건넸어.

갑자기 무슨 말을 해야 할지, 어떻게 해야 할지 모르겠더라고.

"너, 괜찮아진 거야? 너도 알잖아, 술이라는 게……." 그녀는 책으로 나를 가리키면서 농담을 던지려 했어.

"그래, 난……. 미안해, 라나. 진심이야. 소란을 피워서 미안해."

그거야. 그게 내가 해야 할 말이었어.

축하해, 롭. 넌 신사가 될 수 있어.

난 스스로에게 박수를 보내고 싶었어.

"오늘 아침 일은 미안해. 너 때문에 끔찍한 밤을 보냈거든." 그녀도 사과했어. "난 아직도 등이 아파. 그리고 우리 엄마 결혼식 일에 대해 내내 생각해 봤어."

결혼식이라고 말하면서 그녀는 역겨운 표정을 지었어.

"난 화가 나 있었어……." 그녀가 털어놨어.

라나가 내게 용서를 구했어.

난 얼어붙었지.

"그런데 난 너에게 감사해야 해!" 그녀는 목소리를 조금 더 낮춰 말하고 옥상을 가리키며 웃었어. "히노에게 네가 뭐라고 했는지는 모르겠지만, 오늘 오전에 그가 와서는 우리 엄마와 소리를 지르며 싸우던데." 그녀가 참지 못하고 웃음을 터뜨렸어. "결국 그가 필요로 하는 잠수 장비를 빌려주시긴 했지만 그가 가고 나서도 엄마는 엄청 화가 나 있었어. 어쩌면 엄마가 고민해 보고 결혼을 취소할 수도 있을 것 같니?"

내가 이 정보들을 간추리는 데는 시간이 좀 걸렸어. 하지만 히노가 전날의 저녁 식사를 언급했다면 마마 메두사가 그를 상당히 괴롭혔을 거라는 건 짐작하기 쉬웠지. 한바탕 소동이 벌어졌을 거야.

히노, 왜 내 말을 안 듣고 입을 열었어? 내가 떠나오기 전에 좋은 조언을 해 줬잖아!

"그래, 어쩌면 잘 생각해 보시겠지……." 난 거짓말을 했어. 사실 그런 사소한 말다툼이 그 두 연인 사이의 위대한 사랑을 깨진 못할 테니까.

"라나, 엄마가 찾으셔!" 옥상에서 후디트가 소리쳤어.

내가 올려다보자 후디트는 손 인사를 하고 조용히 하라는 몸짓을 했어.

"안쪽 계단으로 올라간다고 말해!" 라나는 서둘러 답하고 내게 다시 왔어. "엄마가 널 보시지 않는 게 좋겠어."

"그래, 난 가야겠다." 내가 약간 긴장해서 대답했어. 마마 메두사와 더 나빠지고 싶진 않았으니까. "라나, 내일 세일라의 옥상에 아침 먹으러 들러." 난 깊이 생각지 않고 말했어.

"아침 먹으러?" 그녀가 의아해했어. 그 제안이 마음에 드는 것 같긴 했지만.

그리고 그날 밤 난 바보처럼 내 친구의 옥상에 갔어.

73

그 '잊힌 공장' 일은 성공적이었어.

값나가는 물건들을 옮기느라 이틀 밤이 걸렸고, 나머지 물건들을 건져 내느라 며칠이 더 걸렸지. 히노의 아이들은 자기들 일을 하느라 너무 바쁜 나머지 우리한테는 신경도 쓰지 않았어. 사실 그들은 4, 5일 동안은 알지도 못했던 것 같아. 우리는 그들이 쉬는 시간을 이용해 일을 했거든. 낮에 우리가 모두 잠을 잔 것이 그들로 하여금 의심을 품게 했던 것 같아.

공동체가 함께하는 일요일 점심시간에 히노는 우리를 배신자라고, 도둑처럼 숨어서 일한다고 비난했어. 아무도 그의 말을 진지하게 받아들이지 않았고 그도 논쟁에 그다지 관심을 보이지는 않았지만.

그 공장은 꿈을 현실로 이루어 줬어.

엔지니어들은 믿지 않았어. 엄청난 양의 물건이 완벽하게 포장되어 있었거든. 바다는 물건 겉면의 라벨만 부식시켰을 뿐이야.

"이게 문제가 될 거야." 라파가 주장했어. 그는 다른 사람들도 알기를 바랐어. 만족스러워하면서도 한편으로 심각한 일이 생길까 봐 계속 걱정했지. 우리가 물건들과 화학 제품을 착각할 수 있다고 말이야.

내 친구가 '화학 제품'이라고 말하는 걸 듣는 게 정말 좋았어.

아주 전문가다웠거든.

마르코스는 힘이 넘쳤어. 그가 그렇게 좋아하는 모습은 한 번도 본 적이 없어. 언제든 노래라도 부를 기세였지. 그런 그를 보는 게 참 좋았어.

그는 나탈리아가 거래를 중재해 준 것에 고맙다고 인사하고, 주요 고객인 엔지니어 마테오의 등을 두드려 주고, 클라우디아와 프란의 참여에 대해 거듭 축복의 말을 했어.

나에 대해서는 뭐든 떠받들기만 했지.

"네가 아팠던 것에 감사해!" 그가 활짝 웃는 얼굴로 날 안으며 말했어. "네가 이 공장을 발견했잖아!"

"나탈리아가 물속에서 오래 버틸 수 있어서, 그 덕분이지." 나는 우리에게 지도를 구해 준 사람이 니콜라스 가리도라는 걸 상기시켜 줬어.

사실은 아무래도 상관없었어. 마르코스는 모든 사람에게 감사했으니까. 우리에게 장비 대여료를 할인해 줬다고 오션스 웨이 사람들에게까지 친절하게 대해 줬는걸.

우린 관심 구역을 표시하고, 물속에서 서로를 볼 수 있게 엔지니어들의 수중 랜턴을 사용하고, 산소를 공유하고, 필요할 때는 서로 교대해 가면서 일했어. 완벽한 인간 사슬이었지. 고맙게도 중력은 우리 편이었어. 바다에서는 중력이 약해서 우리가 건질 수 있을 거라 생각한 제일 무거운 패널이나 기계를 들어 올리는 작업도 용이했거든. 더뎠지만 안전하게 일할 수 있었어.

클라우디아와 프란네 아이들도 모두 참여해서 기회만 주어지면 그들도 공동체에 큰 도움이 될 수 있다는 걸 보여 줬어. 그들은 맹수처럼 잠수해서 아무도 생각지 못한 틈새들로 들어갔어. 약해 보이는 외모와는 전혀 다른 모습으로 일하는 카르멘을 보는 것도 기뻤지.

그 애가 못이 가득한 플라스틱 상자들을 수면 위로 잘 옮기고 있는지 확인하느라 돌아봤을 때, 그때 받은 황당한 느낌이라니. 카르멘이 힘을 받도록 도와주는 것처럼, 작은 물고기들이 그 애를 둘러싸고 있는 걸 봤어. 그 애의 기를 북돋우며 그 애가 가는 길을 재빨리 오가는 물고기 무리에 둘러싸인 걸 보는 건 놀라운 일이었어.

니콜라스 가리도가 카메라를 가지고 거기 있었다면 꼬마 카르멘을 보고 기뻐했을 텐데.

하지만 우리가 갈비뼈가 부서지게 잠수하는 동안 니콜라스 가리도는 육지에서 잠을 자고 있었던 게 분명해.

그렇게도 원하는 분홍 돌 꿈을 꾸고 있었던 게 분명하다고.

히노의 아이들은 뭔가 찾아냈을까? 나는 속으로 분홍 돌이 뭔가를 찾도록 허락해 줄까 봐 초조하기도 했지만, 한편으로 그들이 뭔가를 찾도록 내버려 두지 않을 거라는 것도 느끼고 있었어.

새벽이면 물건으로 가득 찬 배들과 밤 동안의 피로를 안고 마르코스의 옥상으로 향할 때, 우리는 하늘이 물속에서 답을 찾던 별들을 품는 모습을 볼 수 있었어. 너무도 인상적인 광경이라서 우리는 침묵을 지켰어. 들리는 거라곤 뱃전에 부딪는 느린 파도 소리뿐.

그럴 때 난 니콜라스 가리도를 잊었고, 분홍 돌을 잊었어.

라나를 생각했지. 그녀가 거기서 일을 끝낸 후의 성취감을 느끼며 약속들로 가득한 광활한 하늘을 바라보면서 우리와 함께 있다면 얼마나 좋을까 하고. 그래도 세일라의 옥상에서 우리와 아침을 먹기 위해 빠져나온 그녀를 만날 거라는 기대에 기운이 솟았어.

마르코스는 이른 아침부터 그곳에서 그녀를 보는 걸 탐탁해하지 않았어. 내가 그 전날 초대한 아침 식사에 그녀가 왔을 때 말이야. 하지만 라나가 아무 말도 하지 않겠다고 약속했고, 그는 다시 불평하지 않았어. 솔직히 말하면 세일라도 그에게 너무 교양 없이 굴지 말라고 잔소리를 했을 거야.

세일라는 늘 일이 돌아가는 사정을 꿰고 있어. 그녀의 특기야.

"그리고 이게 너희가 손에 쥔 거구나." 내 이야기를 듣고 나서, 배에서 내려 나탈리아와 마르코스가 엔지니어들과 말다툼을 벌였던 그 물건들을 가리키며 라나가 말했어. "이게 한번 크게 성공해서 전문 사냥꾼이 되기 위한 마르코스의 계획이었어."

"그렇게 됐으면 좋겠어." 내가 대답했어. 왜냐하면 마르코스는 경력을 쌓을 만한 물건들 말고도 필요한 게 더 있었거든. 그는 사람들과 접촉하고 그들의 믿음을 얻을 필요가 있었어. "이제 그는 엔지니어들을 자기편으로 만들었어."

"그리고 더 어린 사냥꾼들도." 라나가 덧붙였어.

"그래, 그들은 아무도 진지하게 생각하지 않지만." 내가 카르멘을 바라보면서 불평했어. 그 애는 마르코스의 아이들 앞에서 뽐내면서 초콜릿과 함께 빵 한 조각을 먹고 있었어.

"그럼 잘못한 거네." 라나는 확신에 찬 눈빛으로 날 봤어. "그 애들은 미래가 있는 사냥꾼들이야. 우리 모두가 더 신경을 쓰고 잘 가르쳐야 해. 그 애들이 최고가 되어서 우리 마을이 번창하도록 말이야."

그녀는 날 기죽게 만들었어.

어떤 여자애가 좋아서, 그녀를 보는 것만으로도 세상이 멈추는 것 같은 그런 순간을 넌 아니?

바로 그 순간이었어.

세상을 멈추게 했던 그 여자애가 말을 걸고, 내게 수많은 걸 가르쳐 줄 수 있다는 걸 보여 주는 순간을 알아?

그러니까 난 바로 그런 순간을 경험하고 있었던 거야. 라나가 어찌나 똑똑해 보이던지!

그녀를 위해 현판을 걸거나, 길을 만들거나, 도서관을 세우거나, 분수대를 사거나, 축구의 골을 바칠 수도 있을 것 같았어.

"마마 메두사가 소리를 더 질렀어?" 한창 라나에게 빠진 나를 방해하면서 카르멘이 물었어.

라나는 웃었고, 인류의 구원자이자 미래의 보호자 같던 표정은 사라지고 무서운 공모자의 얼굴로 변해 버렸어.

"어제 너도 그 소리 들었어, 카르멘?" 우리 사이에 앉기로 결심한 카르멘에게 라나가 물었어.

"그럼." 카르멘이 딱 잘라 말했어. "내가 당신들을 감시하고 있었거든요." 히노의 얼굴이 빨개졌어. 폭발 직전이었지.

라나는 웃음을 참지 못했어.

그녀의 얼굴을 조각상으로 만들고 싶은 마음이 갑자기 사라졌어.

솔직히 고백하건대, 마마 메두사가 안쓰러웠어.

그리고 히노도.

그건 그가 내게 입을 맞춘 것과는 아무 상관이 없어!

"그러길 바라. 두 사람이 불이 붙어서 결혼하고, 다른 사람들을 결혼시킬 생각이 없어지기를." 한바탕 웃고 나서 라나가 말했어.

나는 토비아스를 생각하며 눈살을 찌푸렸고, 마마 메두사를 향한 연민은 사라졌어.

"결혼은 사람들을 행복하게 해." 내게 기대어 의미심장하게 내 다리를 툭툭 치면서 카르멘이 단정적으로 말했어. "행복하다는 건 아름다운 거야." 그 애는 분명하게 내게 윙크하고 날 바라보면서 계속해서 말했어.

"이런, 카르멘!" 라나가 놀라 웃었어. 그사이 나는 일곱 살 먹은 어린애가 날 유혹하려는 건지 알아내려 애썼지. "너 사랑에 빠진 것 같구나."

"응! 라나 언니만 그런 건 아닐 거야." 그 꼬마 여자애가 라나의 말에 도전적으로 대꾸했어.

내 운명이 어쩌다 이렇게 바뀌었지?

난 정말 여자 복이 없나 봐. 히노와 낭만적인 저녁 식사를 하더니 이젠 코흘리개의 백마 탄 왕자가 될 건가 봐.

어쨌거나, 내 운명이 나아지기를.

74

앞서 말했듯이, 일요일 점심 식사 도중에 히노는 어딘가 화난 사람처럼 보였어.

아무도 그에게 진심으로 관심을 보이지 않았던 건 분명해. 그래도 그는 전혀 불평할 처지가 아니었어. 그가 먼저 우리 사냥을 방해하려고 아이들을 보냈잖아.

그래서 마르코스가 그에게 말했어.

"롤로와 브루노가 내 뒤를 쫓지 못하게 하라고." 마르코스가 정면으로 찌르자 히노가 투덜댔어.

"네 뒤를 쫓는 애들을 나더러 어쩌라는 거야?" 뜨끔한 히노는 오히려 화를 냈어. "돌아다니도록 내버려 뒀더니 나한테 하는 짓 좀 봐라!"

"그만해, 히노." 볼로네제 파스타를 씹느라 한쪽 볼이 볼록해진 앙헬리나가 그를 진정시켰어. "일요일엔 일 이야기 하지 않기로 한 거 너도 알잖아."

그건 우리가 여전히 지키는 가브리엘의 원칙이었어. 일요일은 가족과 공동체 이야기만 할 것. 그러지 않으면 점심 약속을 계속할 수 없었어.

가엾은 히노. 그는 완전히 꼬리를 내려야 했지.

수상 오토바이 소리가 들릴 때마다 그는 기대에 차서 고개를 들었어. 엄마가 벌을 면해 주기를 바라는 아이처럼.

그런데 오토바이로 처음 도착한 사람은 아란차였어. 채소를 넣은 소고기 스튜를 가져와서 거기 모인 모든 사람을 기쁘게 했지. 로스 티부로네스를 대표해서 마르코스와 나탈리아에게 크게 한 건 한 것을 축하하며 인사를 건넸어. 그녀가 그들에게 전문가가 되는 방법에 대해 조언해 주었고, 그들이 나눈 대화에 대해 루케나 라얀 그 누구에게도 말하지 않겠다고 약속했다는 걸 난 알고 있었어.

아란차는 그런 사람이야. 정말 일관성 있는 사람, 절대 잘난 척 하지 않는 사람.

두 번째 오토바이는 라나와 후디트가 타고 온 거였어. 그들은 케이크를 가져왔어. 그런데 마마 메두사는 함께 오지 않았지.

히노의 얼굴을 상상해 보렴.

그는 그녀들에게 엄마에 대해 물어보려고 다가가기까지 했어.

"당신이 무슨 상관인데요, 히노?" 라나가 말했어. 난 좀 부끄러 웠어.

"아아, 공동체를 위해서, 공동체를 위해서 물어보는 거지……." 불쌍한 히노가 어깨를 움츠리며 답했어.

언니가 케이크를 탁자 위에 놓는 사이에 후디트가 히노에게 다가갔어. 나는 그녀가 그에게 하는 말을 모조리 다 들었어.

"장미가 참 아름다워요, 히노." 그리고 후디트는 애정을 담아 그의 팔을 살짝 건드리고서 언니에게 들키지 않으려고 금세 멀어졌어.

라나는 세일라, 그레그와 대화를 나누면서 네가 뭘 알겠느냐는 듯 내게 웃어 보였어.

라나와 함께 가려고 막 일어서는데 카르멘이 내 목에 매달렸어.

"그거 알아, 롭?" 새끼 원숭이처럼 내게 기어오르면서 카르멘이 말을 꺼냈어. "라나처럼 나쁜 사람들은 히노처럼 다른 사람들이 실연당하면 슬퍼하지 않아."

난 그 아이한테 너무 놀랐어.

무슨 레이다나 육감 같은 거라도 가진 거야?

"라나는 나쁘지 않아, 카르멘." 내 목을 감은 손을 풀어 그 애를 바닥에 내려놓으며 내가 타일렀어.

"넌 착해, 롭." 그 애가 다시 날 바라보며 말했어. "넌 완벽한 사람일 거라고 난 믿어."

그러고는 겨우 프렌치프라이 때문에 가 버리더군.

그 애는 정말 날 꼼짝 못 하게 만들었어.

난 다시 히노를 봤어. 혼자만 재미있어하며 이야기를 들려주는 빌리 옆에 앉아 구석에서 고개를 떨구고 있는 히노를.

라나는 내 친구들과 대화를 나누면서 내게 둘만 아는 웃음을 지어 보였어.

못 돼먹은 카르멘. 난 뭔가를 해야 했어.

75

"아란차, 네 오토바이 잠깐 빌려줄래? 우리 옥상에 좀 가 봐야겠어." 아란차가 마르코스, 나탈리아와 이야기 나누는 걸 내가 끊었어. "가스레인지 불을 켜 두고 온 것 같아."

"너 가스레인지 없잖아, 룹." 마르코스가 눈살을 찌푸리며 의아해했어. "앉아서 이 얘기 들어 봐. 너와도 상관있는 얘기야."

"작은 가스레인지 있단 말이야." 난 집요하게 다시 말했어.

"가스레인지를 켜 놓고 그걸 몰랐단 말이야?" 나탈리아는 늘 그리듯 지기 오빠를 무시하고 날 나무라며 끼어들었어.

그때 다른 오토바이 소리가 들렸어. 그리고 나는 히노와 마찬가지로 초조해하며 고개를 드는 나탈리아를 봤지. 그녀는 이제 내 존재는 잊어버렸어.

토비아스였어. 맥주를 몇 병 가져왔더군.

"금방 올게." 나탈리아가 자리에서 벌떡 일어났어.

"그러니까 내게 오토바이 빌려주는 거야?" 막간을 이용해 난 아란차에게 다시 물었어.

토비아스가 여기 있을 거라면 상세한 것까지 하나도 놓치고 싶지 않았어.

난 되도록 빨리 갔다가 돌아와야 했지.

"그럼, 롭." 마르코스가 미처 대답하기 전에 아란차가 웃었어. "널 위해서라면 내가 뭐든 하리라는 거 알잖아, 자기야."

"우리 사랑은 이루어질 수 없어." 난 약간 삐기면서 열쇠를 집으며 웃었어.

아란차가 너무 크게 웃는 바람에 라나가 우리 쪽을 향해 몸을 돌렸어. 그것도 하필 아란차가 어서 가라며 내 엉덩이를 두드릴 때 말이야.

"요즘 내 엉덩이에 자석이라도 붙은 거야?"

난 놀라서 무안한 표정을 지었어. 그렇게 엉덩이를 맞는 게 전혀 좋지 않다는 걸 라나가 알아줬으면 해서. 그리고 그녀에게 열쇠를 보여 주고 '이따가 봐.'라는 몸짓을 하려 했지만, 라나는 얼굴이 나보다 더 빨개져서 번개처럼 몸을 돌려 버렸어.

해결할 문제가 산더미군!

나는 나루터로 뛰어내렸어. 토비아스가 거기에 오토바이를 세우는 동안 나탈리아가 허공을 바라보고 있었지.

"금방 올게." 난 불편한 마음으로 인사하고 아란차 오토바이의 시동을 걸었어.

허비할 시간이 없었어.

카르멘 말이 맞았어. 똑바로 해야 해.

내가 가 버린 사이에 라나가 토비아스랑 있다 할지라도.

마르코스가 내가 남길 원한다 할지라도.

히노와 마마 메두사 사이에서 내가 마마 메두사를 화나게 했으니 그걸 해결해야 했어.

라스 메두사스 건물에 가까이 가서 오토바이를 멈추고, 주머니 속의 분홍 돌을 잡았어.

누가 뒤따라오지 않는지 확인하기 위해 주변을 살폈어.

"내가 히노라면 좋을 텐데." 난 속삭였어. 그러고서 움직이려는데, 내 배가 불러 오고, 손에는 털이 수북해지고, 갖춰 입은 신사복 안의 몸이 점점 더 무거워지고 땀에 젖는 걸 느꼈어.

완벽해. 난 바다의 바람둥이와 아주 똑같은 옷을 입고 있었어.

제발 이 미친 짓이 잘되어야 할 텐데! 그녀를 더 이상 짜증 나게 하지 말아야 할 텐데!

76

"자기야?" 히노가 옥상에서 날 맞이했을 때의 억양을 애써 흉내 내며 내가 불렀어.

그런 내 말소리를 듣는 것만으로도 닭살이 돋았어. 난 라스 메두사스 옥상의 밧줄로 된 계단 옆에 우두커니 서 있었어. 너무도 불편한 배를 안고, 행운의 정장을 입고 올라와 땀으로 목욕을 한 채.

넥타이로 이마를 닦고 좀 더 큰 소리로 다시 불렀어.

"자기야?"

해안에는 개미 새끼 한 마리 없었어.

라나와 후디트는 가브리엘의 옥상에 있었고, 토비아스까지 내 앞길을 터 줬으니까. 난 잽싸게 마마 메두사에게 용서를 구하고 줄행랑을 쳐야 했어.

히노가 일이 잘돼 간다고 믿게 만들 방법은 이제 생각해 봐야지.

만약 필요하다면 롤로, 브루노와 얘기해 볼 거야.

그래, 나도 점점 미쳐 가고 있는 것 같아.

"거기 서서 뭐 하는 거야?" 마마 메두사의 저음에 난 깜짝 놀랐어.

그녀는 산더미처럼 쌓아 올린 가구들 뒤에서 나타나 나를 마치 그 일대에서 가장 거칠고 촌스러운 남자라도 되는 것처럼 바라봤어. 내 생각엔 사실이 그랬지만.

"자기야, 우리 얘기 좀 해." 난 약간 겁에 질려 조그만 소리로 말했어.

사실 한 발짝도 내디딜 엄두가 나지 않았지.

맹세컨대 그 여자는 정말 무섭다니까.

"너랑 얘길 하자고?" 마마 메두사는 거드름을 피웠어. "웃기고 있네! 살려 주세요!"

"하지만 날 용서해 줘야지, 자기야." 난 떨면서 앞으로 한 걸음 내디디면서 반격했어. "모든 게 실수였어. 내 잘못이야. 난 가여운 놈이야! 보잘것없는 놈이라고! 난 자기에게 어울리지 않아! 자긴 날 용서해야 해!"

이게 그냥 저절로 나오더라고. 어디서 읽었는지는 나도 몰라.

"물론 넌 가여운 놈이지!" 그녀가 으스대며 말했어.

만만치 않은 여자야.

생각을 해 봐, 롭. 빨리 생각을 해.

나는 무릎을 꿇었어.

"*우리의 가슴 아픈 사연이*" 난 마치 평생을 그래 왔던 것처럼 시를 읊기 시작했어. "*한 권의 책으로 쓰여서*" 난 계속했어, 한 손은 그 여자를 향해 들어 올리고 다른 한 손은 내 가슴에 얹고서. 나의 연인 대신 그 여자에게 베케르(Gustavo A. Bécquer, 1836~70. 스페인의 낭만주의 시인)의 시를 낭송해 주고 있는 스스로를 저주하면서. "*그 페이지에서 바래고 우리의 영혼에서도 지워진다 해도……*" 나는 극적이고 거짓된 슬픔을 고백했어. "*나는 그대를 그만큼 더 사랑합니다!*" 나는 일어서서 마마 메두사를 향해 다가가면서 소리쳤어. 그 여자는 돌처럼 굳어 날 바라보고 있었지. "*그대의 사랑은 내 가슴속에 너무도 깊은 흔적을 남겨…… 그대가 하나를 지우면 나는 모든 것을 지우게 되었답니다!*"

그 순간에 감동을 더하기 위해 나는 그 여자의 한 손을 잡고 강렬한 눈빛으로 그 여자의 눈을 바라봤어.

라나가 자기 엄마의 눈을 닮았다는 생각에 집중했어.

그리고 마마 메두사가 넓은 가슴을 가졌다는 것에도. 그런데 그 여자는 왜 그 모든 걸 고함과 절대 권력으로 감추는 걸까 자문했지.

"아, 히노……." 갑자기 스르르 녹아 버린 그 여자가 내가 읊은 시에 토씨 하나도 달 수 없다는 듯이 말했어.

좋아, 됐어.

역겨운 키스를 다시 받고 싶지 않다면 난 도망쳐야 했어.

"수요일에 나와 저녁 식사 같이 해." 난 그 여자의 손에 입을 맞추고 계단 쪽으로 물러나면서 주도권을 잡았어. "우린 모든 걸 해결하게 될 거야, 자기야. 내게 기회를 줘."

마마 메두사는 내가 입을 맞췄던 손을 가슴에 갖다 대며 동의를 표했어.

내가 좋아하는 여자애한테는 왜 이런 성공을 거두지 못할까.

77

그건 어쩌면 라나가 진짜 겁쟁이라서 그럴지도 몰라.

78

진짜 가엾은 겁쟁이라서.

79

가브리엘의 옥상으로 돌아와서 루케와 얘기하고 있는 아란차에게 열쇠를 돌려줬어. 그녀에게 고마움을 전하고, 루케가 기분 나쁜 얼굴로 내가 그녀의 오토바이로 무슨 짓을 했느냐고 아란차에게 묻는 사이에 난 빠졌어.

계속해서 이야기를 나누고 있던 라나와 세일라에게로 갔어.

라나가 긴장해 있다는 걸 눈치챘지.

"그래, 롭." 내게 작은 의자를 내주면서 세일라가 기뻐했어. "네가 다시 오니 정말 좋다."

나는 고마워서 웃으며 한쪽 머리칼을 쓸어 올렸어.

"급한 일이 있어서 집에 갔다 와야 했어." 난 모호하게 말했어.

라나는 아무 말도 하지 않았어.

모여 있는 사람들을 보고 나는 토비아스가 사라졌다는 걸 알아차렸지.

운이 좋았어. 라나가 세일라랑 있었다면 토비아스와는 아무 이야기도 하지 않았을 테니까.

둘이 온종일 함께 있었다고 해도 그게 나랑 무슨 상관인지 모르겠지만. 마마 메두사와의 일이 성공한 게 나 스스로를 능력 있는 사람으로 느끼게 만들었나 봐.

라틴계 연인.

아니면 그 비슷한 것.

"그런데 토비아스는?" 난 거리낌 없이 물었어. "여기선 안 보이네."

"그런데 아란차는? 너한테 오토바이 빌려줬어?" 예민해진 라나가 관심을 보였어.

"에이, 호세, 동생에게 그러지 마!" 세일라가 벌떡 일어나 애들에게 다가가면서 소리쳤어. 애들은 한쪽 구석에서 평온하게 색칠을 하고 있었는데 말이야.

폭탄이 터지기 전에 도망친 거지.

라나와 나는 입을 꼭 다물고 있었어.

그러고 있는 게 히노가 되는 것보다 더 불편하다는 바보 같은 생각이 별안간 들었어.

"제인 오스틴의 책은 다 읽었니?" 다른 이야기로 냉랭한 분위기를 깨뜨려 보려고 아무것도 모르는 순진한 말투로 내가 물었어. "혹시 내게 빌려줄 수 있나 해서."

라나는 잠시 망설이는 것처럼 보였어.

그러더니 그녀의 투명한 눈빛이 내게로 와서 꽂혔어.

그녀의 엄마와 똑같은 두 눈이.

그래서 난 그녀에게 다른 시를 낭송해 줘야 하나 생각했지.

"다 읽었어, 롭." 그녀가 물러서며 말했어. 그러고는 웃는 것 같았지.

"넌 어쩌면 엘리자베스에게 감정 이입을 하며 읽어야 할 것 같은데.”

“그 책 가지러 내가 들러도 돼? 『레미제라블』 거의 다 읽었거든.” 내가 기뻐하며 말했어. 대화는 그럭저럭 괜찮았어.

모든 게 성공적일 수 있었는데.

엘 풀포 데 트레스 파타스는 마르코스에게.

마마 메두사와 히노의 결혼.

나와 사랑에 빠진 라나.

“롭! 어디 있었던 거야?” 카르멘이 다시 우리를 방해했어.

이런 참견쟁이 꼬마 같으니라고!

“여기저기 찾아다녔단 말이야.” 그 애가 라나를 살짝 떼어 놓고 스스럼없이 내 무릎 위에 앉으며 말했어. “그레그가 놀라운 바다의 마법 얘기 해 줬는데, 너한테도 해 줄까?”

클라우디아가 안쓰러운 표정으로 다가와 동료애를 가지고 라나를 안아 줬어.

“롭, 얘가 여자들을 속 끓이게 만드네. 그렇지, 라나?” 그녀가 농담을 했어. 라나는 얼굴을 붉히고 팔꿈치로 그녀를 쿡쿡 찔렀고.

카르멘은 잠시 그녀들이 바보라도 되는 것처럼 바라보고 있었어.

너무나 단순하고 명확한 사실이라는 듯이.

그러고는 혀로 작은 소리를 내더니 나를 향해 몸을 돌렸어.

“얘기해 줘, 말아?”

난 여자애들과 함께 웃지 않을 수 없었어.

80

그 후에도 카르멘에게서 벗어나기는 정말 힘들었어.

그 성가신 꼬마는 내 그림자로 변해서 내가 라나를 보러 갈 때마다, 아니면 최악의 경우에는 내가 히노와 이야기를 나누려고 브루노나 롤로로 변신해서 수요일 저녁 식사 약속을 알려 주러 갈 때에도 거기 있었어, 너무도 뻔뻔하게.

그 애는 허공에서 불쑥 나타났어. 맹세할 수 있어.

결국 난 그 애가 날 찾아내는 마법 레이다나 육감 같은 걸 갖고 있다고 생각하게 됐어. 내가 아리엘을 타고 있든 어디로 헤엄쳐 가려 하든 상관없었어. 미처 생각지도 못한 순간에 검은 머리에 변덕스러운 눈빛의 그 애가 모습을 드러냈거든.

난 혼비백산했지.

하마터면 그 애 앞에서 변신할 뻔했어.

브루노와 롤로는 다시 마르코스와 나탈리아의 뒤를 쫓아다녔고, 잠수하지 않을 때에도 그들과 함께 다녔어. 관광객들을 응대하고 엔지니어를 방문하고 고미술상을 만날 때도 따라다녔지.

나는 그런 순간들을 틈타 도망쳐 나와서 그들 중의 한 사람으로 변신해 히노에게 마마 메두사가 그와 저녁 먹기를 원한다고 이야기해 주려 했지만, 어떻게 해 볼 수가 없었어. 한밤중에 내 옥상에서 빠져나오려 할 때마저 별것도 아닌 메시지를 가지고 그 코흘리

개가 나타났거든!

"클라우디아가 늘 도와줘서 고맙다고 전하래."

아니면

"안녕, 롭? 난 수영하고 있어." 같은 거 말이야.

결국 난 마르코스와 나탈리아가 침수된 마을에서 성장했다는 어느 관광객과 사냥을 흥정하는 동안 진짜로 브루노에게 가는 수밖에 없었어. 브루노는 옛날 장난감들이 들어 있는 상자를 되찾고 싶어 했던 것 같아.

롤로는 내가 이 저주받은 우주를 지배하는 모든 규칙을 위반하기라도 한 것처럼 날 바라봤어.

"어이." 나는 브루노에게 가까이 오라고 손짓했어.

롤로 대신 왜 그를 선택했는지는 모르겠어. 그가 좀 더 빈틈없는 사람처럼 보여서였을 거야.

브루노는 페달보트를 접근시켰고 난 아리엘을 그들에게 바짝 댔어.

"나한테 마마 메두사와 히노가 화해하게 만들 계획이 있어." 느닷없이 내가 말했어.

"네가 히노에 대해 대체 뭘 아는데, 바보 녀석아?" 롤로가 듣기 싫은 비음으로 들이댔어.

"입 다물어, 롤로." 브루노가 그의 가슴을 한 대 치면서 저지했어. "대장의 행복이 최우선이야."

나는 그 말을 듣고 너무 놀라서 가여운 그들에게 정말 동정심을 느꼈어.

"히노와 마마 메두사에 대해 넌 뭘 아는데?" 흥미를 보이며 브루노가 물었어.

난 그에게 거짓말을 했어.

그것도 환상적인 거짓말을.

그에게 나는 라나가 내 여자 친구라고, 그래서 히노와 마마 메두사가 싸웠다는 얘기를 그녀가 내게 해 줬고, 걱정하면서 나와 함께 그들을 화해시킬 계획을 짜느라 머리를 굴리고 있다고 말했어.

그래, 내가 한 거짓말 중 최고는 내가 라나의 남자 친구라는 거였어.

큰 소리로 그 말을 하면서 그 소리가 믿을 수 없을 만큼 듣기 좋다고 생각했지.

그리고 그들은 그걸 받아들였어.

그러니까, 거의 그랬다는 거야.

"그런데 라나는 토비아스랑 결혼할 거 아니야?" 롤로가 다시 끼어들었어. 이번엔 한 대 패 주고 싶었지.

"그래서 계획이 뭔데?" 브루노가 동료의 말을 귀넘어듣고 나를 물고 늘어졌어.

"마마 메두사가 수요일에 저녁 식사를 함께 하고 싶어 한다고 히노에게 말하는 거야. 화해하는 의미에서 말이야. 그런데 그녀는 냉정하게 굴 거야." 난 재빨리 말을 바꾸어 즉석에서 이야기를 지어냈어. "마마 메두사는 그게 히노의 생각이라고 믿고 있거든. 그러니까 히노는 그녀에게 낭송해 줄 사랑의 시를 몇 편 배워야 해."

"사랑의 시?" 롤로가 바보 같은 웃음을 지으며 비웃었어.

"넌 목석 같은 놈이야, 롤로!" 브루노가 그를 나무랐어. "넌 가슴이 바닷가재보다 더 딱딱해."

롤로는 계속해서 웃었지만 브루노는 내 계획에 집중했어.

"사랑의 시는 어디서 구하지?" 그가 걱정하며 물었어.

"세일라에게 책이 엄청 많아. 그녀에게 부탁하면……."

"우리한테는 책을 빌려주지 않을 거야. 우리가 그녀 남편을 괴롭히니까." 브루노가 솔직하게 인정했어.

"배신자 같으니라고!" 동료가 보여 준 친절이 부끄러운 듯 이번엔 롤로가 고쳐 말했어. "그건 히노가 명령한 거잖아!"

"하지만 히노의 행복이 가장 중요하잖아." 브루노가 주장했어. "그에게 시 이야기는 전할게." 그가 내 쪽으로 몸을 돌리며 분명하게 말했어. "고마워, 롭. 넌 좋은 놈이야."

"라나나 내 이야기는 꺼낼 생각도 하지 마!" 그 덩치만 크고 쓸모없는 인간 때문에 마음 약해지지 않으려고 애쓰면서 내가 경고했어.

"너희를 좀 봐주도록 해 볼게." 얼굴을 살짝 붉히면서 브루노가 말했어. "잘 모르겠지만…… 너희가 우리를 따돌릴 수 있게 우리가 좀 나중에 나타날 수도 있어."

브루노가 하는 말이 마음에 와닿았어.

망할 놈들.

"너도 좋은 놈이야, 브루노." 난 전적으로 인정해야 했어.

롤로가 놀라서 눈을 굴렸어.

"바다가 모든 걸 다 삼켜 버리기 전에 우리 엄마가 날 잘 가르치신 거야." 브루노가 자랑스러워하며 말했어.

난 웃었어.

누가 참을 수 있었겠어?

그래, 롤로는 참았지.

그는 다른 데만 보고 있었어. 그리고 날카롭게 한마디 했지.

"바보 같은 짓들이야……."

81

수요일 아침 상당히 일찍 호세가 우리 옥상에 나타났어.

마르코스가 보내서 헤엄쳐 왔다는데, 혹시 지칠까 봐 손목에 작은 코르크 조각을 묶고 있었어.

"훈련하고 있어요." 호세가 말했어. 나는 그가 옥상에 올라오는 걸 도와준 뒤 아침을 차려 줬어. "우리 아빠만큼 훌륭한 보물 사냥꾼이 되고 싶거든요." 그는 확신에 차 있었어. "아니면 우리 고모 나탈리아처럼요."

나는 마르고 어린 그의 몸을 보고 내가 출동하던 초창기에도 그와 똑같이 젖은 새 같은 모습이었을 거라고 생각했어. 늘 책을 가지고 틀어박혀 있거나 엄마 치마폭만 잡고 다니던 호세가 보물 사냥에 특별한 흥미를 느끼리라고는 한 번도 생각해 본 적이 없었어. 그가 엔지니어로 성공하느냐 아니면 세일라의 뒤를 이어 우리 옥상의 선생이 되느냐를 두고 내기하기도 했지.

철물점을 한 번 털어서 얻은 수확 가운데 내게 떨어진 한 사람 몫의 바나나와 오렌지를 먹는 동안 우리는 잠시 입을 다물고 있었어.

사실 난 한동안 음식 걱정은 하지 않아도 됐어. 옥상에 이웃들과 맞바꿀만 한 상당한 양의 잡동사니를 갖고 있었으니까. 언제든 필요한 단순한 물건들, 그러니까 천막과 단열재를 만드는 데 안성맞춤인 플라스틱 전선이나 녹슬지 않는 사슬, 망치, 밝은색 방수포 같은 것들 말이야. 내겐 더 이상 필요 없는 것들이었어.

그 사실이 마르코스를 예민하게 만들긴 했지만.

"우리 아빠가 내가 문어가 되는 걸 허락하실 것 같아요?" 내 생각을 방해하며 호세가 물었어.

"문어?

"알잖아요." 그가 상기되어 머리를 긁적였어. "엘 풀포 데 트레스 파타스."

분명히 마르코스는 생각도 못 했을 거야. 그가 보기에 아들은 전문적인 사냥에 뛰어들기에는 아직 너무 어리겠지. 다른 종류의 사냥이라면 또 어떨지 모르지만. 마르코스는 자식들을 굉장히 보호하고 그들과 함께 할 수 있는 사업을 창업하기를 원했지만 아직은 그들을 끌어들일 마음이 없었어.

"어쩌면 클라우디아와 프란이랑 먼저 시작해 볼 수 있을 거야." 난 대답했어. 그와 키가 비슷한 사냥꾼들과 실전을 해 보는 게 좋을 거라고 생각했거든. "너도 나가서 좀 자유롭게……. 너도 알잖아."

호세는 찌푸린 얼굴로 입을 다물고 있었어.

속으로 무슨 생각을 하고 있었는지 모르지.

"그럴 수도 있겠네." 그리고 활짝 웃으며 날 봤어. 승리를 거머쥔 아이처럼 웃었지. "아침 고마워요! 점심시간에 봐요!"

그러고는 내가 뭐라 할 시간도 주지 않고 가미카제처럼 물속으로 뛰어들었어.

난 마르코스가 자기 아들에게 그런 아이디어를 줬다고 날 죽이지 않기만 바랐어.

82

"어때 보여?"

마르코스는 가슴에 보라색 문어 그림이 있는 형광 초록색 티셔츠 하나를 내 앞에서 들어 올렸어. 그림 아래에 분명하게 쓰여 있었어. '엘 풀포 데 트레스 파타스. 전문 사냥꾼들.'

"이건 어디서 났어?" 나는 깜짝 놀라서 테이블 위의 셔츠 한 장을 집어 들고 살펴봤어.

"'잊힌 공장'에서 찾아낸 물건의 영업을 시작하기 전에 마르코스가 주문했어." 그 티셔츠 때문에 내가 생각을 바꿀지 보려는 듯 나탈리아는 호기심 가득한 눈빛으로 나를 살피며 설명했어. "오늘 아침에 토니와 앙헬리나네에서 바로 가져왔어."

"내가 다 잘될 줄 알았지!" 새 셔츠를 입어 보려고 입고 있던 흰 셔츠를 벗으면서 마르코스가 굉장히 좋아하며 웃었어. "기가 막히게 잘 어울리지? 네가 보기엔 어때, 롭?"

"아주 예뻐요." 난 솔직하게 대답했어. 상당히 맘에 들었거든.

"다큐멘터리를 찍는 동안 입을 생각이야." 그가 우쭐해서 설명했어. "알잖아, 광고도 좀 하고……."

내 친구는 최고의 미소를 지으며 엄지를 척 들어 올리고 날 봤어.

나는 무슨 말이라도 해야 한다고 생각했어.

아니면 기회가 없을 것 같았어.

내가 그의 사업에 별 흥미가 없다는 걸 받아들이는 게 왜 그렇게 힘들지?

"다큐를 위해서 너도 티셔츠 입을 거지, 그렇지, 롭?" 아무렇지 않게 밝은 어조로 나탈리아가 막아 줬어. "우릴 도우려면……."

"그럼!" 날 구해 준 그녀에게 고마워하며 내가 말했어. "당연하지!"

"좋아!" 넘치는 동료애로 날 껴안으며 마르코스가 기뻐했어. "지금부터 우리 인생이 완전히 바뀌는 걸 보게 될 거야. 두고 봐!"

나탈리아가 아주 날카로운 시선으로 나를 봤어. 내가 언젠가는 마르코스에게 거절할 것을 꿰뚫어 보기라도 하는 듯했지. 둘 중 누구도 그 시기는 알지 못했지만.

마르코스가 너무 좋아해서 쉽지 않았지만, 계속해서 그 일에 대해 이야기하는 걸 피하려고 세일라가 점심을 먹자고 했어. 그래서 아이들과 나는 내내 그녀가 식사 준비하는 걸 도왔어.

식탁에 냅킨과 컵을 놓느라고 오가는 동안 나는 나탈리아가 자기 오빠에게 작게 잔소리를 늘어놓는 걸 들었어. 그녀는 몇 차례나 그의 말이 옳지 않다고 부정하면서 고개를 가로저었어.

난 나탈리아가 하는 두세 마디 말만 알아들었어.

"그 애가 자기 삶을 선택하게 내버려 둬."

"라나와 함께 일하고 싶어 할지도 몰라."

"롭이 그 정도로 만족한다면……."

마르코스는 구제 불능이었어. 그러니 그에게 너무 신경 쓰지 않는 게 최선이었지.

우리가 식탁에 앉아 있는 동안에 호세가 왔어.

"슬슬 걱정되기 시작하는 참이었는데!" 앉기 전에 물기를 닦으라고 그에게 수건을 건네며 세일라가 나무랐어.

그의 벌건 얼굴에선 빛이 났어. 수영을 한 뒤여서 가쁜 숨을 쉬느라 가슴은 놀란 새처럼 위아래로 움직였지. 그의 터질 듯한 웃음에 우린 전염되고 말았어.

"오늘은 수영을 엄청 많이 했어요." 모두에게 그렇게 말하고 호세는 내 쪽으로 몸을 돌려 윙크했어.

분명히 클라우디아와 프란을 만나러 갔었을 거야. 표정을 보니 그 무리가 호세를 받아 준 것 같았어. 그와 관련된 이야기는 하나도 하지 않았지만.

"수영하면서 카르멘 봤니?" 내가 물었어. 오전 내내 내 옆에 붙어 있지 않은 게 이상했거든. 혹시 무슨 일이 있나 좀 걱정스러웠어.

호세는 고개를 가로저었어.

"여자 친구가 걱정돼요?" 마르코스의 가운데 딸인 루시아가 놀렸어.

나는 대답 대신 그 애에게 혀를 내밀었고, 그 애는 내게서 치즈 한 조각을 뺏으려고 내 머리카락을 잡아당겼어.

"식탁 예절 좀 지켜!" 세일라가 그 애를 나무라며 불평했어. 하지만 마르코스가 웃어서 별 도움이 되지 못했지. "그건 그렇고, 롭, 어제 여기 누가 왔는지 아니?"

"아, 맞아!" 나탈리아가 자기 이마를 한 대 툭 치며 웃었어. "너에게 얘기해 준다는 걸 까먹었네!"

나는 영문을 몰라서 그들을 쳐다봤어.

"롤로와 브루노!" 마르코스가 식탁을 치면서 웃었어.

"그 애들이 뭘 원했는지 모르지?"

"시." 내가 약간 기습적으로 대답했어. 어차피 내 아이디어였으니까.

모두들 돌처럼 굳어 버렸어. 그러다 세일라가 너무 좋아하며 웃음을 터뜨렸지.

"너나 되니까 그랬지." 그녀가 즐거워하며 확인했어. "살리나스(Pedro Salinas, 1891~1951. 스페인 시인)와 사비네스(Jaime Sabines, 1926~99. 멕시코 현대 시인)를 빌려줬는데, 네 생각엔 어때?"

"그 애들한테 시집 구하러 우리 옥상에 가라고 한 건 왜 그런 건데?" 마르코스가 약간 귀찮아하는 한편으로 궁금해했어.

그걸 어떻게 설명한다지? 히노와 마마 메두사가 화해하도록 내가 중재하는 거라고 어떻게 말하지? 그 두 사람의 결합은 나머지 모두를 위험에 처하게 할 텐데.

이런 일을 말하는 방법은 오직 하나야.

분명하게 말하는 것.

난 두 사람의 화해를 위한 저녁 식사에 대한 내 아이디어를 에두르지 않고 밝혔어.

"너 미쳤구나!" 마르코스는 딱딱한 빵 조각을 내게 던지며 한숨을 쉬었어.

"아주 잘했어." 세일라가 다독이듯 내 다리에 한 손을 얹으며 잘라 말했어. "저이는 가끔 행복이 중요하다는 걸 잊어버리거든."

"그런데 우리 행복을 멸치하고 같이 먹어 버리면 어떡해!" 내 친구가 우겨 댔어. "그보다 더 위험천만한 결합을 난 상상할 수가 없단 말이야."

별안간 나탈리아가 폭소를 터뜨렸어. 너무 웃어서 눈물이 날 정도였지.

"네가…… 네가 그들을 봤어야 해." 그녀가 설명하려 했어. "거기 서서, 넋이 나간 사람들처럼……. 부탁해요, 시를 몇 편, 부인! 저기요, 제발, 시 몇 편을……. 부인!" 그녀는 참지 못하고 자기 무릎을 치기까지 했어.

난 아주 귀가 얇은 놈이야.

그녀가 내게 묘사한 그들의 모습은 환상적이었어.

난 그녀의 폭소에 바로 전염되었어.

마르코스와 세일라의 아이들이 곧 시 구걸을 따라 하기 시작했어.

도무지 막을 방법이 없었어.

우린 얼마나 오랫동안 그렇게 웃고 있었는지 몰라.

83

집으로 돌아오는 길에 두 옥상 사이를 지나는데 그때 카르멘을 본 것 같았어.

카르멘을 만나는 건 걱정할 일이 아니지. 그 애는 내가 먹는 수프 속에서도 볼 수 있었으니까.

다만 신경 쓰였던 건 그 애가 그레그와 함께 그의 옥상에 앉아 있다는 거였어. 선베드를 하나씩 차지하고, 다리를 높이 올리고 음료수를 한 잔씩 마시면서 흥겹게 이야기를 나누고 있었어.

나는 아리엘의 방향을 살짝 바꿔서 좀 더 다가가 그들을 방해하지 않고 잘 보려 했어.

두 사람이 함께 있는 걸 본 적이 없거든. 그레그는 한 번도 그 꼬마에게 관심을 가진 적이 없어. 그리고 내가 알기로 일요일 점심시간에도 서로 말 한마디 주고받지 않았어. 카르멘이 이제 내가 지겨워져서 새롭게 쫓아다닐 희생양을 골랐나?

좀 더 다가가자, 건물들에 부딪치는 파도 소리 때문에 내용을 전부 들을 수는 없었지만 그들이 나누는 대화의 어조는 들을 수 있었어. 편하고, 느리고, 긴 문장과 조용한 반성으로 이루어진 대화 같았어.

사실 그런 게 내 주의를 끌긴 했어.

그런데 난 거기에 신경을 쓸 수가 없었어. 내 옥상으로 가는 가장 좋은 길을 향해 방향을 돌리는 동안 내 나루터에 페달보트가 하나 묶여 있는 걸 봤거든.

그건 히노의 아이들 중 몇 명이 그쪽을 오간다는 걸 의미했고,

어쩌면 내 것을 훔쳐 가고 있을지도 모른다는 뜻이었어.

그들은 그런 애들이니까. 그 애들에게 아무리 낭만적인 사랑에 대해 조언해 준다고 하더라도 도둑질을 하는 건 어쩔 수가 없어.

"거기 누구 있어?" 내 목소리가 들릴 정도로 충분히 가까이 가자마자 소리쳤어. "거기 누구 있느냐고 묻잖아!"

아리엘은 그 어느 때보다도 더딘 것 같았어.

갑자기, 내 옥상 가장 높은 곳에서 브루노가 머리를 내밀었어.

그는 맹하게 손을 흔들며 내게 인사를 했어. 함박웃음을 짓고 있었지.

롤로는 그 다음에 나타났어. 내가 냉장고를 묶어 둔 곳을 향해 거침없이 침을 뱉으면서.

더러운 놈 같으니라고!

브루노는 내가 아리엘을 묶는 걸 도와주려고 계단을 뛰어내려 왔어.

"안녕, 롭." 이번엔 내게 직접 대고 인사했어. "막 가려던 참인데 네가 와서 잘됐다."

"너희 내 옥상에서 뭐 하는데?" 짜증을 내며 내가 물었어. 그들이 뭐라도 손댔는지 보려고 배에서 뛰어내려 롤로가 있는 곳까지 다가갔지.

아리엘을 묶고 나자 브루노는 내 뒤를 쫓아다녔어.

"히노가 가라고 했어." 내 뒤꽁무니를 바짝 따르면서 그가 말했어. "네게 고마움을 전하래."

롤로는 나를 무시하며 웃더니, 허공에 대고 발길질을 해 댔어.

"그림들이 예쁘던데." 롤로가 조롱하는 투로 말했어.

"너 뭔가 손댔어, 롤로?" 손가락으로 그를 위협하며 내가 물었어.

"아니야!" 브루노가 그를 변호해 줬어. "히노가 네 옥상에서 털 끝 하나도 건드리지 말라고 했어! 그가 말했거든. '그의 옥상의 먼지도 건드리지 마.'"

롤로는 브루노가 날 친구처럼 허물없이 대하는 게 싫어서 한쪽에 물러나 있더니, 따분했는지 팔짱을 끼고 내 소파에 앉았어.

"그래, 히노에게 고마움을 전해 줘서 고맙다고 전해 줘." 볼일이 다 끝났는데도 그들이 왜 계속 있는 건지 궁금해하면서 내가 말했어.

"그런데 우린 너한테 저녁 식사를 갖다줘야 했거든." 브루노가 흥분해서 말했어.

"저녁 식사?"

"응, 롭. 그래, 저녁 식사." 롤로가 힘없이 대답했어. "시에 대한 걸 얘기해 줬다고 히노가 너에게도 저녁 식사를 가져다주랬어. 그래서 우린 음식을 세 배나 더 요리해야 했어."

난 돌처럼 굳어 버렸어.

히노가 저녁 식사를 보냈다고? 나한테?

"하지만 너희 무리에 들어가지 않았다고 그는 날 용서하지 않았는데!" 난 생각 없이 큰 소리로 내뱉었어.

그만큼 놀랐던 거지.

"롭, 그 일은 그 일이고 이건 이거지." 브루노가 어찌나 딱 부러지게 말을 하던지 난 아무 대꾸도 할 수 없었어. 그가 계속해서 말했어. "히노도 고마움을 전할 줄 알아."

"내가 보기에 그건 약점 같아." 롤로가 계속 잘난 척을 하며 중얼거렸어.

"이제 너도 알게 될 거야." 브루노가 롤로를 손가락으로 가리키면서 나무랐어. 그러고는 숨을 들이마시고, 캠핑용 작은 파란색 냉장고를 보여 주었어. 그걸 내 천막 안에 감춰 뒀더라고. "이거 내일 우리한테 도로 가져다줘. 알았지?"

난 고개를 끄덕였어. 갑자기 마마 메두사가 되어 저녁으로 먹었던 그 환상적인 스테이크가 생각났어.

결국 우리 삶은 변해 간다던 마르코스의 말이 맞는지도 몰라.

"그거 내일 너희한테 가져다줄게. 약속해." 난 고마워하며 말했어. 뭔가 잘해 냈다고 생각한 브루노가 미소를 지었어. "고마워."

"그럼 이제 항해를 해야지!" 롤로는 내 빨간 소파에서 일어나 뛰어내렸어. "마마 메두사가 오기 전에 가 있지 않으면 히노가 우리 목을 벨 거야."

바다의 촌뜨기 히노가 내는 저녁 식사.

나는 그들이 시야에서 사라지기 전까지는 애써 냉장고에 달려

들지 않으려 했어.

너무 감동받은 것처럼 보이기 싫었거든.

84

냉장고 문을 열자마자 천국의 냄새가 나를 덮쳤어.

이건 도저히 있을 수 없는 일이 일어난 거야.

브로콜리와 치즈로 속을 채운 치킨 롤이 든 봉지, 치킨 롤에 뿌릴 소스로 보이는 게 든 유리병, 완벽하게 씻어 자른 과일이 가득한 봉지, 와인과 다른 음료수, 치즈 한 덩어리와 껍질 벗긴 호두 한 통.

난 다른 보석들을 찾으려고 냉장고 안을 휘저었어.

도대체 히노는 어떻게 이렇게 호화롭게 살게 된 걸까?

다른 사람들을 굴복시키고 여러 규범을 위반하는 게 이렇게 좋은 결과를 가져다주는 건가? 정말이지 믿을 수가 없었어.

수상 오토바이 소리가 골똘히 생각에 잠긴 나를 깨웠어.

누가 왔나 보려고 천막 사이로 나가 봤어. 바다 위로는 칠흑 같은 밤이 퍼지기 시작하고 있었지.

라나는 나의 허름한 나루터, 아리엘 옆에 오토바이를 묶어 두었어. 그 옆에 있으니 내 배가 우습게 보인다는 생각이 들었어.

기운 나는 생각은 아니었지.

"안녕, 롭." 아래층 옥상을 가로지르며 그녀가 내게 손 인사를 했어.

책 한 권을 손에 들고 풀어 내린 머리는 오는 동안 헝클어진 채, 청 반바지에 파란색과 흰색 줄무늬가 있는 얇은 긴팔 니트를 입고 있었지.

"올라가도 돼?" 내가 대꾸를 안 했더니 그녀가 물었어.

그녀를 내가 어쩌겠어?

나는 내 운명이 오늘 최고의 손님을 선물하려고 어떤 마법을 부리고 있는지 추측하느라 정신이 없었어.

"그럼! 잠깐만, 책을 내게 줘." 나는 몸을 낮춰 그녀에게 한 손을 내밀었어.

"신사네, 롭." 그녀가 놀렸어.

일부러 그런 건 아닌데 손등 위로 우리 손가락이 스쳤어. 머리끝까지 전기가 오르더군.

"이런 기분 좋은 손님이 있나." 나는 더듬더듬 말했어. 평생 동안보다 최근 몇 주 동안 그녀와 더 많은 이야기를 나눴음에도 불구하고 계속 라나에게 확신이 서지 않는 스스로를 책망하면서 말이야.

"우리 옥상에서 도망쳐 나왔어." 내 옥상 가장자리에 걸터앉으며 그녀가 말했어.

난 책을 빨간 소파에 두고 그녀 곁에 앉았지.

"『오만과 편견』." 고갯짓으로 책을 가리키며 내가 말했어. "고마워."

라나가 웃었어. 그런데 입매만. 그녀의 눈은 슬퍼 보였어. 그녀는 바다를 바라보고 있었지.

"넌 내가 공정하지 않다고 생각하니, 롭?" 날 바라보지 않은 채, 드디어 그녀가 물었어.

그녀가 무얼 두고 하는 말인지 알 수가 없어서 나는 입을 다물고 있었어.

"그러니까, 우리 엄마한테 말이야." 여전히 수평선에 시선을 고정한 채 그녀가 말했어. "엄마는 히노와 저녁 식사를 하러 가셨어. 다투고 나서 영원히 서로 안 볼 줄 알았는데. 나도 모르겠어, 내가 그러길 바랐는지……." 그녀는 다시 입을 다물었어. 할 말을 찾고 있는 것 같았어. "토비아스에게 나와 결혼하라고 강요한 그 바보 같은 짓에 대해서도 잊어버렸나 봐. 난 토비아스에게 손톱만큼도 관심 없는데! 우린 남매 같은 사이란 말이야! 나도 모르겠어. 결국은 우리 엄마니까……."

난 끼어들 수가 없었어. 걱정하는 것과 원하는 걸 분명하고 간결하게 이야기하는 라나의 그 새로운 모습에 놀라고 있었거든. 얼마나 더 많은 새로운 모습이 있을까? 앞으로 그녀에게서 얼마나 많은 라나들을 발견할 수 있을까?

"후디트는 나더러 불공평하다고 해." 그녀가 계속했어. "이기주의자라고. 나에게 엄마의 행복을 기뻐해야 한다고 그러더라고. 그리고 히노는 보이는 것처럼 그렇게 촌뜨기가 아니라고."

그러고는 날 봤어. 히노가 바다 위 최악의 남자라고 내가 답해주기를 바라는 것처럼.

난 망설였어.

히노는 내 생애 최고의 저녁을 막 선물한 참이고, 그가 마마 메두사와 함께하는 건 내가 허락한 거였으니까. 라나에게 진실을 말한다면 화를 내며 가 버릴지도 몰라.

"난 히노를 잘 알지 못해." 나는 그녀의 눈치를 보며 말문을 열었어. "그와 좋을 때도, 그렇지 않을 때도 있었지만 남자로서 어떤지는 잘 몰라."

"남자로서?" 라나는 거의 내뱉듯이 말하며 비웃었어.

이걸 어떻게 설명하지?

"너는 사람이 바뀔 수 있다고 생각하니?" 난 달리 설명하려고 시도했어.

"어떻게 바뀐다는 거야?"

"더 나아지거나…… 더 나빠지고…… 변하고."

내 머릿속에서 분홍 돌은 한쪽으로 치웠어.

"난 우린 우리라고 생각해. 우린 우리고, 그걸 누구도 바꿀 수는 없다고." 그녀는 내 눈을 깊이 들여다보며 잘라 말했어.

"난 사랑이 사람을 변하게 할 수 있다고 생각해." 내가 천천히 말했어. 물론 재빨리 덧붙였지. "넌 사랑을 믿지 않지만 말이야."

"아! 알코올이 대화에서 그 부분을 지우지는 않았구나." 내게서 시선을 떼며 그녀가 놀렸어.

가슴이 쿵쾅거리기 시작했어. 시간당 천 번, 시간당 만 번.

라나가 가까이, 너무도 가까이 있어서 그녀의 향기를 맡을 수가 없었어.

바람이 우리 쪽으로 불어오자 그녀의 빨간 머리칼이 내 어깨로 날리기 시작했어.

바다여, 온 힘을 다해!

빌어먹을, 난 심장 마비에 걸릴 것 같았어.

"히노에게 기회를 줘 봐." 한숨을 쉬며 내가 말했어. "너희 엄마에게도, 그리고 사랑에도."

"네가 이렇게 낭만적일 거라고는 전혀 생각지 않았는데, 롭." 마침내 그녀가 웃더니 갑자기 내가 상상도 못 했던 일을 했어. 자기 손과 내 손을 깍지 낀 거야.

난 돌처럼 굳어 버렸지.

그녀를 바라볼 수가 없었어.

그녀의 피부는 부드러웠어. 내 손처럼 거칠지 않았어.

"내가 낭만적인지 아닌지는 나도 모르겠어." 내가 말했어. 머리는 전속력으로 돌아가고 온 신경 세포들이 파티를 벌이고 있어서 말문이 막혔어. "난 생각하는 걸 좋아해. 행복으로 향하는 쉬운 길들을 생각하는 게 좋아."

"행복으로 향하는?"

"가끔 우린 너무 복잡해. 우린 뭔가를 원하고 또 더 원하게 되지. 행복은 훨씬 단순한 건데 말이야."

"예를 들면?"

"예를 들면?" 난 더 과감해지기로 했어. "예를 들면, 지금처럼 말이야."

라나는 내 손을 부드럽게 더 꼬옥 잡고는 내 어깨에 머리를 기댔어.

난

이

땅

(그리고 바다에서)

가장

행복한

남자

였어.

"어떻게 하면 행복해질지 넌 아니, 롭?" 그녀는 닭살이 돋을 만큼 달콤하게 속삭였어.

"어떻게 하면, 라나?"

그녀는 날 뚫어지게 바라보았고 입가에는 미소가 조금씩 번졌어. 그리고 내가 아는 그 장난꾸러기 같은 표정을 지어 보였지.

"저녁을 먹으면, 롭. 배고파 죽겠어."

난 폭소를 터뜨렸어.

어쨌든 행운의 날이었어.

내 인생에서 가장 근사한 저녁을 라나에게 대접할 테니까.

85

드디어 촬영 팀이 돌아왔어.

마르코스 가족은 문어가 박힌 티셔츠를 입었고, 약속대로 나도 입었지. 사진을 찍었다면 잘 나왔을 거야.

우리는 마르코스네 테라스에서 여러 현장으로 출발할 예정이었어. 우리는 쌍동선으로, 그리고 니콜라스 가리도의 팀은 그의 배를 타고서.

그 전날 아침 나는 롤로로 변신해서 히노의 옥상에 모습을 드러냈어. 진짜 롤로가 브루노와 함께 마르코스와 나탈리아의 꽁무니를 쫓아 헤엄치는 그 틈을 이용했지. 카르멘에게서 난 힘겹게 벗어났어. 내게 하루의 휴식 시간을 준 뒤로 그 애는 끝없이 핑계를 대면서 다시 그림자처럼 달라붙었거든. 내 의도는 빌리나 히노의 아이들 중 누구에게든 분홍 돌을 찾아 해저를 샅샅이 뒤지고 다니는 그들의 작업에 대해 슬쩍 떠보려는 거였어.

"롤로, 작업이 아주 엉망이었다는 거 너도 알잖아." 내 질문이 자신에 대한 비난일까 걱정하며 빌리가 투덜댔어. "난 아직까지도 폐가 아프다고."

그래서 다큐멘터리 제작자의 배를 기다리는 동안 난 목표를 달성한 느낌이었어. 니콜라스 가리도는 원하는 것을 아직 손에 넣지 못했고, 촬영 때문에 야단법석인 그 틈을 이용하면 배를 운전하는 금발 아가씨에게도 물어볼 수 있을 것 같았어. 나는 니콜라스로 변신해서 되는대로 몇 가지 던져 볼 셈이었어. 어쩌면 그 다큐멘터리 제작자의 진짜 계획이 뭔지 캐낼 수도 있겠지.

왜냐고?

라나에 대한 이야기는 왜 한마디도 안 하느냐고?

이야기하지 않는 게 더 나은 일도 있는 거잖아.

더구나 우린 특별한 일도 없었어. 우린 저녁 식사를 하고, 건배를 하고, 책과 미래의 꿈, 우리 둘 다 아는 어린 시절의 일화와 친구들에 대한 이야기를 나눴어. 그날 밤 난 그녀가 가져온 책을 읽기 시작했고, 그때부터 우린 매일 마주치게 되었어. 카르멘보다 더 많은 핑곗거리를 찾아내서 세일라의 옥상을 놀랄 만큼 멋진 장소로 바꾸었지.

하지만 그날 아침 그녀는 거기 없었어. 일하고 있었거든.

그리고 나도 해야 할 일이 있었어.

"딴 데 정신이 팔린 얼굴이네, 롭." 나탈리아가 나무랐어.

모든 촬영의 주인공이 자신인데도 그녀는 긴장한 기색이라곤 없었어.

"난 니콜라스 못 믿어." 내가 털어놨어.

"너도, 그리고 아무도 그를 못 믿지. 히노의 아이들과 함께 일한다면 더욱이."

"그가 진짜 원하는 게 뭐라고 생각해?"

"사실 전혀 모르겠어." 나탈리아는 어깨를 으쓱해 보였어. "지구인들은 오로지 돈에만 관심이 있지. 그러니 그를 부자로 만들어 줄 뭔가를 찾고 있겠지. 누군가 정보를 줬을 거야."

보통 관광객들은 우리 옥상에 정기적으로 나타나 육지에서 자신들을 부유하게 만들어 줄 물건들과 물물 교환을 제안하곤 했지. 니콜라스도 그런 사람 중 한 명처럼 보일 수 있지만 난 그가 찾는 게 뭔지 알고 있었어.

내가 훔친 마법의 물건.

어느 마법의 집에서 나온.

거기선 모든 게 환상적이었지.

"롭." 문득 좀 당황스러운 듯 나탈리아가 망설였어. "방금 생각났는데, 토비아스와 라나의 결혼에 대한 얘기, 누가 해 줬니?"

"아……. 그 얘긴 아무것도 아니야. 헛소문이었어." 내가 고개를 저으며 대답했어. "히노에게서 들었어. 그런데 그건 그냥 마마 메두사만의 계획이었던 것 같아."

"그 둘은 이제 해결된 거지, 안 그래?" 나탈리아는 고약한 냄새라도 나는 것처럼 코를 찡긋했어. "너하고 네 시들 덕분에."

그런 것 같았어. 세일라가 추천한 시들 덕분에 마마 메두사와 히노는 그들이 연인 사이인 걸 드러내지 말아야 할 때도 점점 대담한 태도를 보였어. 최근에 가브리엘의 옥상에서 점심을 먹을 때 그들은 웃고 서로 꼬집으며 내내 수다를 떨었어.

사실 보기 좀 민망했지.

그들이 결혼식 날짜를 발표하는 건 시간문제였어.

"그럼 토비아스와 라나의 일을 토비아스가 네게 말한 건 아니란 거지, 그렇지?" 나탈리아가 끈질기게 물었어. "라나가 말한 것도 아니고."

"그래. 라나는 그 이름을 입에 올리지도 않았어." 내가 대답했어. "그리고 난 토비아스랑 한 번도 얘기해 본 적 없어."

나탈리아는 크게 웃더니 내 어깨를 몇 번 툭툭 쳤어.

"가끔 라나를 어떻게 꼬셨는지 신기하다니까." 그녀는 날 몹시 놀라게 해 놓고 또 놀려 댔어.

대꾸해 줄 수도 있었지만 곧 배의 엔진 소리가 나기 시작했고 촬영 팀 전원이 나타났어.

진짜 볼만했지.

86

그들은 먼저 나탈리아가 잠수해서 해저에 이르러 몇 발짝 움직이는 것을 온전히 한 컷 촬영하고 싶어 했어.

그녀와 함께 다니는 카메라 한 대로만 촬영하려 했지.

그들은 여덟 번을 요구했어.

여섯 번째에 난 이미 지겨워 죽는 줄 알았어. 마르코스도 마찬가지였어. 그는 인내라는 걸 모르니까.

그러고 나서는 여러 대의 다른 카메라로 해저를 돌아다니는 그녀를 촬영하고 싶어 했지. 그리고 마지막으로 산소통 없이 그녀가 건물들 안으로 들어가고, 방들을 건너다니고, 구석에 쌓인 가구에서 카메라를 바라보고, 나중에 수면 위로 꺼낼 만한 가치가 있어 보이는 물건들을 선별하는 그런 컷들을 촬영했어. 그들은 한 아파트에 놓아두려고 목걸이까지 가져왔어. 나탈리아가 그걸 발견하는 순간 놀라는 걸 찍으려는 거였지.

내가 보기엔 사냥꾼들 사업에 좋은 광고 같았어. 지구인들이 우리가 그렇게 쉽게 목걸이를 찾는다고 생각한다면 더 많이 물물 교환을 하러 올 테니까.

문어가 그려진 형광 초록색 셔츠는 바닷속에서 잘 보였어. 더러 글자가 잘 안 보이기는 했지만 대체로 괜찮았어.

마르코스는 나탈리아가 한 번씩 수면 위로 올라와야 하는 번거로움을 덜 수 있도록 그녀에게 산소를 공급해 주는 역할을 맡았어.

가끔 호세가 물안경을 끼고 호기심 어린 얼굴로 잠수해서 나타나곤 했어. 하지만 곧 그게 힘들다는 걸 깨달았지.

우린 가까운 옥상에서 점심을 먹으며 휴식을 취했어. 토니가 먹을 것을 가득 실은 배를 몰고 나타났어. 앙헬리나가 우리 방문객들에게 친절한 서비스를 제공하기 위해 그를 보낸 거지.

앙헬리나는 사업에는 기가 막힌 안목을 가지고 있거든.

촬영 팀이 가져온 보카디요는 끔찍했어. 그래서 토니가 그들에게 미소를 던지며 수많은 경험담에 곁들여 먹을 것을 내놓자, 너무 좋아하며 그것과 바꿨지.

나는 그 기회를 이용해서 니콜라스를 관찰했어. 명품 선글라스를 끼고, 사라지지 않는 미소를 띤 그의 얼굴을. 그는 대부분의 동료들과 별로 친하지 않은 것처럼 보였어. 사실 그들은 물속에서 의사소통이 안 되어 오전 동안 두어 차례 다투기도 했어. 반면에 번번이 그를 데려다준 금발 아가씨와는 쉼 없이 속삭였고.

미모의 여자였어. 속삭이자면 나도 그녀를 택했을 거야.

나는 니콜라스를 흉내 내려고 그가 그녀와 이야기를 나눌 때면 그의 몸짓과 말투를 집중해서 살폈어. 오후에 처음 마주치는 순간을 이용할 셈이었어.

그건 어렵지 않았지.

건물들 내부에서의 촬영은 바다 밑을 돌아다니는 것보다 훨씬 더 힘들었어. 니콜라스는 나탈리아가 등장할 창문을 가리켜 가며 동료들과 정신없이 촬영 중이었지. 난 어느 건물 뒤에 숨어 있다가 우회해서 수면 위로 올라갔어.

머리 위로 햇살을 받아 윤곽을 드러낸 배의 그림자를 볼 수 있었어. 햇빛은 침수된 건물들에 부딪치며 흩어져 건물들을 더욱 환상적으로 보이게 만들면서 빛의 길처럼 물결 사이를 관통했지.

사람들 시선에서 벗어나자 나는 늘 지니고 다니는 분홍 돌을 사용해 니콜라스로 변신했어.

다큐멘터리 제작 팀은 일류였어. 가볍고 탄력 좋은 니콜라스의 네오프렌이 그렇게 편할 수가 없었어. 하지만 그의 몸은 수중에서 활동하는 데 잘 훈련된 것 같지 않았지. 나 자신이었을 때 다니던 경로를 전부 다니는 것보다 물 위로 고개를 내미는 게 더 힘들었어.

내가 나타나자마자 배에 있던 금발 아가씨는 내 쪽으로 몸을 돌리고 스스럼없는 몸짓으로 내 얼굴을 뒤덮은 머리칼을 치워 줬어. 난 그녀에게 도와 달라고 손을 내밀었어.

"이런 엉망진창이 없어." 하루가 지겨운 것처럼 내가 말했어.

"컷이 잘 나오지 않는 거야?" 날 도우며 그녀가 물었어.

그녀의 눈은 아주 예쁜 파란색이었어. 하지만 목소리는 애써 상냥하게 내지 않으면 니콜라스의 목소리처럼 거칠었지.

"카메라들이 엉망이야." 나는 배 안에 산소통을 내려놓고 안경을 벗으며 화가 난 듯 대꾸했어. "그리고 히노네 그 바보 같은 놈이 아무것도 주지를 않아."

"내가 그 계획은 허점이 많다고 말했잖아." 그녀가 혀를 찼어.

"그게 아니면 뭘 어떻게 하라고?" 난 그녀가 뭔가 흥미로운 내용을 말하는지 보려고 반박했어. 그때까진 일이 잘 풀리고 있었지.

"너, 가브리엘이 자신의 보물들을 바다 밑에 그냥 놔둘 거라고는 생각지 않겠지." 그녀는 니콜라스에게 뭔가를 상기시키는 것 같았어.

난 그녀의 말투에는 신경도 쓰지 않았어. 그 두 사람 입에서 나의 옛 보호자 이름이 나온 건 처음이었으니까. 니콜라스와 그의 여자 동료가 가브리엘을 아나? 그들이 내 친구 가브리엘에 대해 대체 뭘 안다는 거지? 그리고 무슨 보물에 대해 이야기하는 거지?

내가 대꾸하지 않자 그녀가 계속해서 말했어.

"그가 죽은 걸 우리가 너무 늦게 알았어." 그녀는 어조를 좀 누그러뜨리고 니콜라스를 진정시키려는 것 같았어. 난 그녀에게 공감하는 척 안타까운 표정을 지었지. "늙긴 했지만 그렇게 빨리 떠날 정도는 아니었는데……. 우린 너무 멀리 떨어져 있었어. 어쩌면 누군가가 돌이든 뭐든 우리보다 먼저 가져가 버렸을지도 몰라."

돌과 가브리엘이 관련이 있었어. 마법과 가브리엘이 상관이 있었던 거야.

그 모든 정보를 짜 맞추려니 힘이 들었어.

"이제 어쩌지?" 내가 초조하게 바다를 가리키며 물었어.

그런 척하는 건 전혀 힘들지 않았어.

사실 난 아주 정신이 없었으니까.

네오프렌 속 분홍 돌의 무게가 느껴졌어. 그리고 이 모든 상황에 맞춰 나의 새로운 심장이 뛰는 것 같았지.

"이제 이 연극을 끝내." 그녀는 다시 딱딱한 말투로 말하면서 어깨를 으쓱해 보였어. "이 황당무계한 이야기는 텔레비전에 팔아 버려. 오늘내일 안에 그 망할 놈의 히노가 뭔가 찾아내는지 기다려 보고서 우린 북쪽으로 떠나자고."

"북쪽으로?" 난 더 혼란스러워져서 물었어.

"최근의 마법사에 관한 소문들이 북쪽을 가리킨다고, 니콜라스!" 그 여자가 화가 나서 투덜댔어. "추위와 그 바보짓들, 그리고 네 그 점잖은 척은 잊어버려! 혹시 남은 생을 마법 없이 살고 싶은 거야? 그게 좋은 거야? 말해 봐."

마법 없이 산다.

마법사.

북쪽.

난 그 모든 정보를 정리하려고 애쓰며 고개를 저었어. 가브리엘이 마법사였나?

"이제 물 밑으로 돌아가서 네가 할 일을 해." 니콜라스의 여자 동료가 매듭을 지었어. "그걸 빨리 찾을수록 좋으니까."

난 동의했어.

그녀의 말이 옳다고 말하고, 다시 장비를 갖추고 잠수했지. 혼란스러워하며.

날 괴롭히는 그 모든 질문을 안고서.

어쨌거나 그런 상태는 얼마 가지 않았어.

물속에서 팔을 두 번 젓기도 전에 난 조각상으로 변했으니까.

87

나는 내 몸보다 더 큰 투명한 공기 막 안에 꼼짝없이 돌처럼 갇혀 있었어.

그러니까 니콜라스 가리도의 몸이었지.

엎드려 얼어붙은 것과 똑같은 자세로, 앞으로 나아가려는 것처럼 팔을 앞으로 뻗은 채 몸을 전혀 움직일 수가 없었어.

내게 무슨 일이 일어난 건지 이해할 수가 없었어.

그 몸이 왜 내게 응답하지 않는 건지.

더욱이 내가 들어 있는 그 구(球) 아랫부분에서 푸른색 연줄 같은 것이 한 가닥 나오는 걸 보자 정말 정신이 마비되어 판단력을 잃을 것 같았어. 줄은 바다 밑을 향해 뻗어 나갔는데, 거기서는 꼬마 카르멘이 나를 가둔 공기 막을 풍선처럼 들고서 너무도 평화롭게 걷고 있었어. 잠수 장비 없이 잠수해 있는데도 몸을 수면 위로 끌어올리려는 바다의 힘에 전혀 동요하지 않는 채로.

카르멘.

옛날 우리 도시의 침수된 거리들 사이로 나를 가둔 빌어먹을 공기 막을 풍선처럼 가지고 돌아다니는 카르멘.

대체 이게 무슨 황당한 일이지?

88

카르멘이 바다 밑에서 얼마 동안이나 날 끌고 다녔는지 모르겠어.

우린 시청 건물이 있던 옛 광장 위를 지나고, 학교 위 교회가 있던 작은 광장을 지나서, 동물들이 돌아다니곤 했던 분수대가 있는 공원까지 갔어. 마치 관광 코스를 도는 것 같았지.

우린 중심가가 아니라 근교 주택 단지에 가까이 갔어. 그러다 거기도 뒤로했지.

마침내 나는 니콜라스 가리도가 가져다준 덕에 우리가 샅샅이 뒤졌던 그 좋은 지도에 나오는 곳들에 가까이 가고 있다는 걸 알게 됐어.

카르멘은 날 쳐다보지도 않았어. 그저 조심스럽게 구를 끌어당기기만 했지. 그렇게 가벼운 몸이 어떻게 이 깊은 물속에서 버틸 수 있을까?

게다가 산소통도 없는데. 하기야 필요하지도 않은 것 같았어!

틀림없어. 분명히 새로운 마법 때문이었어.

그때 갑자기 분홍 돌을 이용해 변신할 수 있을 거란 생각이 떠올랐어. 그렇게 하면 어쩌면 근육이 풀리고 옥죈 상태에서 해방될 수 있을지도 모르잖아? 돌을 손에 쥐고 있지는 않았지만 통할 수도 있다고 생각했어.

그런데, 누구로 변신하지?

상관없었어. 중요한 건 시도해 보는 거였으니까.

'내가 되고 싶어, 내가 되고 싶어…….' 난 온 힘을 다해, 거듭거듭 생각했어.

배가 요동치는 느낌이 들더니 ─내가 느끼기엔 그랬다고.─ 금방 사라져 버렸어.

카르멘이 멈춰 서서 내 쪽을 봤어.

멀리 떨어져 있긴 했지만 엄청나게 화가 난 그 애의 눈을 볼 수 있었지.

난 더 불안해졌어. 그럴 힘이 남아 있었다면 말이야. 카르멘은 늘 나를 다정하게 바라봤지 한 번도 그런 적이 없었거든.

그래, 롭. 가만히 있는 게 낫겠어.

이런 아이러니한 상황이라니.

우리는 수영장이 딸린 호화로운 주택의 대문에 도착했어. 정원의 나무들은 이파리 없이 흔들렸고 집의 벽들 일부는 해초와 산호로 뒤덮여 있었어. 카르멘은 아무 문제 없이 문을 열었고, 우린 들어갔지. 그때 그 애가 우릴 연결하고 있던 줄을 잡아당기기 시작했어. 난 점점 그 애에게 가까워졌지.

난 인상을 찌푸리고 입술을 앙다물었어. 그 애와 거의 같은 높이에 있게 되자 나는 간절한 눈빛으로 애원했지. 그 애는 현관문으로 갔어. 그 애가 한쪽 손을 들어 올리자 저절로 문이 열렸어.

모든 것이 물에 잠겨 있었어. 우리의 난입에 놀라 회색 물고기들이 쏟아져 나왔어. 카르멘은 나를 문 안으로 들여놓고 그 애의 능력을 이용해 다시 문을 닫았어.

그래, 그 애의 능력.

그건 능력이었어.

최고급 마법이었지.

문이 닫히자 주변 환경이 완전히 바뀌었어.

물은 집 안쪽으로 전혀 들어온 적 없었던 것처럼 완전히 사라져버렸고, 몇 초 전에 봤던 방들은 움직이더니 내가 분홍 돌을 훔친 그 침수된 집과 아주 똑같은 모습으로 내 앞에 나타났어.

불빛은 푸른색이 아니고 오렌지색이었어. 물고기들은 거실 가구와 우산 꽂이로 바뀌었고, 오른쪽에서는 난로의 온기가 느껴졌어. 난 저쪽으로 방과 주방, 화장실이 있을 거란 걸 알고 있었어. 완전히 똑같은 집이었거든.

브루노와 롤로가 날 뒤쫓아 와서 아무것도 발견하지 못했던 그 마법의 집.

내가 거기 있었다고!

그리고 카르멘도.

8.9

난 거실까지, 난로 앞까지, 이어서 내 주의를 끌었던 분홍 연기 나는 종이들이 흩어져 있던 그 테이블 앞까지 끌려갔어.

카르멘은 뭐라고 중얼거리면서 방을 돌아다니기 시작했어. 나는 그 애가 뭐라고 하는지 들을 수 없었지만. 그 애는 잡동사니를 한쪽으로 치우고 선반의 병들을 들어서 테이블 위에 놓았어. 책 한 권을 집어 펼치더니 원하는 내용을 찾느라 손가락으로 따라 읽기도 했고.

그 기묘한 광경 속에서 너무나 자연스럽게 움직이는 그 애를 본다는 게 말이 되지 않았어.

그때 그 애가 나를 향해 몸을 돌리더니 손뼉을 한 번 쳤어.

난 심하게 한 번 부딪혔어. 나를 구 안에 꼼짝 못 하게 가뒀던 마법이 풀려서 바닥에 넘어지면서 얼굴을 부딪혔거든. 내 얼굴 앞에 팔이 있었다는 사실에 감사했어. 내가 똑바로 일어서서 비참하게 구겨진 자존심을 회복하기까지는 한참 걸렸어.

"도대체 뭐 하는 거야?" 좀 정신을 차리자마자 나는 투덜댔어.

카르멘이 두 손가락을 튕겼어. 나는 계속 입을 움직이며 소리를 내려 했어. 하지만 폐에서 공기가 올라오는 게 느껴지는데도 내 목소리는 들을 수가 없었어. 날 찍소리도 못 하게 만든 거야.

이상하게 생각지는 마. 내가 정말 놀란 건 그때였어.

"네 말 듣고 싶지 않아, 바산." 그 애는 고개를 가로저으며 날 꾸짖었어.

바산?

"아! 놀랐지?" 그 애가 허리에 양손을 얹고 빈정거렸어. "내가 죽은 줄 알았지, 그렇지? 못 돼먹고 배은망덕한 배신자. 도둑놈. 배은망덕한 놈!"

그 격렬한 욕설이 날 개구리로 변하게 하면 어쩌나 걱정스러워서 나는 머리를 흔들고 손사래를 치기 시작했어.

그러니까, 온몸으로. 난 온몸으로 거세게 저항했어.

"아니라니?" 카르멘이 뒤로 한 발짝 물러서며 화를 냈어. "날 죽은 걸로 생각하지 않았다는 거야, 아니면 네가 배신자가 아니라는 거야?" 그렇게 묻는 동안 그 애의 목소리는 점점 더 저음으로 변해 갔어. 심지어 끔찍하게 기세등등한 노인네 목소리 같기도 했어.

카르멘의 몸이 서서히 변하기 시작했어. 처음엔 길어지더니 그 다음엔 넓어졌어. 그 어린아이의 가무잡잡한 피부가 창백해지고 머리카락은 완전히 대머리가 될 정도로 줄어들었어. 그와 동시에 입가에는 다듬어지지 않은 흰 수염이 나기 시작했어. 티셔츠와 분홍색 바지는 점점 넓어지고 색깔이 변하더니 꽃무늬 반바지와 단추가 잘못 채워진 흰색 반팔 셔츠가 되었고.

믿을 수가 없었어!

내 유년의 기억들이 활활 타오르는 불처럼 꿈틀대기 시작했어.

그 사람은.

그 사람은, 바닷가 마을에 가려고 육지에서 도망쳐 나온 날 아침 옥상에서 만난 그 노인이었어.

누군가가 날 찾으러 올 테니 주방에 피신해 있으라고 알려 준 그 노인.

그리고 나중에 가브리엘이 왔고, 그가 찬장에서 날 꺼내 줬지!

카르멘이 그 노인이라니!

"아하아!" 그는 손가락으로 날 가리키며 우쭐댔어. "날 알아보는구나!"

나는 감격해서 그렇다고 인정했어. 물론 그를 기억하고, 그에게 고마워한다는 사실을 표정으로 설명하려 애썼지.

"별로 좋아 보이진 않는구나, 바산." 언짢은 기색으로 그가 비웃었어. "넌 옛 추억들로 내 마음을 움직이지 못하겠구나."

내 마음을 읽을 수 있나?

그런데 바산이 누구지?

물론 난 아니야.

"그럼 이제 잠시만 가만히 있거라." 내게서 관심을 돌린 노인이 머리를 긁적이며 명령했어. "이런 간청을 하지 않은 지 몇 년이나 됐는데, 잘됐으면 좋겠군. 네가 한 일들을 내가 다 알아낼 테다!"

노인은 검은색 돌절구를 집어 들더니 거기다 여러 가지 색깔의 먼지들을 섞기 시작했어. 그것들을 빻고 뒤섞었지. 그러자 갑자기 폭발 소리가 나더니 그 혼합물에서 작은 별들이 튀어나왔어.

어느 순간 노인은 나를 보지 않은 채 내 쪽으로 한 손을 들어 올렸어. 난 네오프렌 속에서 분홍 돌의 움직임을 느낄 수 있었어. 분홍 돌은 조금씩 움직이기 시작하더니 내 오른쪽 소매까지 왔어. 그리고 소매를 빠져나가 둥둥 떠서 나를 가두고 있던 공기 막을 지나 절구 위에 내려앉았어.

"어디 보자, 어디 보자고……. 내가 모든 걸 다 잘했다면 넌 녹색으로 작게 변해야 하는데." 노인이 절구에서 솟아나게 만든 푸른 연기를 손가락으로 가리키면서 돌에게 말했어. 돌은 그 푸른 연기에 싸여 있었지.

마법사가 다시 신호를 보내자 연기는 사라지고 돌만 남았어. 이젠 분홍색이 아니라 녹색 돌이.

"완벽해!" 그는 기뻐하며 웃었어. "나쁘지 않군. 그것도 단번에! 이제 네가 제대로 말을 잘 듣는지 보자꾸나." 다시 내 쪽으로 몸을 돌려 나를 보면서 그가 말했어.

그리고 마치 내게 던질 것처럼 돌로 날 조준했어. 던지지는 않고 팔만 움직였지만.

그 첫 움직임에 내 몸이 완전히 변해 다시 나로 돌아가는 걸 느꼈어.

난 감사하며 안도의 한숨을 쉬었지.

벼락을 내린 것도 아니고 날 해마로 변하게 하지도 않았으니까.

이제 노인은 내가 그 바산인가 하는 사람이 아니라는 것과, 우리가 차분하게 대화를 나눠야 한다는 걸 알게 되겠지.

"흥미진진하군." 하지만 그가 한 말은 이것뿐이었어.

그러더니 다시 팔을 움직였어.

내 배가 요동을 치더니 빨간 수영복을 입고 등에 산소통을 잘못 멘 롤로로 바뀌었지.

"흥미로워."

노인이 다시 돌을 움직였어. 난 히노로 변했어.

"이게 더 말이 되네."

다시 움직이니 마마 메두사가 됐어.

"아주 확실해."

다시 움직이니 브루노가 됐어.

"벌써 여러 번 변신했구나."

다시 루케. 또 하니 라파가 됐고, 또 하니 마르코스가 됐어. 또 다시 마마 메두사가 됐고.

그렇게 한 사람에서 다른 사람으로 계속된 변신은 내가 돌을 훔친 이후 빌린 모든 사람의 몸을 역순으로 따른 거였어. 얼마나 빠른지 토하고 싶더라.

드디어 나는 로스 티부로네스의 유니폼을 입은 아란차로 변했어.

이제 다시 나로 변하는 일만 남았지.

드디어 그 일이 이루어지자 나는 안도의 한숨을 내쉬었어.

"너무 많은 롭." 노인이 혼란스러워하며 말했어. 그리고 다시 돌을 움직였어.

그런데 이번에는 아무 일도 일어나지 않았지.

그는 더 집요하게 팔을 움직였어. 그래도 아무 변화가 없었어. 그는 내게 더 가까이 다가와 다시 동작을 취했지만 아무 소용이 없었지.

"생각했던 것처럼 그렇게 말을 잘 듣지는 않는구나." 노인이 투덜거렸어. 그리고 책에 쓰인 것을 다시 시도해 보려고 테이블로 돌아갔어.

나는 그에게 집요하게, 내가 바로 나라는 것을 이해시키려고 가슴을 치면서 신호를 보냈어.

그는 전혀 신경 쓰지 않았어.

놀라서 몸을 떨고, 녹색 돌을 관찰하고, 그 빌어먹을 책을 두 번이나 읽고 돌의 비위를 맞추고 나서야 놀란 눈으로 날 뚫어지게 봤지.

"이런, 롭!" 깜짝 놀란 그가 말했어. "이게 다 네놈 때문이구나!"

90

나는 손에 따뜻한 초콜릿 한 잔을 들고 바다 밑 마법사의 집 파란 소파에 앉아 있었어.

노인은 내가 바산이 아니란 걸 알자마자 가둬 뒀던 공기 막에서 나를 풀어 주고, 꾸짖는 것과 거의 동시에 내게 사과했어.

"당신은…… 누구세요?" 그가 잠시 입을 다문 어느 순간에 비로소 난 물어볼 수가 있었어.

"내가 누구냐고?" 내 등을 몇 번 두드리며 그가 웃었어. "네가 날 잘 알고 지내 왔다는 걸 보여 줄 수 있으면 좋으련만, 이제 그럴 수가 없구나."

"카르멘은 변장한 건가요?"

"난 여러 사람으로 변장했었어." 그가 다정하게 털어놨어. "가브리엘의 경우처럼 말이야. 그런데 잠시 앉아 있거라. 초콜릿을 한 잔 가져다주마."

나는 떠오르는 생각들을 순서대로 정리하려고 해 봤자 쓸데없다는 걸 알았어. 그래서 불빛과 방을 관찰하면서 그를 기다리기로 했지. 내가 한 질문들에 답을 주지 않으면 거기서 떠나지 않을 작정이었어.

"내 진짜 이름은 물(Mul)이란다." 그는 주방에서 가져온 김이 모락모락 나는 찻잔을 내밀면서 말했어. "그리고 난 늙은 마법사야. 여러 가지 분야 중에 무엇보다 변신 전문이지. 내 작은 장미 소녀 하나를 훔쳐 간 뒤 네가 확인해 봤듯이."

"내 돌……." 그의 말을 이해한 내가 중얼거렸어.

"내 돌이지." 물이 정곡을 찔렀어.

그는 우리 마을에서 여러 세대 동안, 물론 바다가 모든 것을 삼켜 버리기 훨씬 전부터 거주해 왔다고 설명했어. 변신하는 그의 마법은 시간이 흘러도 계속해서 그가 공동체의 일부가 될 수 있게 해 주었어. 언제나 그의 몸을 그곳에서 먼 데 거주하는 다른 사람으로 바꿔 가면서 말이야.

"그런데 말이야, 내 마법의 유일한 흠은 죽은 사람으로는 변신할 수 없다는 거야." 그가 따라 두었던 차를 한 모금 마시면서 말했어. "그래서 난 가브리엘로 나타날 수가 없고, 그래서 죽은 것처럼 꾸며야 했고, 변신할 다른 사람을 찾아야 했어."

"우리가 당신의 장례를 멋지게 치러 줬어요." 내가 약간 당황스러워하며 대꾸했어.

"나도 알아. 히노의 아이들 중 하나로 나도 거기 참석했단다. 열이 나서 오지 못한 애가 있었거든. 난 엄청 감격했었어."

갑자기 나는 목이 메었어.

정말로 내 옛 친구 맞아? 정말 맞는다면 지금 마법이 내 인생 최고의 선물을 주고 있는 거야.

가브리엘은 내가 아빠를 잃은 후 만난 우리 아빠와 가장 닮은 사람이었어.

"당신이 많이 보고 싶었어요." 드디어 내가 털어놨어. 물은 소파를 앞으로 당겨 내 다리를 토닥여 주었어.

"나도 네가 보고 싶었단다, 꼬마 롭!" 그가 슬픔에 젖어 말했어. "그래서 난 어떻게든 돌아가야 했어! 그 가여운 로코스가 다른 공동체로 떠나 거기서 우리 공동체에서보다 더 평화롭게 정착하려는 걸 알게 되었을 때, 난 그걸 그들의 막내딸 카르멘으로 변신할 기회로 삼았지. 그 오랜 시간 동안 한 번도 여자아이가 된 적은 없었어. 그리고 네게 맹세컨대, 아이들이 얼마나 많은 것을 알고 있는지. 그걸 알았더라면 난 항상 어린아이가 되는 걸 선택했을 거야. 우리 어른들은 너무 잘난 척을 하거든! 내가 가무잡잡한 짧은 머리의 불평꾼 여자애가 되어 보니 모든 걸 다 알겠더라고! 사람들은 아무 거리낌 없이 내 앞에서 가장 중요한 얘기들을 무엇이든 다 하거든."

"최근 몇 주 동안 당신은 정말 날 귀찮게 했어요!" 난 고개를 흔들며, 한편으로는 여전히 이야기를 따라잡으려고 애쓰면서 불평했어.

"아, 이 못된 녀석. 네가 날 의심하게 만든 거야!" 그가 반박했어. "난 폭풍우가 치던 날 변신하는 너를 볼 수 있을 거라 생각했거든. 네가 수영을 더 잘하려고 루케로 변신했을 때 말이야."

우리의 첫 만남을 기억해 내고, 난 수긍했어.

"그때까지 넌 내 존재에 대해 알지도 못했지."

"몰랐죠. 로스 로코스에게 딸이 있다는 것조차도 몰랐어요."

"내가 공동체에 합류한 지 얼마 되지 않아서 한번 시험해 보기 위해 폭풍우를 이용했단다." 그가 계속해서 말했어. "나중에 그레그가 그러더라고. 네가 바다 밑에서 훔친 어떤 물건에 대해 자신과 얘기를 나눴다고."

"그레그는 당신이 누군지 알고 있었나요?"

"유일한 사람이었지!" 물이 놀라 대답했어. "그는 아주 오래전에 내가 마법사라는 걸 알게 되었어. 인어와 이야기를 나누다가 그에게 들켜서 사실대로 말해야 했지. 그러지 않으면 그의 기억을 지우거나 했어야 하는데, 그런 나쁜 짓을 하기엔 그가 너무 좋은 사람 같았거든. 내가 카르멘으로 변신할 때까지 그는 나의 눈이 되어 주었어."

그래서 그레그는 그 모든 걸 다 알고 있었구나. 내 이웃인 그 미술품 복원 기술자는 비밀을 잘 지킬 줄 알았던 거야. 며칠 전 아리엘에서 엿본 카르멘과 그의 만남을 그제야 이해할 수 있었어.

"누군가 너의 신원을 가로채서 네 행세를 하고 다니기라도 할까 봐 두려워서 난 널 뒤쫓기 시작했어." 그는 걱정을 드러내며 말했어. "네 행동이 아주 이상했거든, 롭. 넌 늘 조용한 아이였고, 한 번도 삶을 복잡하게 꼬이게 한 적이 없었잖아. 넌 오라고 하면 갔고 누군가 뭘 부탁하면 들어줬지. 그런데 최근에 넌 네 것을 고집하고, 마르코스와 나탈리아의 프로젝트에 합류하는 것도 거부했어.

전망이 밝은 그들의 제안을 여러 차례 뿌리쳤고, 게다가 그것도 모자라서 라나와 노느라 신바람이 나 있었지!"

그 말을 듣자마자 난 얼굴을 붉혔어. 다른 사람이 날 어떻게 보았는지 듣는다는 게 늘 기분 좋은 일은 아니니까.

"난 모르겠다." 애정 어린 시선으로 날 바라보며 그가 사과했어. "네가 날 엄청 망설이게 했어. 그런데 그때 마마 메두사와 히노 사이의 모든 소동에 네가 끼어들었지. 시를 고르는 일이랑 그 모든 일에……. 난 그렇게 문제를 해결하는 것이 굉장히 너답다고 생각했어. 그래서 내 고민을 그레그와 함께 나눴고, 그래서……."

"당신들을 봤어요." 난 그의 이야기를 멈추게 하려고 끼어들었어. 전체를 차근차근 이해할 필요가 있었거든. "그레그의 테라스에서 이야기를 나누는 두 사람을 봤어요. 당신은 당연히 카르멘이었죠."

"틀림없이 눈에 띄었을 거야." 고개를 흔들며 풀은 웃었어. "그런데 내가 온갖 걱정을 다 안고 갔을 때 그레그가 뭐라고 했는지 아니?"

난 어깨를 으쓱하고는 찻잔에 남은 초콜릿으로 눈을 돌렸어. 그레그가 나에 대해 생각하는 바를 그도 알고 싶어 하는 줄은 몰랐거든.

"네가 많이 어른스러워졌다고 하더구나." 그는 자랑스러워하며 큰 소리로 말했어. "그러니까 드디어 여러 일에 대해 너만의 의견을 내는 데 열심이고, 평화롭고 행복한 삶을 살기로 했고, 그리고 마르코스와 나탈리아 앞에서, 심지어 라나 앞에서도 그런 삶을 고수하려 한다고. 아, 그 이야기가 내게 어떻게 와닿았는지 넌 상상도 못 하겠지! 딸기 맛 생크림 과자보다 좋았어!"

난 그 비유 때문에 웃었어. 그런데 그 순간 우리 앞에 케이크 한 접시가 나타났어.

"먹고 싶니?" 다정함과 신뢰, 대견함이 가득한 시선으로 날 바라보며 물이 물었어. 내 기억이 맞는다면, 엄마가 옷으로 감싸 주시는 것 같았지.

우린 말없이 케이크를 조금씩 나눠 먹었어. 난 그 마법사의 이야기를 순서대로 정리해야 했어. 갑자기 모든 조각이 조금씩 들어맞으면서 희한하게도 이해가 되더군. 그런데, 그렇다면.

"바산은 누구죠?" 드디어 편하게 내가 캐물었어.

"아, 바산은 불쌍한 놈이지." 물이 난로 쪽으로 몸을 돌리면서 말했어. 걱정스러운 투였지. "바산은 바다가 모든 걸 집어삼키기 전에 우리 집에 왔어. 내가 아는 사람 중에 제일 매서운 눈빛을 가진 금발의 코흘리개 여동생하고 함께였지. 자신들은 마법사의 자식인데 버려졌다고 했어. 내 제자가 되고 싶어 했지. 그 얘기는 일부는 진실이고 일부는 거짓이란다."

물은 한 사람에게서 마법을 불러일으키는 데에는 두 가지 방식이 있다고 설명했어. 부모에게서 물려받거나, 마법의 물체와 접촉하는 것. 우리는 모두 우리 안에 마법을 지니고 있지만 그 양은 각자 달라. 마법사의 아이들은 완전히 한가득 가지고 있지만 다른 사람들은 약간 희석되어 있지. 스무 가지 마법의 물체를 만져도 결코 그 능력을 발전시키지 못하는 사람도 있고, 어떤 마법사가 들고 있는 연필을 스치기만 했는데 자기 내부의 마법을 불러일으킬 수 있는 사람도 있어.

"바산과 알레아 — 그 여동생 이름이란다." 나의 옛 친구는 자세하게 설명해 줬어. "그 애들은 착하지 않았어. 굳이 말하자면 탐욕스러웠지. 탐욕은 우리를 안전한 항구에 데려다주지 못한단다. 우리로 하여금 사물의 진정한 가치를 보지 못하게 만드는, 딴마음을 품은 친구 같은 거야. 사람에 대해서도 마찬가지고!"

물은 자기 집에 그들을 맞아들여 가르치기 시작했어. 그들은 그의 지붕 아래서 자라며 능력을 키워 나갔고, 행복한 것처럼 보였어. 그런데 계속 그런 척을 해 온 거였대.

"가끔 난 그 애들이 정말로 행복했다고 생각해⋯⋯." 그는 괴로워하며 말했어. "그 애들은 많이 웃었고, 난 그게 너무 좋았어. 젊음을 되찾는 것 같았으니까. 내가 너무 내 마음대로 해석한 게 아니었으면 좋겠구나. 어쩌면 내가 뭔가를 잘못했는지도 모르지."

몇 개월 동안 물은 그들을 눈여겨보았어. 물이 없을 때 그들이 어떻게 행동하는지 보려고 동네 이웃으로 변신하기도 했지. 그들은 거만하고 악의에 차 있었어. 그저 웃기 위해 사랑의 묘약을 증오의 묘약으로 바꾸곤 했고, 다른 사람들을 적대시하고, 이득을 얻으려고 그 사람들 몸으로 변신하기도 했어. 그들은 몰래 돈을 모았고, 마을에서 물의 자리를 차지하기 위해 물과의 관계를 끊으려고 계획을 짰어. 시간이 흐른 뒤 마을의 주인이 되려고 말이야.

"그들과 한 번 대판 싸운 적이 있어. 말할 수 없이 심각했지!" 마법사는 인상을 쓰며 말을 이었어. "바다가 모든 걸 삼키기 전날 내가 그들의 실체를 밝혔어. 어찌나 후회를 하던지! 그들은 다시는 그러지 않겠다고 약속했어. 분명히 말하는데, 알레아의 눈물을 보니 내 가슴이 찢어지더구나. 그 애들은 날 아버지라고 부르기까지 했으니……. 난 그들을 믿었어. 어찌나 심란하던지 그날 밤 난 조수를 살피는 일도 하지 못했어. 달이 내 실험을 통과시켜 줄 것인지 아닌지 확인하기 위해 늘 해 오던 일인데."

그래서 물은 대양이 불어나서 밀려오는 걸 보지 못했어. 물론 우리 마을과 나머지 세상에서 일어난 일에 전혀 손을 쓸 수가 없었지.

"우린 서로를 지켜 줬단다. 무엇보다 그게 먼저였으니까." 그가 낮은 목소리로 말했어. "난 아무도 들어가지 못하도록 우리 집을 고립시키고, 그들을 북돋워 무슨 일이든 해 보자고, 나와 함께 나가자고 했어. 그런데 일개 마법사가 바다에 대항해 할 수 있는 일은 거의 없었단다! 몇 사람을 구하고, 조수가 대재앙을 일으켜 쓸어 가지 못하도록 건물들을 단단히 붙들어 둘 수는 있었어. 자동차와 트럭을 바닥에 고정하고, 사람들이 헤엄쳐 나올 수 있도록 문짝을 없앴지."

물은 그 일에 온 정신이 팔려서 제자들에게는 미처 신경을 쓰지 못했어. 저녁에 집에 돌아와서야 그들이 집을 모조리 털어 간 걸 알았지. 가장 중요한 마법 관련 책들과 몇 년 전부터 간직해 온 재료들 중 많은 것을 가져가 버린 거야.

"보석처럼 보이는 건 전부 그들과 함께 사라져 버렸어." 그가 씁쓸하게 웃으며 말했어. "그런데 나는 그것들을 곧 찾았단다."

그는 거의 모든 마법사가 자신의 가장 소중한 재산의 위치를 알아내는 주문(呪文)을 가지고 있고, 그래서 그 두 도둑을 잡는 데 사흘밖에 걸리지 않았다고 내게 말했어. 실망이 컸던 그는 그들이 했던 약속에도 불구하고 그들을 벌하기로 했고, 그래서 그들의 능력을 빼앗았어.

"주머니 입구를 묶는 것과 같은 거란다." 그는 수염을 긁적이면서 실감 나게 설명해 줬어. "능력은 계속 존재하지만 그걸 사용할 수는 없는 거지. 대부분의 사람이 그런 식으로 능력을 가지고 있어."

물론 바산과 알레아는 불만스러워했어. 복수하고 싶어 했지. 곧 그들은 물이 옥상에서 살아가기 위해 가브리엘 행세를 하고 있다는 것을 알게 되었어. 그들은 이 마법사를 감시하기 위해 진짜 가브리엘에게 스파이를 한 명 붙여 두고, 자신들을 도와줄 다른 마법사를 찾아 여행을 시작했대. 진짜 가브리엘은 몇 년 살지 못할 중병을 앓고 있었어. 그 사실을 알고 물은 그 연극에 종지부를 찍고 달리 변장을 하기로 결심했어. 환자가 소멸하기 전에 말이야.

바산과 알레아는 옥상에서 사는 가브리엘이 죽자 ─ 지구인 가브리엘은 죽고 물은 살아 있었지만 ─ 드디어 꿈이 이루어졌다고, 물이 드디어 이 지구 표면에서 사라졌다고 생각했어.

"난 늙었어, 롭. 그런데 아직 갈 정도는 아니야." 마법사는 자신이 두 제자를 무지하다고 생각한다는 점을 분명히 하며 말했어. "난 아직 죽을 계획이 없단다."

그들은 한 마법사에게 돈을 지불했어. 그들의 능력을 다시 쓰게 해 달라고 하기 위해서가 아니야. 아무도 그들의 이야기를 신뢰하지 않았고 모두가 그런 일을 거절했으니까. 그들은 다른 이들의 주목을 끌지 않고 모습을 드러낼 수 있는 다른 몸을 원한 거였어.

"우리 마법사들은 서로 편지를 쓴단다." 물이 얘기했어. "자주는 아니지만 가끔씩, 그리고 바다가 모든 것을 삼켜 버린 후로는 더 많은 편지를 주고받지. 나는 그 둘이 위험하다고 동료들에게 이미 알렸어. 그런데 늘 연민을 느끼며 못된 놈들의 약속 앞에 무너지는 자비심 많은 영혼이 있단다! 그런 사람을 우리가 어쩌겠니?"

바산과 알레아가 물에게서 분홍 돌을 훔쳐 간 뒤로 물은 그들이 돌아와 약탈을 벌일까 봐 두려워했어. 그래서 서둘러 공동체에 다시 합류해 우리를 지켜보고 있었지. 처음에는 니콜라스 가리도를 의심하지 않았대. 텔레비전 방송국에서 가끔 옥상에 관심을 갖는 건 특별한 일이 아니었으니까. 나는 의심스러운 인물이 아니었던 데다 내가 그 다큐멘터리 제작자에 관해 들은 내용을 클라우디아가 프란에게 이야기하는 걸 듣고서, 물은 히노의 아이들이 바다 밑바닥을 샅샅이 뒤지고 있다는 걸 확인했어.

"오늘의 내 진짜 계획은 니콜라스를 잡는 거였어. 그를 미끼로 그의 누이동생을 유인해서 그들을 영원히 마법에서 풀어 주려고." 그가 엄숙하게 말을 맺었어. "그런데 널 잡은 거야. 이 피라미를 말이야."

가브리엘이 나에게 곧잘 쓰던 표현이어서 난 웃었어.

"그러니까 말해 봐, 롭. 우리 이제 어떡하지?"

91

그것 참 좋은 질문이군.

내 머리는 그 모든 것을 심사숙고해 볼 시간도 필요치 않다고 생각하나 봐.

그런데 정말 그럴 시간이 없었어.

바산과 알레아가 우릴 잡기 전에 우리가 그들을 잡아야 했으니까.

우리가 유리했지. 결국 마법사는 우리 편이었으니까.

물과 나는 아주 오랫동안 이야기를 나눴어. 알고 있는 것을 되짚어 보고, 계획을 짰어. 우리 친구들, 마르코스와 나탈리아, 마마 메두사와 히노, 엔지니어들과 라파, 클라우디아와 프란, 아란차에 대한 이야기도 했고. 우린 서로 나눌 이야기가 엄청나게 많았어!

그래서 침수된 그 집에서 나온 건 벌써 옥상 위에 밤이 내렸을 때야. 물은 우리 주위로 공기 막을 하나 만들었고, 우린 잠든 도시를 뚫고 귀갓길을 서둘렀어. 물고기들이 우리를 신기한 듯 쳐다봤고, 문어 한 마리가 촉수와 빨판을 전부 드러내 보이면서 우리를 감싼 막에 달라붙으려 했어.

수면 위로 올라가기 전에 물은 다시 카르멘으로 변했어.

"이러면 훨씬 편하지." 그는 피차 다 아는 사실이라는 듯 내게 말했어. "게다가 난 이 아이가 되는 게 너무 좋거든." 그러면서 그는 내 허리를 안았어.

이제 난 그가 누구인지 알고 있었어. 실제로는 나이 든 마법사 물인 가브리엘이 날 안고 있다고 생각하니 뭔가 이상야릇했어. 그래서 그런 생각을 너무 많이 하지 않으려 했지.

우린 내 나루터에 묶인 아리엘 옆으로 떠올랐어. 내가 돌을 훔친 그 마법의 집 위로 바다에서 엄청나게 커다란 공기 막이 떠오르는 걸 본 것 같던 그때가 생각났어. 틀림없이 물이었겠지. 그런데 내가 그것에 대해 물으려는 순간 그가 투덜댔어.

"그럼 그렇지!" 카르멘은 내 옥상을 뚫어지게 쳐다보았어. 거기서 라나가 입을 벌린 채 우리를 주시하고 있었거든.

공기 막에서 우리가 나오는 걸 봤을까? 그럴 리는 없는데.

"너희는……." 그녀가 우리를 가리키며 말하기 시작했어. "너……."

그녀는 나한테 집중해서 계속 말하려 했지만 무슨 말을 해야 할지 모르는 것 같았어.

"내가 이제 또 모든 걸 얘기해 줘야 하잖아!" 카르멘은 진이 빠져서 어깨를 축 늘어뜨렸어.

"도대체 무슨⋯⋯?"라나는 말을 이으려 했지만 소용없었어.

"네가 얘기해 줘, 롭!" 카르멘이 안타까운 얼굴로 부탁했어. "난 마르코스를 안심시키러 그의 집에 가야겠어. 분명히 네 걱정을 하고 있을 거야."

"당연히 걱정하고 있지!" 라나가 드디어 말을 했어. 좀 더 말하기 쉬운 주제를 찾은 것 같았어. "우리 모두가 걱정하고 있었어! 네가 사라져 버렸으니까!"

그러고 보니 다큐멘터리를 찍는 도중에 난 알레아를⋯⋯. 그러고는 돌아오지 않았다는 걸 깨달았어. 마르코스는 분명히 내가 익사했다고 생각했을 거야. 그러려고 들면 얼마든지 비관적일 수 있는 사람이거든.

카르멘은 그런 비난에 아무런 대꾸도 하지 않았어. 바다 위에서 몇 발짝 걸음을 떼더니, 물에 빠지지 않고 완벽하게 걸어서 도망치기 전에 우리에게 소리쳤지.

"너희 이제 입을 맞추든 사귀든 뭐라도 해야지! 너희는 너무 오래 뜸만 들이고 있다고!"

참 고맙기도 하다, 물.

지금껏 겪은 모험만으로는 아직 부족한가 보지?

92

마르고 가무잡잡한 한 여자아이가, 사실은 우리를 속이려 했던 배신자 마법사인 다큐멘터리 제작자를 잡으려고 계획을 꾸민 노인 마법사라는 것, 너 같으면 그걸 어떻게 설명할래?

그러니까 내 말은, 네가 느려 터져서 그 어린애를 어쩌지 못하고 끌려다닌 거라고 비난하면 뭐라고 할 거냐고?

그건 삶에 대한 태도에 달린 거야.

마치 아무 일도 없었던 것처럼 자연스럽게 행동할 수도 있어. 다시 말해서, 물의 마지막 말에 신경 쓰지 않고 아주 기분 좋게.

아니면 용기를 내서 그가 한 마지막 말에서부터 시작해 이야기의 처음으로 거슬러 올라갈 수도 있지.

그레그가 그 마법사에게 내가 어른스러워졌다고 말했다고. 하!

그래, 그는 날 다 알지 못했던 거야.

내 약점도 다 알지 못했지.

나는 라나를 유심히 봤어. 내 빨간 소파 옆에 서서 담요로 몸을 감싼, 별빛을 받아 선명한 라나의 모습을. 그녀는 환영처럼 빛났어.

그리고 거기 내가 있었지. 조수가 벌써 옥상 아래까지 밀려온 탓에 발은 다 젖었고, 바닥을 뚫어져라 내려다보며 어디서부터 시작해야 할지 모르는 내가.

"네가 좋아, 알아?" 내가 고백했어. "많이."

"롭……."

"나도 알아." 난 라나의 말을 끊었어. 그녀가 우린 좋은 친구라 느니 하는 소릴 하기 전에. 프란이 여자애들을 꼬실 때면 그런 말을 듣는 걸 전에 몇 번 봤거든. "네가 날 좋아해야 한다는 그런 뜻이 전혀 아니고, 다만 그걸 분명하게 밝히고 싶었을 뿐이야."

"롭, 넌 바보야." 반짝이는 눈으로 나를 보면서 라나는 웃었어. "넌 내가 왜 사흘이 멀다 하고 여기에 온다고 생각하니? 그리고 내가 왜 장비를 너에게 빌려주고? 내가 네 손도 잡았잖아!"

"하지만……."

"하지만 뭐?"

"몇 년 동안이나 넌 내게 신경도 안 썼잖아! 난 너희 옥상에 날마다 갔는데!"

"몇 년 동안 네가 내게 신경을 안 썼지!"

"네가 사랑을 믿지 않으니까!"

"너 때문에 내가 사랑을 믿지 않는 거야!"

그래, 난 머리가 터질 것 같았고 우리는 한밤중에 소리 높여 말다툼을 하고 있었어.

그러니까 얽히고설킨 소설의 제일 구질구질한 주인공들처럼 우린 서로 모르게 사랑하고 있었다고?

나는 웃기 시작했어. 너무 웃겨서 배를 잡고 바닥에 주저앉았어. 라나가 내가 혹시 미친 게 아닌가 하며 바라봤는지 모르겠지만 멈출 수가 없었어. 난 웃고 또 웃었어.

그건 순수한 기쁨이었어.

당신은 라나를 좋아했나요?

당신은 라나를 좋아했어요!

내 웃음소리는 어둠 속으로 멀리 퍼져 나갔고, 난 물바다가 된 옥상에 누웠어. 물이 귀에 차오르고 등을 서늘하게 적시도록 내버려 둔 채.

마법은 존재했고, 라나는 날 사랑했어.

웃음을 멈출 수가 없었어. 그녀가 밧줄로 된 계단을 내려와 내 옆에 앉는 것도 몰랐어. 그녀가 내 위로 다가왔을 때에야 난 웃음을 멈췄어. 그녀의 축축한 빨간 머리칼이 내 뺨을 간지럽힐 때에야. 그녀가 되풀이했어.

"넌 바보야, 롭."

내게 천천히 입을 맞추기 전에.

달콤하게.

완벽하게.

별빛 아래서.

93

그리고 나는 그녀에게 물에 대한 그 모든 정신없는 이야기를 들려줬어.

모든 이야기를 처음부터.

히노와 마마 메두사의 이야기와 함께, 내 변신 이야기들도.

그녀는 내 이야기를 귀 기울여 들었어. 무수한 질문을 했지. 내 말의 의미를 확인하려고 여러 번 말을 자르기도 했고.

그 저녁 식사와 시에 얽힌 이야기를 듣고도 그녀는 화내지 않았어. 내가 그녀의 어머니 행세를 했다거나 히노와의 사랑 이야기를 각색했다고 해도. 그날 밤 그녀는 어떤 일에도 화내지 않을 것 같았어.

마법 이야기가 맘에 들었던 거야.

변신할 수 있는 돌 이야기가 좋았던 거야.

히노가 내 엉덩이를 만졌다는 이야기도 좋아했어. 그리고 그녀는 내게 손을 얹은 사람이 아란차였다면 더 좋았을 거라며 웃었어.

니콜라스 가리도와 그의 누이를 잡으려 한다는 이야기도 맘에 들어 했어. 세상을 조금은 바로잡는 것, 그 거짓말쟁이들이 능력을 되찾아 우리 모두를 위험에 빠뜨리지 못하게 하려는 것이 정말 멋지게 보였나 봐.

그녀는 자신도 참여하고 싶다고 했고, 난 물과 얘기해 보겠노라고 약속했어.

그녀는 알았다고 하고는 하늘을 쳐다보았어, 집중해서.

"그러니까 세상은 보이는 것과는 달라." 그녀가 중얼거렸어.

"바다가 모든 것을 삼켜 버린 뒤로 난 어떤 일에도 놀라지 않을 거라고 생각했어." 내가 그녀의 손가락을 어루만지며 동의했어. "그런데 오늘 난 마법 공기 막에 들어가 깊은 바닷속을 마법사와 함께 돌아다녔어."

"너, 물의 제자가 될 거야?" 갑자기 그녀가 물었어. "그 사람처럼 마법사가 될 거야?"

그건 생각도 안 해 봤는데.

하지만 마법의 물건을 만졌으니 어쩌면 내 안에서 어떤 능력이 깨어났을지도. 아무튼 그런 걸 생각하기엔 너무 이른 것 같았어. 해야 할 일이 많이 남았으니까.

난 라나에게 웃어 보였어. 그리고 적어도 그날 밤에는 내게 새로운 초강력 유혹의 능력이 생겨났다는 걸 깨달았지.

진짜 멋졌어.

94

다음 날 아침 내가 마르코스의 옥상에 나타나자 다들 엄청나게 욕을 해 댔어.

마르코스는 화가 났다는 말로는 부족했어. 그는 녹화를 끝낸 후 잠수해서 나를 찾아 사방을 헤매고 다녔대. 호세에게는 여기저기 수소문을 하고 다니라고 시켰고. 앙헬리나는 어찌나 마음을 졸였는지, 만약 내가 길을 잃었다면 불빛을 보고 찾아오라고 바에 촛불 한 개를 밝혀 두고 있었대.

물과 나는 마르코스와 나탈리아에게 우리의 계획을 아무것도 이야기하지 않는 게 좋겠다고 결론을 내렸어. 그들이 그날 녹화에 자연스럽게 참여할 필요가 있었으니까. 그래서 난 카르멘이 그들에게 핑계를 대는 걸 모른 척해 줬어. 카르멘은 어떤 아이가 이웃 아파트 동에서 옴짝달싹 못 하고 있어서 급하게 날 찾아왔고, 내가 그 애를 구한 뒤 그들과 함께 있었다고 했지.

그렇게 설득력 있게 들리지는 않았어. 적어도 마르코스를 잘 납득시킬 것 같지는 않았어.

하지만 그 순간엔 그게 할 수 있는 유일한 말이었어.

나탈리아는 육감으로 그게 거짓말인 걸 알고, 단 한 마디도 없이 눈썹을 세우고 날 봤어. 니콜라스 가리도의 누이동생이 운전하는 배가 촬영 팀 모두와 함께 가까이 왔을 때야 나와 말을 섞었지.

"아무 생각 없이 그저 좋구나." 내 옆구리를 팔꿈치로 쿡 찌르면서 나탈리아가 나무랐어.

"라나가……." 나는 자세히 설명하진 않았지만 말할 필요도 없다는 듯 얼굴을 붉혔어.

"드디어! 진작 그랬어야지!" 나탈리아가 나와 팔짱을 끼면서 놀

려 댔어. "그럼 너희 이제 더 이상 다른 사람들 성가시게 하지 않기
다." 그녀가 명령조로 말했어.

"그리고 네가 지키고 있는 그 모든 비밀은 네 여자 친구랑 아무
상관도 없는 거겠지. 오늘 일이 끝나면 내게 얘기해 줘."

난 얼빠진 표정으로 그러겠다고 했어. 그사이 니콜라스는 배를
묶고 있었어.

"오늘 일이 끝나면 얘기해 준다고 약속할게." 난 분명히 말했어.
그리고 협정을 맺듯이 그녀와 악수했지.

갑자기 니콜라스 가리도의 밝은 목소리가 우리를 덮쳤어. 좋은
아침이라는 인사와 일정 내내 우리를 바쁘게 할 환상적인 녹화 기
획안을 싣고.

오늘은 나탈리아의 외부 촬영이 이루어질 거야. 물에 뛰어들고, 자
기 일에 관해 이야기하고, 이를 크게 드러내고 웃는 장면들…….
그다음에는 도시에서의 컷을 찍기 위해서 우린 잠수할 거야. 문과
창문을 통과하고, 물고기들을 놀라게 하고, 환영처럼 산소통 없이
돌아다니는 그녀의 새로운 영상을 찍는 거지.

난 그 대목에 이르길 바라고 있었어.

그게 내가 가장 좋아하는 부분이 될 테니까.

95

아이디어는 단순했어. 낚시하는 데 뭐가 필요하지? 낚싯대와 미끼.

그리고 줄을 잡아당길 약간의 힘.

우린 낚싯대는 갖고 있었어. 니콜라스에게 바다의 마법과 이런 저런 것들에 대해 이미 얘기해 줬으니까. 다만 이야기를 좀 더 그 럴싸하게 만들어 그에게 명확하게 전달해야 했지. 그건 내가 할 일 이었어.

그는 동료들이 여러 차례 옥상 끝에서 다이빙하는 나탈리아의 모습을 찍은 장면을 노트북으로 손보고 있었어. 나는 그의 옆에 앉 았어.

"음, 니콜라스……." 난 뭔가 망설이는 것처럼 말을 꺼냈어. "전 에 바다에서 일어나는 이상한 일들에 대해 물었죠, 그렇죠?"

그가 노트북을 한쪽으로 치우더니 느닷없이 얼마나 성의 있게 날 대하던지, 믿을 수가 없을 정도였어.

"맞아, 얘야." 뭔가 이야기하려는 나를 거스르지 않으려 조심하 면서 그가 신중하게 대꾸했어.

나는 웃지 않으려고 애를 썼어. 혼란스럽고, 심지어 놀란 것처럼 보여야 했거든. 하지만 내가 흔들고 있는 낚싯대를 향해 달려오는 그의 모습이 정말 우스꽝스러워 보였어.

"그게 말이죠, 있잖아요…… 아무에게도 말하지 마세요. 부탁이

에요. 사람들이 날 놀리는 거 싫어요. 그런데 어제, 아시는지 모르
겠지만 제가 사라졌었잖아요." 난 잠깐 멈췄어. 니콜라스가 내게
집중하지 않는 것 같았거든.

"그럼, 물론 알지. 마리오가 굉장히 걱정했거든." 그가 눈을 크
게 뜨고 이유를 댔어.

"마르코스가." 내가 고쳐 줬어.

"아, 맞아. 미안, 헷갈렸어. 마르코스, 마르코스가 걱정했어."

"바보 같은 소리로 들릴 거라는 거 나도 알아요. 그런데…… 내
가 뭔가를 봤거든요. 그걸 어떻게 설명해야 할지……." 난 그의 관
심을 끌려고, 그리고 내가 빨리 말을 끝내지 않으면 덮치기라도 할
듯이 굶주린 그의 표정을 즐기려고 뜸을 들였어. "내가 어떤 여자
를 봤어요, 알겠어요? 그러니까…… 인어를 본 것 같아요. 비웃진
말아요!"

니콜라스는 웃지 않았어. 바산은 웃지 않았고, 그 갈망하는 시선
에 바산이 나타나기 시작했어.

"난 그녀를 뒤쫓아야 했어요, 알겠어요?" 그가 대꾸할 틈도 주
지 않고 나는 말을 이었어. "흔히 있는 일이 아니잖아요! 인어라
니! 난 모든 걸 그만두고 그녀 뒤에서 헤엄치며 따라갔어요. 적당
한 거리를 두고서요. 그러다 어느 건물로 그녀가 들어갔어요. 예전
에 교회였던 곳이죠. 그녀는 깨진 스테인드글라스 틈으로 들어갔
어요. 난 조금 있다 들여다봤죠. 그런데 아무것도 볼 수가 없었어

요. 그래서 나도 들어갔죠!"

"그래서?" 흥미진진한 이야기에 끌려 그가 더 이상 참지 못하고 물었어.

"그런데 교회가 아니었어요!" 난 굉장히 놀란 척 소리를 질렀어. "그게 그러니까, 집이었어요. 공기로 가득 찬 집."

니콜라스가 내 셔츠 가슴팍을 움켜잡았어. 손가락 마디가 하얬어. 그는 일그러진 표정으로 날 바라봤지.

'넌 딱 걸렸어, 바산. 여기가 내가 원하는 곳이야.' 난 생각했어.

"그 집에 뭐가 있었어?" 날카로운 목소리를 애써 가다듬으며 속삭이듯 그가 물었어. "뭐가 있더냐고?"

"난로가 하나 있었고." 나는 실제로 그랬던 것만큼이나 환상적으로 이야기를 이어 갔어. "소파 한 개와 책장들, 그리고 테이블 하나. 그 테이블에서 분홍색 연기가 났어요!"

"분홍 연기?" 그는 다급해졌어. 완전히 내 손안에 들어온 거야.

"그런데 그 분홍 연기가 어디서 나왔는지 알아요?"

"어디서 나왔는데?"

"돌들에서요."

"돌들에서." 그가 바보처럼 따라 했어.

"분홍 돌들에서요."

대화가 잠깐 중단되었어. 니콜라스는 자신이 내 셔츠를 쥐고 있었다는 걸 깨닫고는 멋쩍게 놓아줬어. 그는 컴퓨터를 보고, 동료들이 나탈리아를 촬영하는 걸 바라보고, 호세를 바라봤어. 호세가 우리를 이상한 듯 유심히 살피고 있었거든. 하지만 그가 찾고 있었던 건 그게 아니야. 누이동생 얼굴을 찾고 있었던 거지. 그리고 드디어 그녀를 찾았어.

두 사람은 의미심장하게 차갑고 날카로운 눈길을 주고받았어.

"날 거기 데려다줘." 그는 명령에 가까운 어조로 부탁했어.

"그런데 내가 오늘 아침에 가 봤는데 아무것도 없었어요!" 나는 고개를 저으며 투덜댔어. "인어도, 집도, 난로도, 연기도, 아무것도 없었어요."

그때 카메라맨 한 사람이 니콜라스에게 다음 컷으로 넘어가도 좋은지 물어보느라 우리 대화가 중단되었어. 다큐멘터리 제작자는 카메라맨이 중국어로 말하기라도 한 것처럼 그를 쳐다봤지. 나탈리아는 내 겸연쩍은 표정을 보고는 나를 주시했어. 그녀처럼 나를 잘 아는 사람에게는 뭐든 감추기가 힘들지.

"그래그래……." 그가 최면에서 빠져나온 것처럼 드디어 동의했어. "물속 촬영으로 넘어갑시다. 좋아! 완벽해, 여러분. 완벽해!"

그는 손뼉을 몇 번 치고 아무렇지도 않은 척 일어섰어. 노트북을 닫고 팀원들을 북돋웠지. 팀원들이 한창 다시 준비하고 있을 때 그는 내게 몸을 돌리더니 분명하게 말했어.

"네가 오늘 날 위해 큰일을 했다, 얘야." 그는 감동한 듯 보였어. "그리고 일이 끝난 후 그 교회에 날 데려가 준다면 너는 내게 큰 은혜를 베풀게 되는 거야."

나는 아무것도 모르는 바보처럼 웃었어.

바산은 그날 늦게까지 기다릴 필요가 없으리란 걸 몰랐지.

96

나탈리아가 어느 건물의 현관에 들어서자 그와 동시에 인어가 나타났어. 그곳에서는 카메라들이 빛의 변화를 파악하기 위해 나탈리아를 기다리고 있었어.

마르코스는 누이가 산소를 필요로 할지 몰라서 문 옆에서 대기하고 있었고, 니콜라스는 내 옆으로 약간 떨어진 곳에 둥둥 떠서 내게서 눈을 떼지 않고 있었어. 내가 마법에 걸린 일들을 감지하는 레이더를 갖고 있다고 생각하는 것 같았어. 그는 뭔가 놓칠세라 내게서 멀리 떨어지려 하지 않았지.

나탈리아가 우리 시야에서 사라진 바로 그때, 빨간 머리 인어 하나가 2층에서 나와 우리 왼편으로 난 길을 향해 재빠르게 헤엄치기 시작했어.

니콜라스 가리도는 돌처럼 굳어 내 팔을 붙들었고, 난 물안경 너머로 그를 봤어. 그는 눈동자가 건조해질 만큼 눈을 크게 떴어. 사실 놀랄 만했지.

미끼가 나타났으니까. 그건 라나였어.

나는 그때까지 계획의 그 부분은 전혀 몰랐어. 흥분되고 불안해서 내가 밤새 잠자리에서 뒤척이는 동안 물은 일이 성공적으로 이루어지도록 계속해서 손을 쓰고 있었나 봐. 그는 라나가 계획에 참여하는 걸 허락하고 그날 아침 옥상에서 그녀를 데려온 것 같았어. 그리고 태양이 모두를 깨우기 전에 그녀를 그 무지갯빛을 띠는 놀라운 인어로 변신시켜서 우리를 교회까지 안내하게 한 거지.

처음에는 신기루가 될 예정이었대.

"내가 기대했던 것보다 더 형체가 있게 만들어졌거든." 물이 나중에 카르멘의 목소리로 내게 설명해 줬어.

그때 난 가짜 니콜라스만큼이나 매혹되었어. 그러니까 상당히 그럴듯해 보였던 게 분명해.

우린 신호를 자주 주고받을 필요도 없었어. 라나가 사라지자마자 니콜라스는 다큐멘터리는 잊어버리고 그녀를 뒤쫓기 시작했으니까.

니콜라스의 수영 실력이 형편없어서 난 천천히 가야 했어. 라나도 천천히 갈 수밖에 없었을 거야. 그녀가 여러 차례 모퉁이를 돌거나 어떤 길목에서 불쑥 나타나는 걸 보고 나는 그녀가 우리를 시야에서 놓쳐서 한동안 기다리고 있었다고 생각했어.

우린 어떤 물고기 떼가 교회 지붕 위를 날고 있을 때 옛 광장에 도착했고, 라나는 스테인드글라스 중의 한 곳으로 들어갔어. 각본대로 완벽하게 진행되고 있었지.

난 니콜라스가 그때 우리가 마법을 걸어 그를 속이느라고 내가 흥분해 있는 걸 겁먹은 걸로 착각하길 바랐어. 하기야 그는 다급하고 긴장해서 나를 제대로 보지도 않았을 거야.

우리는 창문 쪽으로 헤엄쳐 갔어. 나는 그에게 길을 양보했어. 그가 제일 먼저 들어가야 했거든. 그 또한 계산된 거였어. 그는 전혀 의심하지 않았어. 마법의 약속, 분홍 돌들의 약속, 그게 어찌나 강한 힘으로 끌어당기는지 그를 멈추는 건 불가능했어.

그를 막으면 한 대 맞을 수도 있겠다는 걸 그의 눈빛에서 읽을 수 있었어. 난 기뻤어. 왜냐하면 그의 운명에 간섭할 의도는 전혀 없었으니까.

니콜라스가 스테인드글라스를 넘자마자 물은 그를 굳혀 버렸어.

그 전날 나를 굳힌 것처럼.

97

이제 알레아를 잡아야 했어.

그것 역시 내게 달려 있었어. 그때 난 영웅이 된 것 같았지.

카르멘의 몸을 가진 물, 그리고 인어처럼 웃고 있던 라나가 니콜라스를 따라가는 내게 인사했어. 놀란 얼굴로 돌처럼 굳어 버린 니콜라스. 공기 막에 들어 있을 때의 나도 그렇게 우스꽝스러웠겠지.

교회는 나무 벤치들 대신 그곳을 자기들 집으로 바꿔 버린 물고기와 바다 생물들로 가득했어. 여전히 그대로인 스테인드글라스의 효과로 환상적인 빛이 비쳐 들었어. 아주 아름다웠지. 네 사람이 거기 있다는 게 어쩐지 불안하게 느껴졌어. 우리는 교회에 전혀 어울리지 않는 사람들인 것 같았거든.

카르멘은 우리에게 좀 더 가까이 오라고 몸짓을 하더니 라나와 나의 이마에 손을 얹었어.

"너희, 정말 잘해 냈어." 그가 카르멘의 목소리가 아니라 그 자신의 목소리로, 물의 목소리로 우리 머리에 대고 말했어. "알레아도 마찬가지로 쉬울 거야. 아마 라나 너는 필요 없을지도 몰라. 그런데……"

라나가 실망한 표정을 짓자 물이 웃었어.

"혹시 모르니까 지금처럼 여기에 있으렴." 그가 웃으며 말했어. "게다가 넌 내가 오랜만에 보는 제일 예쁜 인어야."

"롭, 정신 집중해." 그 마법사가 나를 타일렀어. "여기 분홍 돌이 있으니 니콜라스로 변신하렴. 어떻게 해야 하는지 알잖아. 알레아는 아무 의심 없이 널 따라올 거야."

나는 알았다며 그가 건네는 분홍 돌을 받았어. 내가 그에게서 훔친 그 돌과 같은 것인지 아니면 또 다른 것인지는 알 수 없었지만. 이 모든 일이 끝나면 그가 내게 이 돌을 가지라고 허락해 줄지 자문해 봤어. 어쨌거나 그는 분홍 돌이 남아돌잖아.

나는 쉽게 니콜라스로 변신했고, 라나가 놀라 소리 지르는 걸 봤어. 물속이라 소리는 약간 퍼져서 들렸어. 그 굼뜬 몸으로 수면 위까지 이르려면 엄청 힘들 것 같았어. 하지만 모험을 하긴 싫었지.

그들과 작별하고 헤엄치기 시작했어. 마르코스가 내가 또 사라진 걸 알게 되면 가만두지 않을 거라는 생각을 하면서.

난 서둘러 가서 다큐멘터리 카메라맨들이 궁금해서 니콜라스와 나를 찾으러 수면 위로 올라오기 전에 배에 도착해야 했어.

사실 행운은 우리 편이었어.

내가 나타나 전해 준 새 소식을 알레아가 듣자마자 계획에 대한 내 모든 걱정이 사라지더군.

"그럴 줄 알았어! 그럴 줄 알았다고!" 그녀는 내가 기억하는 한 처음으로 웃으면서 흥분해서 소리쳤어. "그 멍청한 노인네가 어딘가에 은신처를 마련해 뒀을 줄 알았다니까!"

"가자, 빨리." 나는 어느 순간 다른 사람들이 나타날까 두려워서 그녀를 다그쳤어. "우린 이 기회를 놓칠 수 없어. 그리고 우린 이 기회를 그 누구와도 함께 나누지 않을 거야." 내가 나탈리아를 촬영하고 있는 아래쪽을 가리키며 덧붙였어.

"네 말이 맞아, 바산." 평소의 차분함을 되찾은 그녀가 동의했어. "우린 어떤 멍청이도 끼어드는 걸 원치 않아! 마법, 바산, 마법!" 등에 서툴게 산소통을 메고 물안경을 착용하면서 그녀가 소리쳤어.

"우린 내준 만큼 돌려받으며 살게 될 거야, 알레아." 그녀가 바덫속으로 들어갈 수 있게 물러서며 나는 웃었어.

방금 말한 문장이 참 좋았다고 생각했어.

이 모든 이야기를 다시 해 주려면 그 문장을 기억해 둬야지.

비슷한 말로 내 이야기를 끝낼 수 있을 것 같아. '그리고 그들은 그들이 한 만큼 돌려받으며 살았다.'

그건 훌륭한 마무리처럼 들렸어.

98

하지만 아직 우리에겐 할 일이 남아 있었어.

나는 알레아를 교회까지 이끌어 갔어. 가능한 한 빨리, 성공적으로 일을 끝내고 싶었는데, 그녀의 굼뜬 잠수 스타일 때문에 속도가 더뎌서 나는 인내심을 잃을 뻔했어.

뭔가 일이 잘못될까 봐 두려웠어!

그럴 수 있지.

그전까지 난 한 번도 마법에 맞서 싸워 본 적이 없고, 그런 걸 상상해 본 적도 없으니까.

하지만 우린 거기 있었어. 마법사, 인어, 그리고 굳어 버린 그의 제자를 만나기 위해 침수된 교회의 스테인드글라스로 막 들어갈 참이었지.

인생은 멋진 거야!

알레아는 바산만큼이나 쉽게 무너졌어. 굳어 버린 그녀의 얼굴에는 놀랐다기보다는 절망한 기색이 더 짙었어. 한편으론 모든 게 다 완벽할 수는 없다고 짐작이라도 한 것처럼 말이야.

그녀를 보고 있자니 안타까웠어.

물은 그 전날 나를 끌고 갔던 것처럼 줄을 잡고 산소가 든 구들을 끌고 갔어. 그리고 교회의 옛 성구 보관실까지 우리를 안내했지. 그곳 문을 넘어서자 우린 그의 집에 와 있다는 걸 깨달았어.

라나는 문지방을 넘자마자 세게 부딪혀서 바닥에 넘어졌어.

"아이!" 그녀는 당황하고 언짢아서 소리쳤어. 일어서려고 애를 썼지만 물고기 꼬리는 아무 도움이 되지 않는다는 걸 확인했을 뿐이야.

"실례할게!" 카르멘이 양해를 구했어. 그는 돌처럼 굳은 두 남매가 들어 있는 구를 거실까지 굴렸어. "내가 준 그 장식용 빗 좀 빼라, 애야."

나는 라나가 머리에 그레그의 보물과 아주 비슷한 자개 빗을 꽂고 있는 걸 봤어. 내가 그걸 조심스럽게 그녀에게서 뺐어. 그러자 그녀의 물고기 꼬리가 환상적인 긴 다리로 변했어.

"어휴." 그녀가 일어서서 입고 있던 끈 원피스를 펴면서 투덜댔어. "인어인 게 물속에서는 정말 멋지지만 바닥에서는 정말 불편하네."

그녀는 갑자기 내게 돌아서더니 미소를 지으며 두 팔로 내 목을 감았어. 그러고는 생일을 맞은 여자아이처럼 내 눈을 바라보았지.

"맘에 들었니?" 기뻐하며 그녀가 물었어.

"인어인 너를 보는 거?" 내가 웃었어. "너무 좋았지."

라나는 어젯밤처럼 내게 입을 맞췄고, 내 배는 분홍 돌의 도움으로 변신하려 할 때처럼 흥분으로 요동쳤어.

"이 새내기들아, 우리는 해야 할 일이 있단다." 물의 목소리가 우릴 놀라게 했어. 이젠 카르멘의 목소리가 아니었어. 마법사는 옛 제자들에게 화려하게 자신을 드러내기 위해 진짜 모습을 되찾은 거야.

그들의 감정을 표현할 수 있다면, 그 가엾은 남매가 전한 건 오직 놀람과 공포뿐이었을 거야.

인간이란 그런 존재지.

99

"이들을 어떻게 하려고요, 물?" 라나가 물었어. 그녀는 공기 막들을 톡톡 치면서 바닥에 앉아 있었어. 그녀가 칠 때마다 공기 막들은 조금씩 맴을 돌았지.

마법사는 읽고 있던 책에서 고개를 들고는 뭐라고 중얼거렸어. 한참을 굉장히 집중해서 책들 중에서 뭔가 찾고 있었거든.

"그 녹색 병을 들어, 롭." 물이 갑자기 지시했어. "그리고 뚜껑에

바다와 마법사 ● 337

참새가 그려진 그 작은 병도!"

그는 읽고 있던 것들을 낮게 흥얼거렸어.

라나는 나를 보고 어깨를 으쓱했어. 나는 그런 식으로 무언가에 홀린 듯이 주문을 거는 마법사를 이미 본 적이 있지. 자신이 찾는 답을 발견할 때까지는 별로 서두르지도 않는다는 걸 알고 있었어.

나는 그가 내린 명령들을 하나씩 실행에 옮겼어. 드디어 그가 불 위의 솥에 여러 가지 약품을 혼합하기 시작했어. 그리고 시계 반대 방향으로 계속 저었지.

그 작업이 끝나자 푸른 얼룩이 섞인 누르스름한 연기가 일정한 간격을 두고 솟아오르기 시작하더니 이윽고 솥 가장자리로 넘쳐 흘렀어.

"빨리 해라, 연기가 나오잖아!" 긴장한 그가 명령했어. 색깔 있는 연기가 그를 향하도록 부채질을 하라고 우리 손에 부채 두 개를 쥐여 주었지. 그는 일종의 흡입기 같은 걸로 그 연기를 모아들였어. "이 주문은 걸기가 굉장히 힘들어. 라나, 연기가 오른쪽으로 조금만 더 오게 해 보렴!"

라나는 거실 문 옆으로 달려가 더 세게 부채질을 시작했고, 그사이에 난 웅크리고 앉아서 파란 소파 밑의 연기를 내보냈어.

드디어 물은 마법의 연기를 흡입기로 모두 빨아들이고 만족스러워하며 우리를 봤어.

"좋아, 좋아, 좋아." 그가 자신의 배를 두드리며 말했어. "이게 모든 걸 해결해 줄 거야."

"이 마법은 뭐 하는 데 쓰이나요?" 라나가 말을 바꿔 다시 물었어.

"난 마법의 능력을 없앨 수는 없지만 그 효력들을 한데 모으는 건 아주 잘하거든." 물이 얼굴을 찡그리면서 설명했어. "마법의 능력이 나쁘게 쓰일 때 그걸 쓰는 사람과 분리해서 효력만 유지하는 가장 안전한 방법은 그 사람으로 하여금 마법의 능력을 잊게 만드는 거야."

"그들에게서 기억을 지울 건가요?" 라나는 깜짝 놀라 그 이상한 흡입기에서 몇 걸음 떨어졌어.

"그들의 기억을 다시 그릴 거야." 물이 말했어. "마법에 대한 기억이 있는 곳, 거기서 그들이 어렸을 때 함께 살았고 그와 함께 특별히 행복하지는 않았던 그 이상한 노인의 이미지만을 떼어 낼 거야. 마법을 이해하지 못하는 사람들을 위해 논리로 이해할 수 없는 마법의 방식으로 논리적인 해결책을 만들어 내는 거지."

"그러니까 이제 그들은 마법의 존재를 알지 못하게 된다는 말이네요." 라나가 허리춤에 손을 얹고 그의 말을 해석했어.

물이 웃더니 그렇다고 동의했어. 라나의 목소리와 어조가 마마 메두사와 너무 비슷한 게 재미있다나.

"라나가 단번에 핵심을 찌르는구나." 마법사가 팔꿈치로 날 살짝 치면서 놀리듯이 말했어.

나는 그녀가 늘 그러는 게 아니라고 대답할 뻔했지만, 잘 참았지.

"자, 얘야, 이 거추장스러운 걸 공기 막이 있는 곳까지 끌고 가렴." 물이 흡입기를 발로 차면서 내게 시켰어.

나는 흡입기를 끌고 가서 돌처럼 굳은 남매가 둥둥 떠 있는 두 개의 구 사이에 놓았어.

"바산, 알레아." 물은 그들에게 다가가 흡입기 입구를 공기 막에 붙였어. "너희는 마법에 걸리기 전에 너희에게 많은 고통을 주고 쓸데없는 노력을 하게 만든 것들을 잊게 될 거야. 지구인들 사이에서 너희는 스스로를 벌할 다른 방법을 찾을 수 있을 거야. 너희가 탐욕 때문에 또 다른 어려움에 직면하게 될 거라는 걸 난 알거든. 내가 너희에게 삶의 작은 것들에 대한 존중과 애정을 불어넣어 주지 못해 못내 슬프구나……. 좋은 스승이 되지 못한 것에 대해 용서를 빈다." 그는 약간 갈라진 목소리로 말했어. 그가 그렇게 엄숙하게 말하는 건 한 번도 들어 보지 못했어. "너희는 너희 배 가까이에 있는 마르코스의 옥상에서 깨어날 거야. 지금의 몸을 영원히 간직하게 될 거야. 무슨 일이 있어도 그대로 지속되도록 내가 만들 테니까. 눈을 뜨면 여기 이 두 아이가 질식해 가는 너희를 구했다는 것만 알게 될 거야."

"이들은 다큐멘터리 일을 계속하는 건가요?" 마법사의 이야기를 끊고 라나가 물었어.

"아, 그럼 당연하지!" 물이 그녀를 진정시켰어. "이 두 아이에게 텔레비전의 세계는 완벽하다고 생각지 않니? 이 애들은 분명히 스타가 될 거야!"

난 다시 두 남매를 주의 깊게 살펴봤어. 그들을 이젠 거의 잊힌 프로그램의 주인공들이라고 상상해 보았지.

옥상에서 우리는 텔레비전을 멀리하지.

맛있는 커피를 마시면서 이야기를 나누고 서로에게 새로운 소식을 들려주는 걸 더 좋아해.

그래.

분명히 저 두 사람은 텔레비전 세트에 잘 어울릴 거야.

"자, 시작하자! 롭, 파란 버튼을 세 번 눌러." 물이 내게 시켰어.

바산이 거의 보이지 않을 만큼 연기가 공기 막을 가득 채우기 시작했어. 그 후에 알레아에게도 같은 작업을 반복했고.

"저들이 질식하진 않겠죠?" 라나가 물었어.

"넌 의심이 좀 많구나, 애야." 물이 흡입기를 치우며 말했어. "어떻게 질식하겠니? 저들은 마법의 연기가 사라질 때까지 그걸 들이마실 거야. 그럼 그때 저들을 수면 위로 돌려보내면 돼."

"그럼 그때는 이미 모든 걸 잊어버렸겠죠, 집도, 당신도?" 그녀가 확인하듯 물었어.

마법사는 라나가 몇 번이나 확인하는 데 당황하며 그렇다고 대답해 줬어.

"하지만 우린 그렇지 않아요." 그녀가 고집스레 말했어.

"너희는 그렇지 않지."

"우린 마법과 당신을 기억할 거고, 카르멘이 당신이라는 것도 알아요."

"그렇지."

"롭이 당신의 제자가 될 거예요."

"롭이 내 제자가 될 거야."

그런 두 사람을 보면서 난 어안이 벙벙해졌어.

"나를 당신 제자로 삼을 거예요?" 내가 입을 벌리고 바보처럼 물었어.

"안 그러면 어쩌겠냐?" 내 등을 두드리며 물이 투덜거렸어. "내 분홍 돌을 어쩌나 많이 썼는지 넌 마법으로 충만하잖아. 내가 감시하지 않으면 네가 일을 저지를까 봐 겁난다."

100

우리는 바산과 알레아를 무찌르는 데 힘을 보탰어.

내 친구 가브리엘은, 물이라 불리고 카르멘의 모습으로 나타나긴 하지만, 죽지 않았어.

마르코스와 나탈리아는 다큐멘터리에 광고를 내서 전문 보물 사냥꾼 회사를 차리게 됐어.

라나는 내 여자 친구고, 날 마법사의 제자로 만들어 주었어.

이 이야기가 멋지지 않다면 말해 봐.

앙헬리나와 토니는 옥상에 영화관을 마련했어.

토니가 내륙에 있는 그의 인맥을 동원해 큰 침대 시트만 한 스크린뿐만 아니라 프로젝터와 스피커도 구했거든. 호세와 브루노는 앙헬리나가 바비큐용 석쇠에 팝콘 만드는 걸 도왔어. 은박지에서 옥수수 알갱이가 튀어 셋 중 한 사람이 깜짝 놀랄 때마다 낄낄거렸지.

마르코스와 세일라는 신이 나서 바산과 이야기를 나누고 있었어. 바산이 그들에게 다큐멘터리 편집 과정을 자세하게 얘기해 줬거든. 그렇게 편안한 모습의 니콜라스 가리도는 한 번도 본 적이 없었어. 그는 자기 주변에서 일어나는 일들을 그저 즐기고 있는 것 같았어.

알레아와 롤로는 옥상의 다른 구석에서 맥주를 나눠 마시면서 이야기하고 있었어. 알레아가 눈썹을 움직이는 거나 롤로가 넋을 잃고 있는 걸로 봐서 둘이 는실난실하는 것 같았어. 내가 보기엔 멋진 한 쌍이야.

옥상에서 그 애들만 그런 건 아니었지만.

마마 메두사와 히노는 귀엣말을 주고받으며 소곤대고 있었어. 그걸 라나는 싫어했고, 후디트는 비웃었지. 두 사람이 속삭일 때마다 후디트는 프란과 함께 그걸 평했어. 두 연인이 나누는 대화를 지어내기라도 하는 것 같았지. 마마 메두사와 히노가 약혼을 발표한 지 몇 분밖에 지나지 않았거든. 다음 주 일요일 가브리엘의 옥상에서 있을 그들의 결혼식에 우리 모두를 초대한대. 두 사람은 너무 기뻐했고, 넘쳐흐르는 행복에 전염된 우리 모두가 커다란 박수갈채를 보냈어. 라나도 함께. 이 결혼이 다른 사냥꾼들의 삶에 가져올 파장이 좀 걱정스럽긴 했지.

"너 아니? 어쩌면 사랑이 히노를 좀 변하게 했을지도 몰라. 그러니까 이제 그렇게 심술궂게 굴지 마." 그녀가 내 귀를 스치며 속삭였어.

"어쩌면 사랑이 널 너무 많이 변하게 만들어서 그 사람이 매력 있어 보이는 걸지도 모르지." 난 사랑스럽게 그녀의 어깨를 감싸며 승리의 웃음을 지었어.

"그럴 수도." 그 커플을 골똘히 바라보면서 그녀가 인정했어.

나탈리아와 토비아스는 둘 사이에 우정 이상의 뭔가가 있다는 걸 입증이라도 하듯 한 사람이 다른 한 사람에게 아주 가깝게 붙어서 난간에 기대어 있었어. 토비아스와 라나가 결혼할 수도 있다는 얘기에 나탈리아가 왜 그렇게 걱정했는지 이제야 이해할 수 있었어. 라스 메두사스의 양아들과 연인 관계라는 걸 그녀는 아무에게도 말하지 않았지만, 눈 달린 사람이라면 누구나 알 수 있었지. 가슴팍에 다리 셋 달린 문어가 그려진 토비아스의 형광 초록색 티셔츠를 보면 다른 증거가 필요 없었어. 그녀의 최고 직원이 이직한다는 걸 알리자 마마 메두사는 깜짝 놀랐어. 마르코스는 내게 그의 전문 사냥꾼 회사에서 토비아스가 내 자리를 차지한대도 전혀 섭섭해하지 않겠다고 약속해 달라고 적어도 오십 번은 부탁했지.

"약속할게요, 마르코스." 난 수없이 되풀이해서 말했어. "약속하고 또 약속할게요. 하지만 내게도 한 가지만 약속해 줘요."

"네가 원하는 건 뭐든지, 롭. 널 위해서, 네가 원하는 건 뭐든지." 그가 달려들어 날 덥석 안았어.

"호세한테도 기회를 좀 줘요."

"우리 아들? 걘 아직 어린아인데……."

"당신이 내게 쓸모 있게 일할 기회를 줬을 때 난 더 어렸거든요." 내가 애정을 담아 상기시켜 줬어.

마르코스는 생각에 잠겼어. 하지만 나중에는 고마워하는 미소를 지으며 날 봤고, 진지하게 고개를 끄덕였어.

"네게 약속하지, 롭. 내 아들에게도 기회를 줄게." 그가 진심을 담아 말했어. "게다가 문어는 대개 다리가 여덟 개인데 난 애들이 다섯이잖아!"

그의 그런 발상에 나는 엄청 웃었어. 그는 모든 걸 잘 아우를 줄 알고 생각이 깊은 사람이야.

그래서 그곳 옥상에서, 마르코스의 아이들은 아버지의 전문 보물 사냥꾼 회사의 형광 티셔츠를 뽐내고 있었어. 그 애들만 특권을 누린 건 아니지. 거의 모두가 그걸 입고 다녔어. 로스 티부로네스 중 루케만 빼고. 그는 늘 입는 자신의 유니폼을 과시하며 경쟁사의 광고 의상을 입은 아란차를 믿을 수 없다는 듯이 바라봤어.

라나는 반짝이는 형광 셔츠를 입으니 특히 더 예뻤어. 내 손을 놓지 않은 채 친구들과의 대화에 사랑스럽게 답하면서 웃어 보였지.

"커플들 대회가 있는 줄 몰랐네." 그레그와 함께 다가오던 카르멘이 농담을 건넸어. "우리도 참가할 수 있을 것 같아, 좋은 친구?" 천진한 웃음을 지으며 고미술상에게 그 애가 말했어.

"네가 어른이 되면, 이 버릇없는 코흘리개야!" 그 애의 머리를 헝클어뜨리며 그레그가 대꾸하자 카르멘이 눈을 치떴어.

나는 고미술상이 되어 라나와 함께 늙어 가고 싶다는 생각을 했어.

그때까지 고미술상은 나의 완벽한 미래상이었으니까.

마법사가 된다는 가정 아래 그걸 검토해 보는 건 괜찮을 것 같았어.

아주, 아주 괜찮았지.

친구들 대부분이 마법은 가끔 우연히 일어나는 거라고만 생각한대도. 마법은 잠수해서 뭔가 이상한 것을 봤을 때나 일어나는 거라고 생각한대도. 내가 사람들 앞에서 눈속임 마술을 뿜낼 수도 없고, 스팽글 모자에서 토끼를 꺼낼 수도 없다 할지라도.

내 능력이 우리 공동체를 비밀리에 돕는 데만 쓰인다 할지라도.

아주 좋았어.

"산소통으로 마술 부리는 거 어떻게 되어 가고 있어?" 카르멘이 마치 내 마음을 읽기라도 한 것처럼 물었어. "물 밑에서 호흡할 수 있는 네 구를 벌써 만들어 낸 거야? 연습하고 있기를 바란다. 연애하느라고 넋 놓고 다니지 말고!"

"오늘 아침에 거의 질식할 뻔했어요." 내가 털어놨어. 주문도 어려웠고 집중력도 엄청 필요했거든.

"그러니까 연습하고 있다고요!" 카르멘의 몸을 한 물이 내게 욕을 날리기 전에 라나가 날 변호해 줬어.

"어떻게 지내나, 가족들?" 라파가 우리를 다독이듯이 물었어.

엔지니어들은 단번에 큰 벌이를 했고, 라파는 토니가 특별히 자신에게 다큐멘터리를 개봉할 영화관을 만들어 달라고 부탁했기 때문에 의기양양해 있었어.

"나탈리아는 긴장하고 있어?" 라파가 손을 비비며 덧붙였어. "오늘 밤 파티의 주인공이잖아!"

우리가 그녀 쪽을 돌아보니, 토비아스가 그녀에게 키스를 하려고 막 몸을 숙이는 참이었어.

"내가 보기엔 아주 차분해 보여." 카르멘이 말했고 우리는 모두 깔깔 웃었지.

그때 라나가 살짝 힘주어 내 손을 잡더니 클라우디아를 고갯짓으로 가리키면서 다 알고 있다는 눈빛으로 나를 봤어.

"라파, 아까 클라우디아가 널 찾던데?" 라나가 시침 떼며 말해 버렸어. "뭐더라, 네가 하고 있는 일에 대해 궁금해하더라고. 상당히 관심 있는 것 같았어."

라파는 귀까지 빨개졌어.

몇 주 전의 나도 라나 얘기를 들으면 그렇게 속을 훤히 내보였는지.

"아, 그래?" 라파가 바보 같은 목소리로 물었어.

"네가 가 봐야 할 것 같아. 좀 외로워 보이던데." 중매쟁이의 영혼을 가진 것처럼 그레그가 부추겼어.

"그래요?"

"어서, 라파!" 나는 그를 떠밀었어. 바로 그때 라나가 클라우디아에게 기회가 왔다고 말하는 것 같은 표정을 지어 보였지.

"안 돼. 커플 대회 얘기는 농담이었다고." 카르멘이 장난기 어린 미소를 지으며 투덜댔어.

"여기요! 모두 여기 봐 주세요!" 앙헬리나가 영화관 스크린 앞에서 소리쳤어. "의자 가지고 오세요! 젊은 사람들, 어린이들은 바닥에 앉고."

"바닥에서는 잘 안 보이는데!" 실망한 카르멘이 중얼거렸어.

"어린아이인 게 좋다고 하지 않았던가요?" 아무도 듣지 못하게 내가 마법사에게 쏘아붙였지.

"입 다물어, 롭!" 그는 내게 경고하고는 자리를 잡으러 달려갔어.

라나가 날 끌어당겨서 우린 난간에 등을 기대고 앉았어. 그녀가 내 어깨에 머리를 기대고 속삭였어.

"이제 난 사랑을 믿어. 사랑이 우리를 더 나은 사람이 되게 한다는 걸."

난 웃고, 그녀에게 키스했어. 그런 말을 듣고 할 수 있는 거라곤 그것뿐이니까.

"어서, 니콜라스!" 앙헬리나가 스크린 앞으로 오라고 바산을 불렀어. "네가 몇 마디 해야지! 우리를 그렇게 힘들게 했던 다큐멘터리를 소개해 줘!"

바산이 기뻐하며 그의 누이를 보고 웃었어. 그녀는 그를 격려하기 위해 자리에서 손을 흔들었지.

우리는 모두 신들린 것처럼 박수를 보냈고, 히노는 자기 동료들을 부추겨 응원하기 시작했어.

나는 숨을 크게 들이마셨어.

나의 이웃들을 바라보고.

생각에 잠긴 라나의 옆모습을 유심히 바라보고.

겨우 몇 미터 떨어진 곳에서 부서지는 파도 소리를 들었어.

물이 선물한 분홍 돌을 주머니 속에서 느꼈지.

수없이 많은 결점을 가지고 있지만, 그럼에도 불구하고 인간은 늘 행복의 답을 알고 있다고 생각하면서.

옮긴이의 말

2015년 스페인 청소년문학상 그란 앙굴라르(Gran Angular)를 수
상한 파트리시아 가르시아로호(Patricia García-Rojo)의 소설 『바
다와 마법사(*El Mar*)』는 입체적인 인물들과 흡인력 있는 이야기
전개로 독자를 사랑과 모험 그리고 마법에 둘러싸인 공간인 해안
가 옥상 마을로 데려간다.

그곳에는 아침마다 햇살을 받으며 잠에서 깨어나 수영으로 하
루를 시작하는 주인공 롭이 살고 있다. 11년 전 그가 일곱 살이었
을 때 바다는 모든 것을 집어삼켰고, 부모와 동생마저 잃은 어린
롭은 바다에 남아 옥상 마을에서 '보물 사냥꾼'으로 생계를 유지
하며 살아간다. 그에게는 아리엘이라는 엉성한 배 한 척과 한 발도

다가가지 못하고 몇 년째 짝사랑만 하고 있는 라나가 있다. 그런 롭의 평온한 일상은 어느 날 바닷속에서 놀라운 경험을 한 뒤 뒤죽박죽 혼란 속으로 빠져드는데…….

니콜라스 가리도가 나타나면서 모든 것이 꼬이기 시작했어!

롭이 사는 옥상 마을은 그곳 사람들이 '지구인'이라 부르는 육지에 사는 사람들의 삶의 방식과는 전혀 다른 삶의 방식이 지배하는 공간이다. 물론 그곳에도 서로 다른 개성을 가진 여러 인물이 살고 있고 갈등도 존재하지만, 기본적으로 그들은 소박하고 단순한 삶을 지향하며 사랑과 연대감으로 맺어진 가족과도 같은 공동체를 이루어 살아간다. 잠수 장비 가게를 운영하는 사람들, 엔지니어들, 바를 운영하는 토니와 앙헬리나를 제외하면 그곳 주민 대부분은 바다에 침수된 집과 건물들에서 건져 올린 물건들을 공동체의 다른 이들이나 육지에서 오는 관광객들과 물물 교환을 하여 생계를 유지하는 보물 사냥꾼들이다. 그들에게 돈은 별 쓸모가 없고, 심지어 텔레비전이나 휴대폰, 인터넷 따위도 필요 없다. 그들에게는 텔레비전을 보는 대신 옥상에 모여 함께 커피를 마시며 서로의 일상을 이야기하고, 일요일마다 함께 점심 식사를 하는 전통을 지켜 나가고, 평온하게 하루를 마무리하는 것이 가장 큰 행복이다.

난 행복해. 바다에선 이게 하루의 마지막에 유일하게 중요한

거야. 평온한 영혼으로 별들 아래 누울 수 있는 것. 배에서 꼬르륵 소리가 좀 나더라도 말이야.(40면)

이런 옥상 마을 사람들의 삶의 방식은 지구인들에게는 기괴하기만 하다. 그들은 경쟁 속에서 바쁘게 살아가는 삶을 가치 있는 것으로 인정하고, 오로지 더 많은 것을 소유하는 것이 행복한 삶이라고 믿는 사람들이니까. 어느 날 옥상 마을을 찾아온 방송국 프로듀서 니콜라스 가리도가 바로 그런 대표적인 인물이다. 그는 엄청난 자연재해에서 살아남아 그 상처를 극복하며 살아가는 옥상 마을 사람들의 삶을 다큐멘터리로 제작하고 싶어 한다. 그리고 롭의 친구 나탈리아와 마르코스는 돈 대신 자신들의 비밀 프로젝트에 필요한 자료와 정보를 받는 조건으로 니콜라스 가리도와 계약을 맺게 된다. 하지만 롭은 다른 이들의 비극을 상업적으로 이용하려는 그가 마뜩잖다. 게다가 알고 보니 옥상 마을 사람들의 삶에 대한 다큐멘터리 제작은 니콜라스 가리도가 그곳을 찾아온 진짜 목적이 아니었다. 롭은 그가 도착한 이후 왠지 모든 일이 꼬여 가기 시작하는 것 같다고 느끼는데, 그런 롭의 의심은 과연 맞는 것일까?

영혼을 열어 주자 바다는 숨겨진 비밀의 세계를 선물했지

옥상 마을 사람들에게 바다는 육지와 달리 이성만으로는 설명할 수 없는 마법이 존재하는 세계이다. 마르코스와 나탈리아는 바닷속에서 영혼들을 만났고, 그레그는 인어를 만나 인어의 자개 빗을 가져오기도 했다. 그러니까 그들에게 바다는 마음을 열면 그곳에서 벌어지는 아름다운 기적의 일부가 될 수 있는 공간인 것이다.

롭 또한 어느 날 바닷속에서 마법의 집을 만나게 된다. 공기 막으로 둘러싸인, 빛나는 굴뚝과 책들이 있는 그 집에서 분홍 돌들을 발견한 롭은 그중 하나를 갖고 나온다. 자신이 원하는 어떤 사람으로든 변신할 수 있게 해 주는 마법의 돌을. 이후 그의 삶은 뒤엉키고 혼란스러워지지만, 롭은 용기와 지혜로 자신을 둘러싼 문제들을 하나씩 해결해 나간다. 그리고 진짜 마법사 물(Mul)의 등장과 함께 니콜라스 가리도가 온 이후 모든 것이 꼬이기 시작한 이유와 엄청난 비밀도 밝혀지게 된다.

바다가 모든 것을 삼켜 버렸을 때 예전에는 받아들일 수 없었던 일들을 받아들였던 것처럼, 롭이 신비한 것들에게 자신의 영혼을 열어 주자 바다는 이성의 세계 너머 숨겨진 비밀의 세계를 선물한 것이다. 그리고 그 마법은 롭의 사랑에도 통했다.

마법은 존재했고, 라나는 날 사랑했어!

몇 년 동안 라나를 향한 사랑을 고백하지 못하고 홀로 환상의 나래만 펼치며 보냈던 롭. 이들의 관계가 가까워지기 시작한 것은 롭이 마법의 집을 다시 찾아가기 위해 라나네 가게에 잠수 장비를 빌리러 가면서부터이다. 라나는 엄마 몰래 롭에게 장비를 빌려주고, 롭은 라나의 부탁을 들어주기 위해 모험을 감행한다. 이후 롭과 라나는 오해와 갈등을 겪기도 하지만 서로의 진심을 조금씩 알아 가게 된다.

롭이 분홍 돌의 비밀을 처음으로 그레그에게 들려준 날 그는 라나가 자신에게 관심이 있다는 사실을 알게 되고, 마법사 물을 만나 모든 비밀을 알게 된 날 드디어 그는 라나에게 사랑을 고백하고 라나 역시 그를 좋아한다는 답을 듣게 된다. 롭은 세상을 다 얻은 듯 행복해진다.

마법은 존재했고, 라나는 날 사랑했어.(321면)

그리고 두 사람은 물이 니콜라스 가리도의 음모를 무찌르는 일에 힘을 보탠다.

소박한 삶이 더 행복하고 풍요롭단다

작품 속에서 마법사 물이 말하듯이, 우리는 누구나 자기 안에 마법을 가지고 있다. 하지만 모두가 그것을 사용할 수 있는 것은 아니다. 우리 내부의 마법을 불러일으키기 위해서는 사물의 진정한 가치를 볼 수 없게 만드는 탐욕을 버려야 한다고 마법사 물은 말한다. 물이 니콜라스 가리도와 그의 누이동생을 벌한 이유 또한 그들이 탐욕스러웠기 때문이다. 그와 대조적으로, 롭은 소박하고 행복한 삶이 훨씬 더 풍요롭다고 생각하며 '지금, 이곳'의 일상에 자족하면서 사는 인물이다.

　"드디어 여러 일에 대해 너만의 의견을 내는 데 열심이고, 평화롭고 행복한 삶을 살기로 했고, 그리고 마르코스와 나탈리아 앞에서, 심지어 라나 앞에서도 그런 삶을 고수하려 한다고. 아, 그 이야기가 내게 어떻게 와닿았는지 넌 상상도 못 하겠지! 딸기 맛 생크림 과자보다 좋았어!"(311면)

　어쩌면 그렇기 때문에, 롭에게서 모든 것을 앗아가 버렸던 바다는 그에게 마법의 세계와 사랑을 선물했는지도 모른다.

　분량의 차이는 있지만 대부분이 짤막한 100개의 장으로 이루어진 『바다와 마법사』는 쓰나미라는 현실적인 사건에서 시작해 이야기가 전개됨에 따라 마법을 지닌 분홍색 돌의 판타지로 변주된다. 파트리시아 가르시아로호는 보물 사냥꾼 롭과 옥상 마을 사람들의 이야기를 통해 행복은 우리가 존재하는 '지금, 이곳'의 일상과 소박한 삶에 있으며, 이 세상은 보이는 것과는 다르다는 것을 따뜻한 유머와 낮은 목소리로 전해 주는 것이다.

2018년 2월

한은경

창비청소년문학 82

바다와 마법사

초판 1쇄 발행 • 2018년 2월 26일
초판 3쇄 발행 • 2022년 12월 2일

지은이 • 파트리시아 가르시아로호
옮긴이 • 한은경
펴낸이 • 강일우
책임편집 • 정편집실
조판 • 신혜원
펴낸곳 • (주)창비
등록 • 1986년 8월 5일 제85호
주소 • 10881 경기도 파주시 회동길 184
전화 • 031-955-3333
팩시밀리 • 영업 031-955-3399 편집 031-955-3400
홈페이지 • www.changbi.com
전자우편 • ya@changbi.com

한국어판 ⓒ (주)창비 2018
ISBN 978-89-364-5682-5 43870